A ILUSÃO
DO TEMPO

Andri Snaer Magnason

A ILUSÃO DO TEMPO

MORROBRANCO
EDITORA

Copyright © Andri Snær Magnason, 2013
Publicado em comum acordo com Forlagið, www.forlagid.is e Vikings of Brazil Agência Literária e de Tradução, Ltda.
Título original em islandês: *Tímakistan*

Tradução: Suzannah Almeida
Revisão: Ricardo Franzin e Lorena Piñeiro
Preparação: Victor Gomes
Design de capa: © Katla Rós Völudóttir
Projeto gráfico e adaptação da capa original: Luana Botelho
Diagramação: SGuerra Design

Essa é uma obra de ficção. Nomes, personagens, lugares, organizações e situações são produtos da imaginação do autor ou usados como ficção. Qualquer semelhança com fatos reais é mera coincidência.

Todos os direitos reservados. Proibida a reprodução, no todo ou em partes, através de quaisquer meios. Os direitos morais do autor foram contemplados.

Dados Internacionais de Catalogação na Publicação (CIP)

M196i Magnason, Andri Snær
A Ilusão do Tempo / Andri Snær Magnason; Tradução Suzannah Almeida. – São Paulo: Editora Morro Branco, 2017.
p. 320; 14x21cm.
ISBN: 978-85-92795-06-1
1. Literatura islandesa – Romance. 2. Ficção islandesa. I. Almeida, Suzannah. II. Título.
CDD 849.12

Todos os direitos desta edição reservados à:
EDITORA MORRO BRANCO
Alameda Campinas 463, cj. 23.
01404-000 – São Paulo, SP – Brasil
Telefone (11) 3373-8168
www.editoramorrobranco.com.br

Impresso no Brasil
2017

Para
Kristínar Lovísu,
Elínar Freyju,
Huldu Filippíu,
Hlyns Snaes
e Möggu

E o tempo queima
suas antigas asas
se despreende dos laços
que fora amaldiçoado a usar

Voa para fora do fogo
em direção às florestas azuis
e a cada nova primavera
as árvores explodem em folha

De Mjallhvítarkistunni
Por Jón úr Vör

SEM MAIS FEVEREIROS

Era pleno verão, o sol brilhava e os pássaros cantavam, mas ninguém parecia estar feliz. Uma "situação", como diziam, se abatera sobre a sociedade, e os pais de Vitória não falavam em mais nada; eles mal tiravam os olhos de seus jornais e computadores, e os noticiários da televisão estavam lotados de economistas e políticos brigando uns com os outros. Vitória já estava oficialmente cansada de tudo aquilo e finalmente conseguiu dar um jeito de fazer seus pais se afastarem um pouco de suas telas e a acompanharem até o mercado para comprar sorvete e pipoca, para que todos pudessem relaxar juntos e assistir a algo mais leve.

No caminho, encontraram um homem com um cartaz que dizia:

O FIM DO MUNDO ESTÁ PRÓXIMO.

– Ele é um economista? – perguntou Vitória.
– Não diga isso, menina. Os economistas usam ternos.

Quando chegaram em casa, Vitória estourou o milho na panela, salgou e encheu a tigela com perfumadas pipocas e então correu para a sala da televisão.

– Ah, assim está confortável – disse seu pai, enquanto os três se ajeitavam num cantinho macio do sofá.

O programa começou e eles conseguiram se distrair e dar risada por vários minutos, até que a transmissão foi repentinamente interrompida.

– Interrompemos nossa programação por causa da situação econômica – disse o apresentador.

Três economistas surgiram na tela.

Ah, não, pensou Vitória. *De novo, não*. Ela teve a impressão de que eles eram grudados, como um monstro de três cabeças.

– Existem trigêmeos siameses? – perguntou.

– Psiu! – disse sua mãe. – Não seja tola, nós temos que escutar isso.

Um dos economistas tomou a palavra e falou com ar consternado:

– Há quem diga que os relatórios não têm sentimentos, mas eu posso jurar que o meu relatório chorou quando fiz os cálculos para a situação do próximo ano.

Seus pais ficaram imóveis e com os cabelos em pé. Vitória ficou encarando a tigela de pipoca e, perdendo a paciência, apanhou o controle remoto e mudou de canal.

– NÃO! – gritou seu pai. – Isso é importante!

Mas eles não perderam nada. Os economistas estavam no próximo canal, e também no canal seguinte.

Vitória agarrou a tigela de pipoca e saiu para o jardim. O sol do entardecer brilhava, as aves cantavam. Ela se sentou na grama recém-cortada e desfrutou de seu aroma, mas ninguém estava aproveitando o belo tempo, todos os vizinhos assistiam imóveis às desgraças na televisão.

Através da janela, Vitória observava seus pais na sala. Ela tinha preparado um momento agradável em família, que estava agora arruinado. Os economistas haviam desaparecido e, em seu lugar, passavam comerciais. Ela não escutava nada, mas surgiram na tela caixas pretas dançantes.

– Controle seu tempo! – apareceu escrito. – Você só vive uma vez! Compre uma *Caixa do Tempo* TIMAX®!

De repente a porta de entrada se escancarou e seu pai correu até o carro.

– Aonde você está indo?

– Fique calma – disse ele –, nós decidimos esperar até que a situação passe!

Vitória viu que a mulher da casa ao lado também correu até seu carro, assim como um homem mais para o final da rua.

Seu pai retornou pouco depois, trazendo grandes placas embrulhadas em plástico-bolha. Sua mãe acompanhava-o curiosa, enquanto ele desembrulhava tudo e parafusava três caixas pretas sobre o chão da sala com uma chave hexagonal. Vitória, sentada no sofá, observava-os com o canto do olho, enquanto se distraía estourando as bolhas do plástico.

– Nós não vamos aturar essa crise – resmungou seu pai. – A viagem pelo mundo vai ter de esperar. – Ele olhou com pesar para um quadro com um veleiro pendurado na parede, enquanto sua mãe dava um suspiro com cara emburrada.

– É, está certo, a vida será insuportável se o déficit de 0,5 ponto no índice nacional acontecer mesmo.

– O que vai acontecer, então? – perguntou Vitória, que ficou um pouco preocupada.

– Na verdade só os economistas é que sabem – disse sua mãe –, mas pode ter certeza que vai ser bem ruim, um verdadeiro horror.

Embora o pai de Vitória fosse considerado por seus colegas de trabalho como um sujeito ligado em novidades e bastante inventivo, ele não era muito habilidoso em tarefas manuais. Ele normalmente trabalhava o dia todo na frente de uma tela de computador, então ficou muito orgulhoso consigo mesmo quando as caixas pretas estavam finalmente montadas e aparafusadas sobre o chão da sala. Elas tinham o tamanho de uma geladeira alta e estreita, e pareciam feitas com uma espécie de vidro fumê. Ele colocou as caixas nos quartos, enquanto a mãe de Vitória arrumava a casa, prendia eventuais coisas soltas no jardim, guardava o carro dentro da garagem e colocava para congelar toda comida que pudesse mofar. Ela até colocou todas as contas em débito automático no banco, pelo período de um ano, e gravou uma nova mensagem na secretária eletrônica:

Aqui é a família da Rua Atrás das Moitas 22.
Nós decidimos esperar por tempos melhores.
Por favor, tente novamente mais tarde.

– *"Tempos melhores, com flores nos prados, não tardarão"* – cantarolou sua mãe.

– Quando nós sairemos de dentro das caixas? – perguntou Vitória.

– Nós as programamos em "modo indexação". Então, as caixas se abrirão automaticamente quando a situação melhorar.

Vitória deu uma olhada à sua volta. Estava tudo meticulosamente preparado, como se eles estivessem prestes a partir em uma longa viagem. E assim, cada um entrou em sua respectiva caixa preta. Mamãe, papai e Vitória, que estava muito curiosa com tudo aquilo. O vidro era transparente; ela sentiu seus ouvidos tamparem quando a porta se fechou e uma luz azul se acendeu. Tudo ficou preto num piscar de olhos, e então a caixa se abriu novamente. Ela pôs os pés para fora com cuidado e se arrepiou ao sentir que o piso estava molhado. Caminhou até a sala e deu um pulo para trás quando um bando de gaivotas levantou voo. Um pequeno cervo que estava deitado no sofá se pôs nas quatro patas e saltou para fora pela janela. No meio da sala havia um imponente pinheiro que firmara raízes através do assoalho e, no canto, uma samambaia se espalhara por todo o piso. Um corvo grasnou. Vitória olhou para cima e viu o céu azul através de um grande buraco no teto. O corvo saiu voando com uma enorme aranha em seu bico.

Ela caminhou até a cozinha e ficou imóvel quando viu um esquilo que estava sentado na pia pular para fora através de uma janela quebrada. A floresta que existia atrás da casa agora chegava praticamente à parede externa, e um galho tinha crescido e quebrado a vidraça. Os armários de louça estavam abertos e havia um ninho de andorinhas na sua tigela preferida.

Ai, os economistas estavam certos, isto é uma situação terrível, pensou Vitória, enquanto tentava não perturbar os filhotinhos que piavam no armário de louça.

Sua caixa devia estar com defeito, e assim Vitória tentou se apressar o máximo que podia, afinal a família não deveria sair antes que a crise tivesse passado. Ela arrancou as trepadeiras e viu que as fotos de família na parede estavam desbotadas. Avançou através das folhas de samambaia que tinham crescido diante do quarto de seus pais e precisou empurrar com força para abrir a porta. Quando os olhos se habituaram à penumbra, viu-os postados imóveis dentro de suas caixas, atrás do vidro fumê. Eles estavam banhados por uma luz azulada, que os deixava pálidos e fantasmagóricos. Seu pai parecia estar dizendo algo e sua mãe tinha os olhos entreabertos, como em uma foto mal tirada. Vitória queria dizer para sua mãe que sua caixa se abrira por alguma razão desconhecida. Segurou firme na maçaneta e empurrou com os pés, mas nada aconteceu. Ela bateu no vidro, mas seus pais continuavam tão estáticos e paralisados quanto antes, então golpeou com toda a sua força. Ainda nenhuma reação.

– MAMÃE! MAMÃE! – gritou, sentindo as lágrimas irrompendo, e então tentou raciocinar.

Uma chave hexagonal! Preciso de uma chave hexagonal!, pensou, e retornou para a sala.

– Elas devem estar aqui em algum lugar – disse em voz alta, enquanto fazia força para abrir a porta da garagem. Então ouviu uma voz forte atrás de si.

– Não entre aí! Tem uma colmeia dentro da garagem.

Ela olhou para trás e viu um menino de pé no jardim. Ele estava vestido com uma tradicional blusa de lã marrom escura e calças de agasalho com um furo no joelho.

– Quem é você?

– Eu me chamo Marcos – disse ele. – Você tem que vir comigo.

Vitória observou-o.

– Você tem uma chave hexagonal?

– O quê? – perguntou o menino.

– Eu estou procurando uma chave hexagonal. Sabe como é, tipo um ferro curvo com um hexágono numa ponta.

– Não – disse o menino. – Uma chave hexagonal não vai resolver nada. Venha, se apresse. A porta de entrada da casa está emperrada, você terá que passar pela janela. E pegue uma jaqueta e sapatos.

A sala ficava sobre duas plataformas, e a mais baixa estava meio cheia de água. Um sapo estava sentado no canto da mesa de centro, flutuando numa espécie de lagoa.

– Não vou conseguir passar – disse Vitória –, tem um sapo na mesa de centro.

– É só você ir pulando nas coisas – disse ele.

Vitória pulou de cadeira em cadeira, conseguindo cruzar pelo meio do cômodo, e saltou para fora pela janela quebrada da sala. O jardim estava coberto por uma grama meio seca e amarelada.

– É a crise ainda? – perguntou ela, olhando à sua volta. Ela mal podia reconhecer sua vizinhança. Era como se a floresta a tivesse engolido.

– Muito pior – disse o menino.

Eles caminharam descendo a rua, que já nem era bem uma rua. Havia enormes álamos brotando no meio dela. Era como se a cidade estivesse enfeitiçada. As casas estavam ou acinzentadas ou desbotadas pelo sol, pela chuva e pelo vento, e sua pintura estava descascada aqui, esmaecida ali. Trepadeiras tinham coberto as paredes das casas. Parecia, na verdade, que todas as pessoas tinham desaparecido, como se o mundo tivesse sido abandonado. Nas caixas de correio e nas portas de entrada, havia placas intrigantes:

SEGUNDA-FEIRA É DIA DE SOFRIMENTO!

Nos cruzamentos via-se um letreiro giratório de três faces com os dizeres:

VOCÊ CONSEGUIU RESULTADOS HOJE?
UM DIA DESPERDIÇADO NÃO VOLTA JAMAIS!
TIMAX®

Ao longo do acostamento havia grandes moitas cobertas de musgo, enfileiradas.

– Aquilo são carros? Eles parecem ouriços! O que aconteceu? Onde está todo mundo?

– Psiu – disse Marcos, – nós devemos ter cuidado. Apresse-se.

Vitória seguiu Marcos ao longo da via expressa abandonada, até que chegaram ao rio que corria através de um vale verde no meio da cidade. Eles seguiram seu curso até os bairros mais afastados. Os prédios ficavam do outro lado, e no alto da colina havia grandes casas com pintura desbotada. Os dois se dirigiram para lá e se esgueiraram através dos jardins, até que um menino vestindo uma jaqueta colorida gritou para eles, indicando-lhes que entrassem em uma casa.

Vitória entrou. No hall o teto era alto e nas paredes havia obras de arte e antiguidades. Havia cabeças humanas nos pilares diante da parede longa – cabeças humanas talhadas em pedra com olhos esbugalhados de pérolas negras. Chegaram à sala, onde um estranho grupo de crianças os aguardava. Era como se elas não pertencessem ao mesmo país ou à mesma época, de tão diferentes que eram entre si. Através da grande janela da sala era possível ver toda a cidade, mas não havia nenhum sinal de vida nas ruas. Nem uma pessoa sequer. No grande prédio do outro lado do rio havia um gigantesco letreiro luminoso que piscava:

SEM MAIS FEVEREIROS!

Vitória, confusa, não via sentido em nada.

Uma mulher idosa surgiu na sala. Ela tinha uma longa trança grisalha e trajava um vestido preto. Quando viu Marcos, sorriu, e então caminhou direto até Vitória e cumprimentou-a amistosamente.

– Bem-vinda, minha querida, eu me chamo Rosa. Sente-se junto às demais crianças.

Ela foi até a cozinha e retornou logo em seguida trazendo rocamboles de canela recém-assados numa bandeja. Vitória observava-a desconfiada. Começava a compreender que não estava sonhando, mas ainda não estava totalmente convencida de que aquilo fosse a realidade. A cidade estava em ruínas. Todos desapareceram. Ela olhou em direção à porta aberta, onde o menino estava de pé, parecendo estar de guarda.

Uma das crianças do grupo, uma garota de cabelos loiros, começou a choramingar.

– Eu quero ir para casa.

Rosa falou carinhosamente para ela.

– Não chore, minha querida. Vai ficar tudo bem. Se tudo acontecer como desejamos, você poderá em breve ir para casa.

– Onde está a minha irmãzinha? Aonde foi todo mundo?

– Eu preciso da ajuda de vocês para descobrir – disse a mulher.

Vitória olhava pela janela e via as folhas das árvores voando pelas ruas, os letreiros desgastados, o mundo completamente vazio, e pensava exatamente a mesma coisa.

Rosa pegou um par de binóculos e olhou para a cidade.

– Precisamos esperar pelos outros. O grupo ainda irá aumentar. – Ela largou os binóculos e retornou para a cozinha.

Vitória se esgueirou até a janela e apanhou os binóculos. Alguém tinha que estar em casa, em algum lugar daquela cidade toda. Seus olhos chegaram a uma luz azul em uma casa, que parecia o brilho oscilante de uma televisão. Ela apontou os binóculos para lá. Havia na porta um adesivo com uma carinha sorridente:

TEMPOS MELHORES DENTRO
DE UM INSTANTE!

Vitória direcionou os binóculos para dentro da janela da sala. No parapeito da janela ela viu flores murchas, e havia copos nas mesas e sofás cinzentos de poeira. Tudo indicava que o apartamento tinha sido abandonado às pressas. Ela procurou pela luz e viu uma mulher numa caixa, com o rosto paralisado como se fosse uma estátua de cera, e lá estavam também seu marido e seu filho, igualmente congelados, mas ao invés de ver uma família sentada assistindo à televisão, ela enxergava rostos petrificados.

Pôs os binóculos de lado e viu uma menina correndo na rua lá embaixo, com um casaco atirado nos ombros, o que causava a impressão de que ela tinha asas azuis. Como uma mariposa que é atraída pela luminosidade da lâmpada externa, ela esvoaçava em direção à casa, mas se voltava de tempos em tempos para chamar um menino que a seguia um pouco atrás.

– Tem uma menina lá fora – exclamou Vitória. – Ela está vindo para cá.

Marcos olhou para fora.

– É a Cristina, ela encontrou alguém.

– Diga para ela entrar depressa. Já começou a escurecer e os lobos podem vir – disse Rosa.

A menina com o casaco finalmente surgiu na entrada da casa, seguida por um menino que parecia confuso.

– Entre e tome um chocolate quente – disse Rosa. – Alguma coisa aconteceu com o mundo, mas nós vamos dar um jeito nisso.

– Tem mais crianças a caminho? – perguntou Marcos.

– Não, eu não vi outras — disse Cristina, recuperando o fôlego e tirando o casaco.

– Onde eu estou? – perguntou o recém-chegado. – Onde está todo mundo? Não tem ninguém lá fora!

– É educado apresentar-se – disse Rosa.

– Meu nome é Pedro – disse o menino.

– Bem-vindo, Pedro. Não precisa ter medo de nada.

Vitória observava a velha mulher e suas mãos delicadas. Observava a mobília, o tapete no chão e as luzes no teto. O lugar não se parecia nem um pouco com uma casa, mas sim com uma mistura de galeria de arte, biblioteca e laboratório. Ela fez que não com a cabeça quando a velha mulher lhe ofereceu bolo de chocolate e um copo de leite. Conhecia muito bem a fábula de João e Maria.

– Venham comigo – disse Rosa.

As crianças a seguiram até um escritório. Nele havia um vaso de cerâmica num pedestal e um elmo trincado sobre uma prateleira, como se tivesse sido golpeado por uma espada. Lá se podiam ver fragmentos de uma antiga tapeçaria na parede e a imagem de um gigantesco castelo que parecia velho, mas o desenho era novo. Havia também uma bainha, um anel de prata, um pequeno elefante esculpido e uma presa de narval, a baleia unicórnio. Nas paredes viam-se antigos mapas que retratavam o mundo tal qual as pessoas o imaginavam em tempos antigos. Nos mapas, lugares tinham sido assinalados com uma caneta hidrográfica. No mapa-múndi havia uma etiqueta adesiva amarela com as palavras: "A Maldição da Princesa de Pangeia".

Rosa puxou uma cortina para revelar uma pintura na parede, um pouco fragmentada, mas rica em cores e artisticamente desenhada. Nela havia um homem, que era nitidamente um rei, conduzindo um rinoceronte com arreios, além de uma garota carregando um peixe dourado gigantesco e um rapaz que a guiava até um pequeno lago. E lá a mesma garota repousava dentro de algo que se parecia com uma arca de vidro.

– Quem é a menina dentro da arca? – perguntou Vitória.

– É Obsidiana, a princesa de Pangeia. Eu coletei milhares de histórias sobre ela e já pesquisei como elas se relacionam ao que aconteceu aqui. Mandei desenterrar relíquias e ruínas e estou no caminho certo. Eu creio que encontrei o único jeito para livrar o mundo do feitiço, mas vocês têm que me ajudar.

Rosa projetou um filme na parede. Ele mostrava um homem parado de pé numa cidade completamente vazia, apontando para uma colina atrás de si. Ele balançava a cabeça e dizia, com voz fúnebre: "Alguém perturbou sua paz! A maldição foi despertada! ".

As crianças permaneceram sentadas, imóveis. Lá fora o silêncio era sepulcral. Ninguém nas ruas, nenhuma luz na cidade além do pálido brilho azul que emanava das casas mudas. Na parede havia visores de tela plana que pareciam exibir imagens de webcams espalhadas mundo afora. Em toda parte, era a mesma história: casas-fantasma, ruas-fantasma e cidades-fantasma. Tudo abandonado e vazio, mas o mundo em si estava longe de estar morto, estava verde e exuberante, com seus asfaltos e concreto encobertos por florestas. O mundo com certeza tinha sido enfeitiçado.

Rosa apanhou um maço de papéis e o atirou sobre a mesa, causando um barulho que fez as crianças darem um pulo.

– Vocês querem ouvir a história?

As crianças fizeram que sim com a cabeça.

Então, Rosa começou.

AS TRÊS IRMÃS

Em tempos muito, muito antigos, quando os seres humanos ainda eram poucos e perambulavam pelas florestas como caçadores e coletores, nasceram três irmãs.

Logo sua mãe percebeu que uma era cega e surda, podia apenas falar.

Outra era cega e muda, podia apenas ouvir.

E a outra era muda e surda, podia apenas ver.

As irmãs cresceram, e compensavam as deficiências umas das outras. A que podia ouvir, escutava incomumente bem; a que via, enxergava melhor que uma águia e a que falava, conseguia gritar tão alto que os animais selvagens fugiam para longe. Assim, as três corriam juntas pela floresta e se orientavam melhor que qualquer um que tivesse plena visão e audição.

Mas as pessoas temiam as irmãs e diziam que elas traziam má sorte. Sua mãe foi forçada a abandoná-las numa clareira para morrerem.

Contudo, as feras mais selvagens não lhes fizeram mal. A que enxergava, olhava no fundo dos olhos dos animais; a que ouvia, escutava-os com consideração e a que falava, acariciava-os e sussurrava palavras afetuosas para eles.

Elas encontraram abrigo numa gigantesca colmeia que abelhas construíram ao seu redor. Vacas se aproximavam para lhes dar leite, cavalos as transportavam sobre as montanhas e lobos caçavam coelhos e faisões para elas comerem.

As irmãs apareciam para as pessoas em lugares distantes da floresta, e nunca sabiam quando ou onde poderiam encontrá-las. Isso lhes despertou tanto medo e terror que um bravo jovem foi escolhido para matá-las e retornar trazendo seus corações como prova. O jovem partiu e, por fim, encontrou a colmeia das irmãs em uma clareira na floresta. Ele se escondeu sob uma grossa pele, com uma faca em punho. Viu uma jovem garota chegando, sussurrando para um passarinho que repousava na palma de sua mão. Ele aguçou os ouvidos e escutou o encantamento. Permaneceu deitado, imóvel, o dia inteiro, e escutou-a sussurrando encantamentos para vacas, encantamentos para cavalos e um encantamento que acalmava a ferocidade dos lobos. Nunca antes um ser humano tivera um contato assim com os animais.

Ele estava ainda deitado, escondido, quando a irmã com audição chegou. Ela parou e escutou um batimento de coração retumbante e desconhecido. Caminhou seguindo o som, esticou o braço sob a grossa pele e arrastou o jovem para fora do esconderijo. A irmã com visão olhou fixamente dentro de seus olhos e observou bem no fundo de sua alma, enquanto a que só podia falar sussurrou em seu ouvido:

– Você aprendeu um encantamento que o tornará poderoso. Mas você deve saber de uma coisa: jamais use animais contra as pessoas. JAMAIS! Aquele que fizer isso perderá tudo o que lhe é mais caro.

O jovem correu apavorado floresta afora. Confuso, perambulou por horas naquele dia, até que se deparou com um cervo. Automaticamente, estendeu a mão para sacar a faca, mas, em vez de atirá-la no animal, pronunciou o encantamento. E as coisas então se deram de tal modo que ele retornou para casa montado no cervo, e não levando os corações das irmãs. Todos se ajoelharam e o declararam seu rei. Ele domou cavalos e vacas e elefantes, e construiu para si o maior palácio jamais visto. Domou camelos para cavalgar através de desertos que até então eram intransponíveis. Assim surgiu a primeira vila, que se transformou na primeira cidade, que se transformou no primeiro reino e que ganhou o nome de Pangeia. O jovem teve filhos que herdaram o reino, e assim se passaram séculos e séculos.

Sussurradores oficiais acompanharam os reis de Pangeia e lhes serviram geração após geração. E embora nem todos os reis de Pangeia tenham sido pacíficos, nenhum havia ousado usar animais contra pessoas.

Nada se ouviu das irmãs por um longo tempo, mas as lendas populares diziam que elas às vezes apareciam, como um mau agouro. E então aconteceu de as três serem vistas em lugares distintos de Pangeia. Uma, no cume de uma montanha sob a lua cheia; outra apareceu para um pescador que arrastava sua rede, e a última fora avistada sentada num ninho de corvo.

Mas o rei Dímon XIII nunca ouviu nada sobre isso, pois ele estava apaixonado. Completa e perdidamente apaixonado.

VIDA E MORTE

O rei Dímon de Pangeia andava extraordinariamente distraído já fazia algum tempo. Os conselheiros e cortesãos aproximavam-se dele, mas Dímon não parava de olhar, sonhador, para o alto, e todos sabiam o porquê daquilo. Ele encontrara uma lindíssima mulher enquanto caçava na floresta. Ela estava pescando trutas com uma linha na beira de um lago, e a seus pés um grande tigre repousava deitado.

Ele a cumprimentou e ela o cumprimentou, dizendo chamar-se Luz da Primavera.

Seus olhos eram sonhadores como águas-vivas flutuantes, seus cabelos ondulavam como algas agitadas pelas marés e seus lábios eram vermelhos como uma estrela-do-mar.

"Estrela-do-mar", pensou Dímon. "Estrela-do-mar". Seu coração saltitava como um golfinho recém-nascido.

Os dois nadaram juntos no lago até uma ilhota, onde ficaram sentados o dia todo embaixo de uma cerejeira, conversando e mascando palha. De noite, ele já estava tão apaixonado que a convidou para se mudar para seu castelo.

– Preferia que você ficasse aqui comigo – disse ela com um sorriso provocador.

– Mas quem então controlará meu reino? – perguntou o rei.

– Às vezes é possível controlar mais ao controlar menos – disse ela, e puxou da água uma truta que se debatia.

De volta a seu castelo, foi exatamente isso que o rei Dímon decidiu fazer. Assim que surgiu a oportunidade, pôs-se montado em seu cavalo e foi a galope para a floresta.

– Nos vemos no outono! – gritou para seu conselheiro.

– E quem controlará tudo? – perguntou Conselino.

– Às vezes é possível controlar mais ao controlar menos – respondeu Dímon, e se foi até sumir ao longe.

～❦～

Dímon e Luz da Primavera ficaram juntos o verão todo numa cabana à beira de um pequeno lago, e era possível escutar risos e gargalhadas até tarde da noite. Ele contou a ela sobre seus sonhos de expandir os domínios do reino, mas ela apenas o abraçou e disse:

– Ei, um único bosque, algumas moitas e um lago são tudo o que nós precisamos.

Até que, à medida que o tempo foi passando, uma pequena vida surgiu em sua barriga, e o mundo se tornou para o rei o mais doce torrão de açúcar, e cada ruído era como o canto de um pássaro.

Eles se casaram com pompa e circunstância diante de uma grande multidão, e milhares de aves foram treinadas para que imitassem um espetáculo de fogos de artifício.

Quando a criança estava pronta para vir ao mundo, Luz da Primavera foi levada a um quarto no alto da torre do palácio e acomodada em uma cama de seda com vista para montanhas e vales, onde papagaios voavam entre as copas das árvores. Mas o parto foi complicado. Passaram-se um dia e uma noite e, quando a criança enfim veio ao mundo, soou da torre o grito:

– NASCEU UMA MENINA!

A rainha tomou-a nos braços, sorriu palidamente e disse:

– Ela é linda.

E então fechou os olhos, não tornando mais a abri-los.

A parteira tomou a criança nos braços, enquanto o rei tentava despertar seu único amor verdadeiro, que não acordava.

O rei Dímon escondeu o rosto em suas mãos. Seu coração estava prestes a explodir. Era como se alguém tivesse apanhado uma tesoura e cortasse, uma a uma, as cordas da harpa de seu peito. Isso não podia ser verdade! Ele não acreditava que o amor da sua vida, que o beijara um instante antes, tivesse partido para sempre. Era como se uma pequena estrela em seu peito tivesse implodido e virado um buraco negro que atraía para si toda a alegria que ele tinha, todos os sabores e todas as cores que havia ao seu redor. Ele observou o horizonte, o sol, o vento e o mundo que seguia seu curso de sempre, como se nada tivesse acontecido. Apesar da tristeza e do sentimento de fim do mundo na mente do rei, as moscas continuavam zunindo, os pássaros cantavam alegres e o sol brilhava como se nada fosse mais natural.

Dímon gritou com toda a força de sua alma:

– PAREM DE CANTAR! EU ORDENO QUE VOCÊS PAREM DE CANTAR! QUE O DIABO OS CARREGUE!

De repente ouviu um choro baixo, sensível, que de tão suave e indefeso fez o coração do rei bater diferente. Ele tomou nos braços a filha recém-nascida para que ela parasse de chorar. Ele era desajeitado, tinha mãos grandes que jamais haviam segurado uma vida tão pequenina. Beijou-a na testa. Ela era perfumada como uma flor e observava seu pai com olhos curiosos como os de uma foca, que lançavam ao rei um olhar profundo e inteligente. Ele riu e chorou ao mesmo tempo, e então ela se pôs a chorar novamente.

– Ela está com fome – disse a parteira.

Um mensageiro partiu às pressas e bateu de porta em porta atrás de alguma mulher que pudesse dar de mamar a um bebê. E assim encontraram Thordis, uma mulher grande e delicada com mãos suaves, sorriso bonito e cabelos negros. Seus seios transbordavam leite, e ela deu ao bebê todos os cuidados de que ele precisava.

❧

Raiva e saudades fermentavam dentro de Dímon. Tudo estava dando certo, mas agora a sorte se voltara contra ele. O rei tomou a rainha nos braços à noite e cavalgou com ela floresta adentro. Sepultou-a às margens do pequeno lago onde tinham passado todo o verão.

Espalhou-se pelo reino inteiro a notícia de que nascera a mais bela menina – branca como neve, com lábios vermelhos como sangue e cabelos negros como as asas de um corvo. Seu pai fechou os olhos e pronunciou: "Eu prometo, por todos os espíritos, que farei tudo por essa criança. Escalarei montanhas e travarei guerras. Tudo por sua felicidade." A menina foi banhada em água e recebeu o nome Obsidiana.

Dímon levou-a até a sacada para que o povo pudesse ver sua nova princesa. A multidão deu vivas e os bardos escreveram poemas. Ninguém podia suspeitar que, décadas mais tarde, ela estaria de pé naquela mesma sacada e o povo a observaria com olhos cheios de terror.

EXEL

Se o rei já andava inquieto quando apaixonado, estava muito pior no luto. Seu conselheiro Conselino tentou confortá-lo e o levou para uma caminhada, para distrai-lo. Conselino havia adestrado um enxame de abelhas, que voava em torno de sua cabeça como se fossem os anéis de Saturno. Ele levava um velho esquilo no ombro, e duas jiboias pretas o seguiam. Elas rastejavam em sua sombra e às vezes se entrelaçavam, parecendo uma cobra de duas cabeças.

Conselino mostrou para o rei como tudo ia bem, como ele tinha um reino esplêndido, superior a todos os reinos do mundo. Caminharam ao longo do rio, onde uma lontra rastejava pela margem com um peixe na boca, que ela depositou num cesto junto a um pescador que dormia na ribanceira. Passaram por um macaco que subia em um coqueiro para apanhar cocos, que ele ia empilhando ao lado de uma velha que estava sentada tricotando uma blusa. Um pouco mais adiante, havia um rinoceronte cor de ferrugem que puxava um arado. O reino florescia, os celeiros estavam cheios de feno, os galpões de madeira repletos de peixes-secos e todos os jarros transbordavam de conservas, mas isso não servia para consolar o rei.

O ancião Jako desceu às profundezas da biblioteca e procurou desesperadamente por palavras de sabedoria que pudessem libertar o rei dos grilhões do luto. Os cozinheiros reais prepararam um manjar requintadíssimo. Levaram à mesa um avestruz inteiro grelhado e recheado com um pinguim arau-gigante, que por sua vez estava recheado com um peru, recheado com um flamingo, recheado com um frango, recheado com um pássaro lagópode-branco, recheado com um papagaio, recheado com uma ave petinha-dos-prados, que tinha sido recheada com um beija-flor que tinha uma abelha incrustada de mel no traseiro. Mas o rei estava sem apetite. Foi só quando a menina balbuciou algo e puxou seu nariz que ele se distraiu um pouco. Mas incontáveis afazeres esperavam pelo rei e, naquela época, não era comum uma pessoa importante gastar seu tempo criando uma criança. A ama Thordis encarregou-se plenamente disso, com o auxílio de mais cem criadas da corte.

– Nós temos os melhores professores do mundo? – perguntou o rei. – Ela estudou canto e astronomia?

– A criança ainda tem poucos meses – disse Conselino –, mas nós arranjaremos os melhores professores.

– Ela come os melhores pratos do mundo? – perguntou o rei.

– Ela está sendo amamentada por Thordis – informou Conselino. – Mas nós arrumaremos cozinheiros quando for a hora.

Durante a noite, o rei era tomado por uma tristeza tão arrebatadora que perambulava pelo palácio como um leão enjaulado.

O médico da corte, Dr. Gamo, mediu seus batimentos cardíacos e perguntou:

– Qual alegria seria grande o bastante para encher o vazio dessa tristeza profunda?

O rei falou:

– A minha tristeza é tão grande que eu precisaria conquistar o mundo inteiro para aplacá-la.

– Então há pouco que eu possa fazer por você – disse Dr. Gamo.

Mas então uma voz estridente soou atrás deles.

– Eu sei o que é preciso para conquistar o mundo.

O rei se virou e viu um homem comprido e cinzento de mofo surgir à porta. Ele era tão cinza que se camuflava nos muros do castelo. Vestia um terno quadriculado e segurava na mão uma régua de prata. Nitidamente cuidava para não pisar nas linhas do chão ao se aproximar do rei: seus passos não eram compassados, porque as lajes do piso não tinham todas o mesmo tamanho e, de três em três passos, ou esticava bem a perna ou dava um passo bem curto. Ele pigarreou e falou, com voz um pouco estridente:

– Espero não ter lhe perturbado, majestade, mas meu nome é Exel e creio poder ajudá-lo.

– De onde você vem? – perguntou o rei.

– Sou responsável por sua contabilidade, meu senhor.

– Ah, é? – disse o rei, surpreso, sem lembrar-se de tê-lo visto antes. – E por que você haveria de saber como conquistar o mundo?

– Eu fiz os cálculos – disse Exel. – Você precisa de uma quantia imensa de ouro para conquistar o mundo, e eu encontrei um jeito de transformar ar em ouro.

O rei ergueu as sobrancelhas e o médico da corte balançou a cabeça.

– Pois bem – disse o rei –, do que você precisa para transformar ar em ouro?

– Preciso de um sótão e um saco cheio de chouriços.

O rei jamais ouvira tamanha loucura, mas a curiosidade o moveu a fornecer a Exel aquilo que ele pedia.

No dia seguinte, um raio luminoso cintilava através do buraco da fechadura na porta do sótão. Quando o rei abriu a porta, seus olhos foram ofuscados. O recinto estava cheio de pepitas de ouro, pedras preciosas e diamantes brilhantes. Exel sentava-se orgulhoso à escrivaninha, do lado da pilha reluzente. Ele ia pesando e computando tudo em um grosso arquivo.

– Eu não falei? – disse Exel alegre, enquanto pesava mais. Seu rosto refulgia ao brilho do ouro.

– Qual foi o truque? – perguntou o rei.

– Eu ensinei os corvos a trazerem para mim tudo que reluzisse. Em troca, dou-lhes os chouriços – disse Exel, em tom triunfal.

Um brilho dourado atingiu os olhos do rei quando ele olhou para o tesouro, e uma pequena gota de tristeza evaporou de sua alma.

Conselino estava em dúvida quanto a tudo aquilo.

– Nós nunca permitimos que os corvos coletassem ouro – disse ele.

– Não há motivo para preocupação – disse Exel. – Eu já calculei tudo. Agora, tudo se faz automaticamente.

Não se passou muito tempo até que os monarcas dos reinos vizinhos começassem a cobiçar o ouro. Eles afirmavam que o ouro vinha de seus próprios tesouros. Os reinos vizinhos reuniram um exército feroz e cercaram a cidade de Pangeia.

– Você nos trouxe graves problemas, Exel! – trovejou o rei.

Mas Exel manteve uma expressão determinada enquanto calculava mentalmente, e então disse:

– Não há motivo para preocupação, senhor. Eu calculei que a menor das criaturas pode vencer o maior dos exércitos.

– Como isso pode ser?

– Acredite em mim!

Conselino estava em dúvida.

– Mas majestade, nós nunca utilizamos animais contra pessoas.

O palácio trepidava à marcha compassada dos inimigos, e assim a pequena princesa acordou no quarto ao lado e começou a chorar.

– Esses soldados ameaçam a mim e à minha filha! – disse Dímon.

Os portões da cidade foram trancados, enquanto os homens da guarda real seguiam os comandos de Exel. Trabalharam noite e dia treinando cupins, abelhas e formigas-correição. No terceiro dia, os insetos se despejaram do palácio contra o exército inimigo. Os invasores se coçaram aturdidos quando as pulgas pularam sob suas roupas, e ao mesmo tempo os cupins iam roendo e inutilizando as flechas, os cabos das lanças e os escudos. Traças roeram e esburacaram cintos e fardas, e assim os homens ficaram com os traseiros de fora. E então as abelhas lançaram seu ataque. Ao amanhecer, os soldados estavam de pé, desprotegidos e inchados devido às ferroadas e picadas. Uma bandeira branca foi alçada, mas caiu no chão quando os cupins roeram o mastro.

– Muito bem – disse Dímon, ao observar do alto o exército inimigo neutralizado. Ele exultava sob a visão de sua vitória fácil. – O que vocês sugerem? Vamos colocá-los para correr ou tirar suas vidas?

– Eu sugiro dar para eles o ouro – disse Exel.

– O quê? – disse o rei, espantado.

– Eu calculei as forças, as fraquezas, as ameaças e as oportunidades envolvidas nesta situação. Sugiro que nós paguemos aos soldados para se aliarem a nós e anexemos os reinos que nos atacaram.

⟞✦⟝

Tudo se deu como Exel havia previsto. Os inimigos se entregaram e receberam em troca condecorações em ouro, armas e honrarias. Assim, um exército duas vezes maior partiu para conquistar a próxima cidade, e lá se deu a mesma coisa. O reino de Dímon se expandiu como um incêndio na floresta em dias de ventania. O palácio aumentou, o poder floresceu e estátuas de Dímon foram erigidas em locais onde até então seu nome era desconhecido.

Dímon olhou radiante para o mapa e percebeu o quanto seu reino se tornara poderoso.

– E agora? – perguntou o rei.

– Os menores animais venceram os maiores exércitos, mas não obteremos o comando sobre o mundo inteiro a não ser que os animais grandes lutem também.

O rei sorriu, mas Conselino tinha a face vermelha. As abelhas estavam pousadas em sua cabeça careca, formando uma touca.

– Quando as três irmãs ensinaram aos seus antepassados o encantamento, isso foi acompanhado de uma promessa de que jamais seriam usados animais contra as pessoas!

– Não se preocupe com velhos contos populares – disse o rei. – Quando eu conquisto, o bem vence.

O rei publicou um decreto. Os sussurradores e os domadores ganharam novos encantamentos para sussurrar para os animais. As andorinhas do Ártico se reuniram em bando e treinaram ataques aéreos. Exel segurava alto um bastão e as observava encantado, voando sobre sua cabeça. Os touros bufavam, batiam os cascos no chão e abaixavam os chifres. Rinocerontes grunhiam, prontos para atacar com suas couraças. Dímon observou seus rebanhos, tão obviamente invencíveis, mugindo, bufando, grunhindo, rosnando, berrando, guinchando e gargalhando. Aves de rapina voavam como nuvens sobre o castelo. Dímon ergueu o punho para os deuses.

– Vocês se acham donos deste mundo, mas eu hei de mostrar a vocês quem é maior. Em nome de minha filha Obsidiana, eu conquistarei o mundo! Oficiais, reúnam o exército! Selem os rinocerontes! Agucem as pontas dos chifres dos touros! Deem água aos cavalos! Amolem as lanças! Alimentem os advogados! Eu vou conquistar o mundo!

Assim, Dímon despediu-se de sua pequena Obsidiana com um beijo e partiu para longe com seu exército. Ele passou sobre doze montanhas e sobre quatro desertos, e atravessou florestas que não tinham fim. Foi mais longe do que o nariz cheirava, mais longe do que o ouvido ouvia, mais longe do que o olho enxergava e até mesmo mais longe do que a mente podia imaginar.

Tudo ficou estranhamente calmo e quieto na capital quando todos esses animais partiram para a guerra. A pequena menina permaneceu no palácio com sua ama Thordis, cem criadas da corte e mil guardas. O rei ordenara que ela deveria ser a criança mais feliz do mundo. Exel comandava a vida no palácio e seus especialistas calculavam com precisão o que seria melhor para a pequena. Obsidiana era a única herdeira, e sem ela todas as conquistas de Dímon seriam em vão.

OBSIDIANA E O LAGO

A terra tremia sob a cavalgada do exército de Dímon, que ia de distrito em distrito, de país em país. As aves e os animais selvagens já se eriçavam muitos dias antes do surgimento do exército e as cidades se esvaziavam, pois as populações debandavam para as montanhas. As pessoas abatiam cabras e bois e penduravam as carcaças em árvores na beira da estrada, como pagamento por paz. Em nenhum lugar do mundo um exército como aquele tinha sido arregimentado até então. Jamais tinham sido vistos homens que incitavam abelhas a atacar pessoas ou rinocerontes prontos para matar. A barulheira e os toques de trombeta já bastavam para derrubar os mais destemidos guerreiros. Se os homens não se entregassem, podiam esperar o pior. Os rinocerontes iam abrindo brechas na dianteira dos inimigos, por onde guerreiros selvagens penetravam, montados em leões arreados que rugiam. Em seguida, logo atrás deles, vinha a cavalaria, que distribuía golpes em ambos os flancos até atingir, em tempo espantosamente curto, os locais onde escondiam-se chefes e reis. Hienas e lobos eram deixados para trás, nos escombros das vilas e cidades que ainda dessem sinais de resistência.

Quando a batalha estava definida, o rei Dímon chegava em sua carruagem prateada, puxada por um cavalo negro que era forte como um touro. Ele ia conduzindo o carro através do campo de batalha e passava por grupos de guerreiros feridos e derrotados, além de altas pilhas de mortos, que eram circuladas por aves de rapina. Ele ordenava que reis e chefes fossem conduzidos à sua presença, oferecia-lhes café e rocamboles doces, enquanto Conselino abria sua pasta e dizia:

– Esta é uma declaração em três vias da rendição e eterna aliança com o rei de Pangeia. Assinem aqui, aqui e aqui.

Os cronistas suavam para redigir descrições colossais das grandes batalhas e façanhas heroicas, que enviavam para casa.

❦

O reino prosperava. No leste, o palácio real era chamado *Krabaduso rundi*, que significava "cabeça do polvo", e parecia mesmo que o palácio tinha tentáculos que se estendiam pelo mundo inteiro. No oeste, era chamado de *Sorvedouro*, porque era de lá que vinha todo o poder e para lá escorria toda a riqueza, como do alto de um gigantesco ralo. O palácio real reluzia sob o sol ardente, crescia como uma concha sobre a cidade de Pangeia, e em seu interior repousava a bela princesa Obsidiana, que se sentava diante da janela e observava os artesãos decorando paredes de ouro com pérolas negras e brancas. Ela tinha acompanhado torres sendo erguidas e torres sendo adicionadas sobre as primeiras, uma em cima da outra, até que os pináculos mais altos pareciam tocar as nuvens e raspar as estrelas.

Todo o universo pertencia à Obsidiana que, no entanto, já estava quase explodindo de saudades à espera do rei. Ela olhou para o grande anfiteatro e escutou o som de ovações e comoção. *Qual era o motivo da alegria do povo?* Olhou para as Sete Torres que se erguiam acima dos picos das montanhas a leste. Ansiava ir até lá. Olhou do alto das muralhas do castelo e calculou se seria possível descer por ali até embaixo. Obsidiana se perguntava se poderia se machucar caso caísse. Ela nunca tinha se machucado. Quando o rei Dímon soube, enquanto estava na frente de batalha, que ela já estava caminhando, emitiu o seguinte decreto:

– Por meio desta, todos os cantos pontudos estão proibidos em toda Pangeia.

Dímon mandou forrar o palácio com tapetes e almofadas de seda. Havia guardas a postos, prontos para segurar Obsidiana por onde houvesse a possibilidade de ela cair. Nos primeiros anos, ela achava poucas coisas mais divertidas do que pular do alto da escada para que a segurassem na queda. Sentia um frio na barriga enquanto caía em direção ao duro piso de pedra, e ria quando os guardas a amparavam com uma colcha de seda. Eles respiravam aliviados e enxugavam o suor da testa, afinal, sabiam que não era apenas a vida dela que estava em jogo, mas a deles próprios também. Obsidiana recebia tanta atenção e cuidados que nem uma vez chegou sequer a ralar o joelho e descobrir a diversão de arrancar a casquinha da ferida.

Obsidiana olhou ao longe o horizonte, na esperança de avistar um corvo-correio com alguma mensagem de seu pai. Já fazia algumas semanas que não aparecia nenhum. Ela tinha uma grande pilha de cartas, que lera e relera inúmeras vezes.

Minha filha querida,
Depois da última batalha, você tem um novo castelo de diamantes na cidade que agora se chama, em sua homenagem, Obsidianápolis. Nós a visitaremos juntos quando a conquista estiver assegurada...

Nas cartas havia descrições de formidáveis montanhas, florestas escuras e cidades de ouro. Ele escrevia sobre povos espantosos, animais selvagens, homens primitivos e selvas cheias de canibais. Contava sobre estranhas criaturas, peixes maravilhosos e grandes batalhas. Obsidiana fechou os olhos e tentou se lembrar de seu pai. Tentou se lembrar dos olhos, do nariz, da voz. A única coisa que tinha eram as cartas dele. Seu pai se tornara uma mera coleção de palavras:

Minha querida filha,
Nós já viajamos pelo mundo por dez anos e ele é maior do que eu jamais poderia imaginar. Quando eu voltar para casa, mostrarei a você o bosque onde sua mãe repousa embaixo de um chorão. Ninguém mais além de mim sabe onde fica. Lá há uma floresta e um belo lago cheio de trutas contorcionistas.
Com saudades – papai.

Um panda vermelho pulou em seu colo. Obsidiana o afagou com afeto. O animal, que tinha o tamanho de um guaxinim, era raro e precioso, como tudo que Obsidiana possuía.

Enquanto o acariciava atrás da orelha, observou um cachorro desgrenhado que pulava pelos telhados na cidade. Sentiu vontade de afagar aquele cachorro também.

– Você não gostaria de brincar com um cachorro assim, meu panda? – sussurrou ela, e o panda enfiou o focinho em seu pescoço, fazendo-lhe cócegas com seus bigodes.

O cachorro corria atrás de uma criança, e Obsidiana sentiu vontade de brincar com aquela criança, mas sabia que isso era improvável. Já tinha assistido a centenas de crianças que vinham, bem-comportadas, em fila, para participar da "prova de amizade". Não era surpresa quando voltavam cabisbaixas, algumas horas depois, e ouviam broncas da mãe, enquanto o pai adiantava o passo à frente. Não fazia uma semana desde que Exel viera com seu arquivo para apresentar os resultados em tom seco:

– O inacreditável aconteceu mais uma vez – disse ele. – De três mil excepcionais crianças selecionadas que participaram da prova, nenhuma delas pôde ser considerada digna de Obsidiana. Isso não é extraordinário?

Todos no salão bateram palmas, menos Obsidiana, que olhou para ele e perguntou:

– Então nenhuma delas pode ser minha amiga?

– Infelizmente, nenhuma das crianças passou na prova – respondeu Exel.

– Posso fazer a prova? – perguntou ela.

– Por quê? – perguntou Exel, surpreso.

– Bom, preciso saber se eu sou digna de mim mesma – disse ela.

Então Exel riu e disse:

– Viram só como ela é esperta? Que criança poderia ter tido uma ideia assim?

Obsidiana planejava se vingar dele. Nos dias que se seguiram, ela ficou à espreita, observando-o, e traçou linhas com giz por todos os caminhos do castelo. Ela esperou calmamente que Exel passasse, dando suas passadas longas, e observou-o fazer suas paradas repentinas. Então correu atrás dele e traçou mais linhas, de modo que ele parou entre elas, como se tivesse congelado.

– Por que você não pode pisar nas linhas? – disse ela então, em tom de provocação.

Exel tentou pular entre as linhas, até que desistiu, praguejando:

– GUARDAS! GUARDAS! Esfreguem o chão!

– Eu não sou esperta? Que criança teria tido uma ideia assim! – disse Obsidiana, rindo.

Exel tremia de medo, mas não a repreendeu. Ninguém podia repreendê-la, era uma ordem real.

Obsidiana viu o cachorro e a criança correndo em uma rua. A ama Thordis aproximou-se dela e disse, afetuosamente:

– Você está olhando pela janela.

– Estou – disse Obsidiana. – Eu queria fazer carinho num cachorro. Eu queria ralar o meu joelho.

– Que doideira é essa?

– Eu queria ter um amigo.

– Isso não depende de mim, minha querida. As crianças não passaram na prova de amizade. Você tem que falar sobre isso com seu pai.

– Quando ele volta? – perguntou ela.

– Quando terminar de conquistar o mundo. Logo tudo ficará bem, você vai ver. Vá conversar com Jako, ele pode dizer alguma coisa sábia para você.

Obsidiana se foi caminhando, e Thordis mirou pela janela com olhos cheios de saudades. Na cidade havia uma criança e uma família que ela desejava rever desde a noite fatídica em que foi convocada a receber a honra de se tornar ama real.

Obsidiana desceu por corredores dourados e saiu no jardim do palácio, onde o ancião Jako estava sentado, observando peixes dourados e flores de lótus numa pequena lagoa. Jako cuidava dos animais de Obsidiana, que tinha ali um pequeno jardim zoológico: um rinoceronte minúsculo que era do tamanho de um gato e dois elefantes que eram um pouco maiores que filhotinhos de cachorros. Mas ela adorava mesmo Lua e Pico, dois cervos brancos que sempre vinham até ela quando chamava. Os serviçais e os guardas não podiam falar com Obsidiana, eles não tinham a educação necessária para isso, mas Jako podia falar, desde que por meio de provérbios.

– Bom dia, Jako – disse ela.

– Bom dia, Obsidiana – disse Jako. – Para um bom amigo, todas as vias são fáceis.

Ela se sentou na beira da lagoa e os peixes nadaram calmamente para perto dela. Os peixes dourados eram bem criados, alguns tinham o tamanho de uma salamandra gigante ou de um pequeno crocodilo.

– O meu aniversário está chegando – disse Obsidiana.

– Quem vive bem os anos louvado é – disse Jako, em voz mais alta.

– Vou fazer dez anos.

– Tudo é bom aos dez – disse Jako.

– Papai vai me mandar mais bichos – disse ela.

– Ai! Tomara que não mande uma girafa – disse Jako, e levou a mão aos cabelos brancos.

– Isso foi um provérbio? – perguntou ela, em tom de provocação.

Jako coçou a cabeça e pensou consigo.

– Uma girafa alta os enfeites do teto rói – disse ele com ar de sabedoria, e sorriu. – Este é um provérbio, não?

– Nós faremos uma festa quando papai retornar – disse Obsidiana, mas num tom meio triste. Já fazia muito tempo que ele não vinha.

A sua pequena floresta às margens do lago era cercada com muros de pedra baixos. Ali cresciam carvalhos minúsculos, sequoias em miniatura e cerejeiras que mal passavam da altura de seus joelhos. As folhas eram pequeninas e os troncos eram finos, apesar de as árvores terem muitos séculos de idade. Havia lá uma casa de bonecas feita de marfim e cogumelos que eram tão grandes que ela podia se sentar embaixo deles e se abrigar da chuva ou do sol. Ela caminhou sussurrando pela floresta.

– Lua! Pico! Onde vocês estão?

Apanhou um pouco de capim que retirou de seu balde e então vieram os cervos, trotando faceiros. Ela abraçou Lua e o acariciou com ternura.

De acordo com uma ordem real, nada perigoso podia chegar perto da princesa. Os guardas tinham que matar todos os insetos e animais peçonhentos que vissem, mas

Obsidiana sempre acabava achando aqui e ali uma centopeia, uma joaninha, uma barata, que ela apanhava com uma velha caixa de joias e escondia em sua casa de bonecas. Não deixava ninguém descobrir o morcego que dormia pendurado no galpão do jardim. A última vez que apontou para um morcego, veio um guarda e o meteu num saco. Ninguém ficou sabendo, tampouco, de sua amiga, a aranha, que morava no sótão da casa de bonecas, onde tecia sua teia num quarto inteiro. Era o quarto assombrado, onde Obsidiana guardava as bonecas malcomportadas. Se ela lhes arrancasse as asas, as moscas se tornavam ursos pretos, as abelhas viravam tigres peludos, e as vespas se transformavam em lobos ferozes. Ela encheu um dos quartos com velhas joias, e lá uma lagartixa se enroscava em meio a antigos colares, anéis e pulseiras de ouro.

Ninguém sabia da existência deste zoológico de insetos, até que um guarda achou uma abelha sem asas e a apanhou. Um pouco mais tarde, apareceu Thordis com expressão séria.

– Mas ele era um tigre! – disse Obsidiana.

– Você não pode transformar uma abelha em um tigre!

Obsidiana apertou os lábios e choramingou:

– Você não é minha mãe! Se eu não existisse, minha mãe estaria viva.

Thordis calou-se, abrandou a expressão e a abraçou.

– Você não deve jamais falar assim! Nada no mundo pode ser culpa de uma criança pequena!

Thordis olhou firme em seus olhos:

– Eu acredito que em algum lugar a sua mãe a observa. Quando você ri, ela ri também.

Thordis, disfarçando, enfiou a mão no bolso do avental e apanhou uma torta. Obsidiana enxugou as lágrimas e comeu. Olhou para seu colar, a única lembrança que tinha da mãe, e disse:

– Eu queria ter uma mãe.

Thordis então sentiu uma pontada no coração, porque amamentara a princesa no próprio peito, lhe dava de comer, a vestia e lia histórias para ela. Tudo isso, desde o dia em que Obsidiana nasceu.

Obsidiana tinha crescido tanto que o palácio a comprimia como uma blusa apertada. Ela se despediu de Jako e foi mais uma vez para a janela. Precisava arrumar amigos. Precisava ir à cidade e ver o mundo. Não podia mais esperar. Observava do alto o muro sem fim e fez como se estivesse pronta para saltar sobre o peitoril da janela, quando um corvo-correio apareceu, trazendo um bilhete atado a uma das patas. Seu coração acelerou. O corvo-correio se curvou e estendeu as garras pontiagudas. Obsidiana sussurrou um versinho de agradecimento e desatou o bilhete que estava amarrado.

Minha filha querida,
Eu lhe envio esta carta dos mais remotos confins do norte do mundo. Nós já conquistamos o sul e já conectamos o leste ao oeste, agora resta apenas o extremo norte. Em breve cravaremos a bandeira no topo do mundo, onde a bússola aponta para todas as direções. Um mundo que eu conquistei para você.
Com todo o meu amor – papai.

Obsidiana deu um pulo de alegria e gritou.

– Papai está voltando para casa! Ele está voltando para casa!

Ela corria pelos corredores do palácio e acenava com a carta.

– Papai está voltando para casa! Vamos, depressa Thordis, vamos preparar a recepção! Nós podemos comemorar todos os meus aniversários ao mesmo tempo!

Thordis abraçou-a e sorriu, as criadas da corte dançaram ao redor delas, até que Exel chegou com sua pasta. Ele disse, seco:

– É uma boa notícia. Depois que ele tiver conquistado a calota polar, a sua jornada de retorno não durará mais que dois anos.

Por um instante o sorriso desapareceu do rosto de Obsidiana, mas ela então disse:

– Não faz mal, ele está vindo para casa!

Ela se sentou novamente diante da janela e observou os cisnes, que voavam em bando, formando uma ponta. Desejou que cem cisnes pudessem trazer o rei de volta para casa em suas asas brancas.

A MALDIÇÃO DA BRUXA DO NORTE

Seria uma vitória simbólica cravar a bandeira no extremo mais ao norte do mundo, onde todas as direções confluíam em um ponto. O frio era cortante e o vento gélido agitava a neve em rodopios, fazendo-a ondular sobre a terra como um véu branco.

– Dímon, nós temos mesmo que ir até lá com todo este exército? – perguntou Conselino, tremendo e apertando mais rente à cabeça o gorro de pele de esquilo. – Lá não há nada, no máximo uma morsa velha.

– Avancemos mais ao norte! – gritou Dímon, exortando seus homens para a frente. Eles avançaram lentamente, passo a passo, rumo ao objetivo. Suas barbas estavam cobertas de gelo, o vento lixava seus rostos. Alguns podiam quebrar as pontas dos narizes como se fossem pingentes de gelo, e os dedos das suas mãos e pés estavam ficando pretos de tão congelados.

O caminho que iam deixando para trás tornava-se cheio de soldados que morriam congelados em suas tendas, à medida que avançavam. Em intervalos regulares eles iam sendo cravados na neve, retos e duros como postes de telefone. Deste modo, o exército conquistador encontraria seguramente o caminho de volta. Dímon estava cansado, mas ficou orgulhoso quando a bússola finalmente se pôs a girar por toda a volta.

Uma bandeira alaranjada foi presa a um mastro e se agitou como uma chama, para sinalizar que o mundo tinha sido completamente conquistado. Dímon estava comovido, lágrimas escorreram por suas pálpebras. Seus soldados exultaram, cansados, mas fervorosamente. Barbas de gelo tilintavam como taças de cristal.

Mas, então, uma velha vestida num grosso casaco de pele de urso polar surgiu caminhando sobre o gelo. Ela andava com a ajuda de um objeto, que era uma presa de narval comprida e retorcida. Fincava o cajado no solo e saltava como um cabrito por cima de buracos e fendas no gelo. Fincava e pulava, fincava e pulava, como se estivesse bordando um padrão em um tecido branco. Ela bufava e chiava e pronunciava um estranho encantamento à medida que se aproximava, costurando seu curso pelo gelo. Conselino tateou com mãos trêmulas sua pasta para achar uma declaração que ela pudesse assinar.

– Rei ganancioso! – chiou ela. – Você quebrou o acordo! Você quebrou o acordo!

Ela se aproximou de Dímon, mas era tão baixa e curvada que nenhum dos guardas achou necessário detê-la. Apoiou a ponta do cajado contra o peito do rei. Olhava através dele, como se fosse cega, e era como se em seus olhos azuis de gelo ardessem chamas.

– Rei ganancioso. Você usou os animais contra as pessoas! Você mandou sussurrar palavras cruéis para eles! Para quê, rei ganancioso? Para possuir o quê?

E em seguida ela gritou: ENANTIODROMIA!

Ela puxou com ímpeto o cajado, e era como se arrancasse a alma dele e a virasse do avesso. Em um piscar de olhos o gelo desapareceu e tudo ficou preto. Dímon estava cercado de pessoas do passado e do futuro. Fisionomias, rostos e acontecimentos surgiam para ele como uma miragem ou fragmentos de arco-íris. Luz da Primavera aproximou-se dele em roupas coloridas. Ela estava transparente, como se o seu corpo fosse da mesma substância da aurora boreal. Dímon abriu os braços e disse: *Você voltou? Eu estava com saudades.* A rainha parou e observou triste os campos de batalha cobertos de mortos que ele deixara para trás, as chamas ardendo, as florestas incendiadas e as cidades destruídas. Subitamente ele pôde ver a si mesmo, velho e decrépito, no meio dos escombros de um castelo. Ele viu Obsidiana envelhecendo a uma velocidade assustadora: sua pequena preciosa ficando velha e grisalha, tornando-se um esqueleto e então pó, que se dissipou no ar e desapareceu em meio à escuridão. Um redemoinho sugou tudo que ele tinha adquirido até que não restasse mais nada, sequer uma folha de grama. Então um sussurro baixo foi ouvido:

Tudo desaparece
Tudo morre
Tudo é em vão.

As palavras ecoaram em seu peito como num cofre de ouro vazio. A velha torceu o cajado e foi como se uma faca girasse em uma ferida. Dímon abriu os olhos e viu que estava de pé em uma capa de gelo nos confins do mundo. Ele não se lembrava por que estava lá, mas sentia frio. Seus dentes tilintavam. Olhou ao seu redor e perguntou:

– Onde está minha filha?

A velha desencostou o cajado e trovejou:

– Você acredita ter conquistado o mundo, mas eu lhe digo uma coisa: ninguém conquista o mundo se não pode conquistar o *tempo*!

Os soldados ficaram de pé, imóveis, como se atingidos por uma saraivada de pedras.

– Façam alguma coisa! – gritou Dímon. – FAÇAM ALGUMA COISA!

Dímon levou a mão à sua espada, mas a velha gritou:

– Todas as guerras que você trava são em vão. O TEMPO o aniquilará no fim!

A mulher se despiu de seu casaco de urso polar. A mandíbula dela era como o focinho de um cachorro e era peluda como uma foca e tinha membranas entre os dedos. Golpeou a capa de gelo com o cajado, abrindo ruidosamente uma fenda, e um grande buraco se formou. Então ela pulou para as profundezas do mar, e não foi mais vista.

Dímon partiu calado em seu regresso para casa. Os rostos dos soldados congelados mostravam o caminho de volta. Havia corvos pousados nas cabeças daqueles que ainda não tinham sido bicados até os ossos.

A GUERRA CONTRA O TEMPO

O povo de Pangeia recebeu Dímon com toques de trombeta e desfiles. O rei olhou orgulhoso para as ruas empedradas e as torres douradas do palácio. Porém, o que ele mais ansiava era ver Obsidiana. Ela aguardava o pai com um vestido azul. Estava tão crescida que ele mal a reconheceu. Ela queria poder se atirar em seus braços, mas no palácio eram respeitadas certas formalidades reais. Ela se curvou de modo cortês, estendeu a mão e pronunciou a saudação que aprendera:

– Bem-vindo de volta, meu pai e rei.

O rei mostrou-se venerável, como cabe a um rei, e disse:

– Obrigado. Alegra-me encontrá-la, minha boa filha.

Obsidiana observava seu pai atentamente. Ele estava diferente das pinturas e sua voz não era como ela imaginara. Mas não havia tempo para conversas. O toque das trombetas anunciou que deveriam ir direto para o salão de festas dourado. Lá sentaram-se, cada um em seu canto da longa mesa, à qual duzentos convidados de honra estavam enfileirados, exultando com brindes e cantoria. Obsidiana nunca vira aquela gente antes, governantes e oficiais militares de todo tipo postavam-se a intervalos regulares e pronunciavam longos discursos. Era um dia grandioso, porque dali em diante o mundo inteiro seria comandado a partir do palácio real de Pangeia.

Obsidiana podia ver seu pai de relance na outra ponta da mesa, até que o prato principal formou uma montanha entre os dois. Para a ceia havia um elefante inteiro grelhado, que era recheado com um búfalo, que era recheado com uma zebra, que era recheada com um antílope, que era recheado com uma cabra, que era recheada com um coelho, que era recheado com um rato selvagem em cujo traseiro havia um mirtilo marinado.

❧

Mais tarde, quando os convidados foram embora e Obsidiana já tinha ido para a cama, o rei foi sentar-se ao lado dela.

– É bom estar de volta – disse ele, afagando sua cabeça com ternura.

– Obrigada por todas as cartas – disse ela, timidamente. – Mas é muito melhor ter você do meu lado.

Da sua cama era possível vislumbrar as estrelas através da claraboia no teto. O rei apontou para uma estrela vermelha que era a mais cintilante de todas.

– Nomeei aquela estrela em nome da sua mãe, ela se chama Luz da Primavera. Ela vigia e acompanha você.

Obsidiana olhou fascinada para a estrela e sentiu um nó na garganta. O rei tirou uma carta do bolso e lhe entregou. Fora escrita em pergaminho e fechada com um selo dourado.

– Se algo acontecer, Obsidiana, se algo ocorrer comigo e você se vir em apuros, deverá abrir esta carta. Ela indica o caminho para uma cabana à beira de uma lagoa, onde a sua mãe repousa. Lá você estará a salvo. Mas você só pode abri-la se todas as outras alternativas tiverem sido esgotadas.

Obsidiana viu que a expressão do rei era séria. Fez que sim com a cabeça e pegou a carta.

O rei lhe deu um beijo suave na testa.

– Você verdadeiramente é tão linda como uma andorinha – falou, e então acariciou sua bochecha e disse boa noite. Ela sentiu quão grande e macia era sua mão, quão profunda e sonora era sua voz. Sorriu em seu íntimo. Agora estava tudo bem.

– Boa noite – disse ela, e dormiu um sono profundo e feliz.

Quando Obsidiana acordou, algo estranho se passava. O dia chegara, mas não estava completamente claro lá fora, e uma grasnada ensandecida entrava pela janela.

A princesa olhou para fora e viu que as torres do palácio pareciam chapéus de plumas negros: todas as superfícies estavam apinhadas de corvos-correios. Eles voavam ao redor das torres em círculos ascendentes e mal se podia escutar uma voz humana em meio à gralhada. Obsidiana via os guardas armados com redes apanhando os corvos e separando as cartas em pilhas, que depois levariam para dentro e entregariam ao rei. Sentou-se para tomar o café da manhã, mas não viu o rei em parte alguma.

– Ele deve estar ocupado reinando o mundo – disse Thordis.

Assim passou-se um dia, depois uma semana, e outra semana, sem que ela visse o pai. Ele estava sempre dentro do escritório, reinando.

Até que Obsidiana decidiu ir procurá-lo. Pegou o panda nos braços e se esgueirou com pressa, passando por pessoas que estavam ocupadas com todo tipo de papéis. Chegou por fim ao escritório, onde o rei estava sentado atrás de uma gigantesca pilha de documentos e regulamentos. Atrás dele via-se pendurado um enorme mapa de todo o mundo. Exel estava de pé com uma longa lista e ditava:

– 11.493 expressaram desejo de entrevista, senhor rei, e 398 governantes querem recebê-lo em visita oficial. Aguardam pela sua assinatura 3.578 leis, 2.567 decretos, 465 julgamentos de execução e quatro anistias. E ainda esperam com mensagens não lidas 14.522 corvos.

– Que esperem – resmungou o rei. – Eu preciso me deitar.

– Infelizmente, majestade, eles comerão as plantações se a espera for muito longa. Nós soltamos dois mil corvos de noite, mas de manhã chegaram três mil novos com solicitações urgentes. O mundo não se administra sozinho.

Obsidiana aproximou-se timidamente. O rei olhou para cima, sorriu com ar cansado, mas disse assim:

– Vá brincar um pouco no jardim. Eu já vou, só preciso responder a uma carta importante.

Seguida por seu panda, Obsidiana foi andando abatida até o jardim, onde encontrou Jako. Sentou-se à beira da lagoa e observou os grandes peixes dourados nadando. O pequeno rinoceronte mastigava palha e os cervos dormiam sob um cogumelo.

– O silêncio não aplaca a tristeza – disse Jako.

– Por que ele está tão ocupado?

– Quem apanha todos os gravetos pode se queimar na fogueira.

– E quando ele terminará de governar o mundo? – perguntou Obsidiana. – Agora ele não tem tempo para nada!

– Provavelmente nunca – disse Jako. – O mundo não se comanda com uma cabeça apenas.

<hr/>

O rei estava sentado no centro da teia de poder do mundo, com a cabeça atordoada por tudo que devia comandar e regular. Geralmente já estava em reunião antes de Obsidiana acordar, assim nunca podia dizer bom dia, e tampouco conseguia dizer boa noite na maioria das vezes. Ele não tinha certeza se era uma aranha ou uma mosca presa na teia do tempo.

– Eu terei tempo para passear no bosque com Obsidiana no verão? – perguntou a Exel.

– Infelizmente, sua agenda está completamente cheia pelos próximos três anos e cinco meses.

– Às vezes não é melhor controlar mais ao controlar menos? – perguntou o rei, esperançoso.

– O reino descontrolado acabará dividido – disse Exel.

Quando finalmente o rei pôde recolher-se aos seus aposentos, olhou para dentro do quarto de Obsidiana e viu sua menina dormindo um sono sereno. Ela estava tão grande que os dedos dos seus pés saíam para fora da coberta. Ele foi se deitar em sua cama, mas permaneceu acordado. Quando fechava os olhos, ressoavam em sua cabeça as palavras da mulher da capa de gelo: *Ninguém conquista o mundo se não conquista o tempo.* Todos esses anos, todas essas vitórias foram, de fato, em vão, enquanto o tempo corria desembestado. Era como se as palavras tivessem sido tatuadas em sua alma com a presa de narval. *O tempo o aniquilará no fim.* O instante em que ela o tocou com seu cajado não deixava a sua mente, e o frio não ia embora do seu peito. Como uma música que gruda no cérebro, soavam as palavras *Tudo desaparece, tudo morre, tudo é em vão* no vazio de seu peito. Parecia-lhe que os corvos grasnavam:

– CRA CRAAA TUUDOO DESAPARECE! CRAA CRA TUUDO MORRE! CRA CRAA TUUDO É EM VÃO!

Um compasso incessante em sua cabeça o enlouquecia. Tique-taque, tique-taque, tique-taque. Como um relógio despertador ou uma torneira pingando. Não importava para onde ele olhasse. Parecia-lhe que o mundo inteiro o provocava. Montanhas com milhões de anos se erguiam acima dele. Ondas riam e rebentavam ruidosas, como se fossem rebentar por toda a eternidade. Estrelas tremeluziam sem nem notá-lo. Ele era só um pequeno grão de poeira que em breve seria levado pelo vento.

O rei se arrastou, exausto, para dentro do escritório. Observou a pilha de arquivos e os retratos seus e da bela princesa. Observou os adereços, as armas e as vestes. Para que havia essas coisas se as traças e a ferrugem acabariam destruindo tudo? Se tudo terminaria presa do tempo? Ele olhou para o mapa que mostrava como o reino se expandira até os confins do mundo. Pensou em todos os lugares, todas as maravilhas, toda a comida e prazeres, todos os palácios que ele tinha, mas nos quais jamais poria os pés.

– Quantos palácios eu tenho? – perguntou a Exel.

– 9.822 – disse Exel.

– Quanto tempo leva para dormir uma noite em cada um deles?

– 246 anos, contando as viagens – disse Exel.

– Quanto de vinho eu tenho? – perguntou ele.

– 746.425 litros de vinho fino, majestade.

– Quanto tempo levarei para beber tudo isso?

– 409 anos, se beber cinco garrafas por dia.

– Eu conseguirei comandar o reino se beber cinco garrafas por dia?

– Não conseguiria caminhar, majestade – disse Exel.

– Quantos corcéis eu tenho? – perguntou o rei.

– 54.983 – disse Exel.

Sua vida não seria suficiente para montar em todos eles, tampouco. Dímon enfureceu-se e trovejou:

– Sou EU que governo o reino! Eu que dou anistia e sentencio à morte, eu que venço batalhas. Posso depor deuses e fazer com que o povo adore a mim no lugar deles, mas reserva-se a mim o mesmo tempo que ao mais miserável dos escravos! Um mendigo pode viver cem anos, enquanto eu poderia bater as botas amanhã mesmo. Para que conquistar o mundo se o mundo por fim rouba meu tempo? Exel, você que pode transformar ar em ouro deve conhecer um plano para vencer a crueldade do tempo.

Exel bateu algo em sua máquina, balançou a cabeça e disse, seco:

– Isso, infelizmente, é um fato nu e cru, majestade. Você envelhecerá e morrerá e será por fim esquecido. Como tudo no mundo. Infelizmente.

Do alto de sua torre o rei observava Obsidiana correndo atrás dos cervos, Lua e Pico. A ideia de que seu maior tesouro no mundo envelheceria, decairia, morreria e seria esquecida parecia-lhe o pior de tudo. Desapareceria nas mandíbulas do tempo como a mãe dela e todos os outros que adornavam os quadros no palácio. Ele tinha saído de casa um instante para conquistar o mundo e, quando retornou, tinham-se passado doze anos.

De repente foi como se Dímon tivesse voltado a si. Mandou chamar à sua presença todos os mais altos oficiais do reino e gesticulava vigorosamente enquanto emitia a seguinte ordem:

– Aquele que achar um jeito de conservar a juventude e a beleza da princesa e permitir-me vencer o tempo, meu mais perigoso inimigo, ganhará como recompensa metade do reino!

Conselino empalideceu, e as abelhas formaram um ponto de exclamação sobre sua cabeça. Ele perguntou, como se poderia esperar de um conselheiro:

– É necessário abrir mão de metade do reino?

Conselino não deixou transparecer que na verdade sua razão gritava:

– QUE OS CÉUS NOS AJUDEM! O REI FICOU ABSOLUTAMENTE MALUCO!

Mas o rei respondeu com uma pergunta em pura franqueza.

– De que me vale meio reino se eu não tenho tempo para aproveitá-lo? – Ele apontou para uma mulher que estava esfregando o piso perto deles. – Sim, se eu não puder viver mais do que uma reles faxineira!

Mas o rei não sabia que ela era uma mulher inteligente e eruditíssima. Ela balançou a cabeça e escreveu com o pano no chão: *Cuidado com seus desejos!*

O rei congelou de pé. Endureceu e trovejou:

– O que você disse?

A mulher olhou para cima, mas ignorou-o e não disse nada em resposta. Seus olhos eram completamente brancos, como ovos de avestruz.

– Não é você quem comanda seu destino, mas eu! Para os leões!

O rei avançou com passos largos e Conselino ficou confuso. Ele não via nada além do rei falando sozinho. Ele não via mulher nenhuma.

SACIANDO OS LEÕES

Os homens do rei iam de vila em vila e de cidade em cidade em busca daquele que pudesse preservar o tempo. Seguiam no encalço de histórias sobre anciões e eremitas que supostamente tinham vivido por centenas de anos. Do lado de fora do palácio, uma multidão começou a aglomerar-se. Era imensamente colorida e o rei estava exultante por ver tanta gente. As pessoas formavam uma fila interminável, aguardando para apresentar-se diante do rei.

– Eu conheço um encantamento que garantirá vida eterna à princesa – disse o feiticeiro.

– Não tenho certeza se acredito em você – disse o rei. – Quem lhe ensinou?

– Meu pai.

– Quantos anos ele tem?

– Ele morreu faz tempo – disse o feiticeiro.

– Então ele não viveu eternamente! – disse o rei e apontou para que o levassem embora.

Um jovem entrou puxando uma pesadíssima estátua.

– Este retrato de sua filha preservará o nome e a beleza dela por toda a eternidade, meu senhor.

– É uma bela estátua – disse o rei. – Mas que nome está gravado no pedestal?

– Mikael, o meu nome – disse o artista, meio a gabar-se.

– E daqui a mil anos alguém admirará a beleza da estátua?

– Sim – disse o artista, cheio de si –, as pessoas a admirarão daqui a dois mil e daqui a três mil anos.

– E o que as pessoas lerão no pedestal, então? "*Mikael*"? Você pretende utilizar a beleza da princesa para garantir vida eterna para si próprio?

Mikael tremeu até os ossos quando o rei gritou:

– Levem-no embora, atirem-no aos leões!

Assim a estátua da princesa foi a última obra-prima de Mikael.

Nos dias seguintes vieram ao palácio todo tipo de charlatões, artistas e poetas.

– O riso alonga a vida! – exclamou o palhaço, e se atirou com o traseiro no chão.

– Você está me matando de tédio – esbravejou o rei. – Aos leões!

Velhas apareceram com cremes e unguentos em potes de cerâmica.

– Este elixir da vida é garantia de juventude eterna.

Mas o rei perguntou, bruscamente:

– Se ele há de conservar a beleza de minha filha, onde está o resplendor juvenil de vocês?

Vieram magos e curandeiros, mas o rei mandou todos embora.

– Charlatões! – gritou ele. – Como vocês ousam?

E o rei emitiu ordem de proibição terminante a todo tipo de unguento. Ele suspeitava que seus inimigos quisessem envenenar sua filha.

– Eu posso consertar o nariz dela e esticar a pele quando ela envelhecer – disse o cirurgião plástico e abriu sua caixa de facas brilhantes. O rei observou as facas com um arrepio.

– Aos leões! – ordenou ele, profundamente ofendido.

– Eu posso torná-la imortal num poema – disse o poeta.

– *Face de porcelana*? – exclamou o rei, depois que o artista recitara seu poema. – Você está dizendo que a face dela é como uma xícara e um pires? Atirem-no aos leões!

– Infelizmente os leões já estão saciados – disse Conselino. – Eles nem mesmo tiveram apetite para devorar o cirurgião plástico.

– Aos crocodilos, então, ou aos insetos venenosos! – ordenou o rei.

– Mas eu não quero morrer! – gritou o poeta.

– Ah, não? – disse o rei, em tom irônico. – Você não disse que sua obra o tornava imortal? Devo eu aguentar um destino que você mesmo se recusa a sofrer? Levem-no!

O poeta foi jogado berrando num poço cheio de insetos venenosos, e o rei caminhou até a janela que dava para o jardim do palácio. Ele viu ao longe Obsidiana sentada, afagando seus cervos brancos. Ela ficava mais bela a cada dia. Desabrochava como uma rosa. Mas para quê? Sim, por que desabrocham as rosas, em geral? Apenas para murcharem e nos lembrarem da efemeridade do mundo.

***

Diariamente pessoas iam ao encontro do rei, mas ninguém trazia a solução. Os leões estavam sem fome, os insetos venenosos estavam com as patas para o ar e as jiboias estavam estourando como salsichas que cozinharam demais. Dímon já estava prestes a desistir. Apoiou a bochecha na mão e resmungou, mal-humorado:

– Amanhã se passará mais um dia, somente para anoitecer depois.

Mas então chegaram a ele notícias importantes. Corria pelo reino o boato de que a solução fora encontrada, e que ela estava agora mesmo a caminho do palácio.

A CENTOPEIA DOURADA

Um grupo de anões aproximava-se do palácio com uma arca escondida sob um tecido dourado. Eles iam a pé e puxavam a arca numa pequena carroça. Despertavam espanto por onde passavam, e as pessoas se apinhavam, riam e gargalhavam, enquanto assistiam à tropa.

– Ele vai jogá-los aos leões – gritavam as pessoas, em tom irônico.

Os anões avançavam lentamente, passo a passo. As crianças lhes atiravam pedras e cascas de laranja, mas eles seguiam sua jornada resolutos. Dos aduaneiros do reino chegou a notícia de que os anões se recusavam a mostrar o conteúdo da arca.

– Esta arca só poderá ser revelada aos olhos do rei – disse o anão que ia mais à frente.

– Do contrário, nós damos meia volta – disse o seguinte.

– E o rei não ganhará a solução para seu problema – disse o terceiro.

O rei autorizou um memorando de salvo conduto. Ninguém poderia fazer mal aos anões, e a sua jornada deveria ser escoltada por soldados através das encostas em que houvesse salteadores. Fazendeiros deveriam levar comida para eles e os mercadores, provisões.

Até que finalmente surgiram junto ao portão da cidade, sujos de pó e com os pés machucados. Com especial cerimônia, transportaram a arca em seus ombros, subindo a rua principal. Como uma centopeia dourada aquela aparição ia se esgueirando entre a multidão. As pessoas recuavam, dando-lhes passagem, e assim eles avançaram pelas ruas lajeadas de mármore, subindo em direção ao palácio real decorado com ouro. Os anões se apresentaram diante do rei: pequenos, porém de aspecto rude, sujos e extenuados pela jornada. Depositaram de seus ombros a arca no meio do salão cerimonial, diante do trono do rei. A gente da corte, curiosa, seguiu-os até o interior do aposento, porque jamais anões tinham posto os pés no palácio. Os antepassados de Dímon haviam conquistado a terra deles, que era rica em madeira de lei, ferro, cobre, diamantes e ouro. O rei tentava esconder sua expectativa e desconfiava de cada palavra que eles diziam.

– Deixei os leões famintos especialmente para vocês – disse ele.

A corte riu com seu rei.

O anão que vinha à dianteira deu um passo à frente, tirou o gorro amarelo da cabeça e se curvou.

– Alegra-nos ouvir isso, vossa majestade.

Os sapatos do anão estavam em frangalhos e todos os dedos, à mostra.

O anão ao seu lado completou a frase:

– Mas os leões certamente haverão de continuar famintos.

E o terceiro disse:

– Nós trazemos aquilo que buscas.

O quarto falou:

– Nós lhe oferecemos três presentes.

O rei olhava desconfiado para o primeiro anão. Se fosse mais um charlatão, veria só o que o aguardava. O anão tinha uma cicatriz no rosto que descia da testa ao queixo. Uma de suas pálpebras tinha sido cortada em duas, e expunha um olho inteiramente branco. Onde a cicatriz atingia o lábio, vislumbrava-se um canino amarelado.

– O que aconteceu com você? – perguntou o rei.

– Eu prefiro não falar sobre isso.

– Você não deve esconder nada de mim – disse o rei. – O que se passou?

– O meu reino foi invadido, senhor, e quase toda a minha família foi assassinada. Eu tomei golpe de adaga quando estava em meu berço, mas sobrevivi.

– Quem fez isso?

– Isso se deu na época de seu pai, senhor. Quando ele invadiu nosso reino.

O rei ficou vermelho como sangue.

– Anões insolentes – cochichou com Conselino, e cerrou os punhos até os nós dos dedos ficarem brancos. Ele fez um movimento como se fosse sacar a espada. – Você! Como ousa denegrir a memória de meu pai?

O anão curvou-se humildemente.

– Vossa Majestade ordenou que eu contasse a verdade. Eu deveria ter mentido, senhor? – perguntou o anão, e encarou-o firme nos olhos.

– O que os traz aqui?

O anão fez profunda reverência.

– O primeiro presente que lhe trazemos é uma flor albina. Ela floresce uma vez a cada século por um breve momento, e logo murcha.

Os anões caminharam até a arca e recolheram o tecido dourado de uma parte dela. O rei olhou através da tampa, límpida como cristal, e observou atentamente aquela flor sobre a qual ouvira falar somente nas histórias e nas fábulas. *Flor albina, mais rara que um unicórnio*, diziam os contos populares. E ali estava diante dele, o alvíssimo caule com as folhas brancas e, acima dele, a mítica flor que poucos consideravam existir de verdade. A flor era delicada e de compleição intrincada. Era meio transparente, como uma miragem.

– Que tipo de truque é esse, anão? Como consegue conservar a flor?

– Eu não vim aqui fazer truques de mágica – disse o anão. – Eu trago a verdade. – E puxou o tecido, descobrindo o resto da arca.

O rei caminhou à sua volta, tateando-a com a palma da mão.

Na outra ponta da arca havia um falcão do paraíso. De perto ele superava todos os relatos que o rei ouvira sobre esse mítico animal. O bico refulgia como se fosse cunhado em prata. Plumas amarelas e azuis, peito imponente e garras douradas.

– Falcões do paraíso acompanharam todos os reis de sua linhagem por mil anos; todos, menos o senhor – disse o anão solenemente, embora Dímon percebesse um tom de ironia em sua voz. O anão apontou para as obras de arte que decoravam o salão. Os retratos e bustos dos antepassados do rei tinham um traço em comum: em todos havia um falcão do paraíso, menos no seu.

– Os falcões do paraíso foram extintos há cinquenta anos – disse o anão. – Este é o último.

– Só falta um unicórnio! – zombou o bobo da corte, e o salão rompeu em gargalhadas.

O anão esperou calmamente e então deu sequência à sua fala.

– Preste bastante atenção agora. A arca não é de vidro. Ela é feita de seda de aranha tão densamente tecida, que nem mesmo o tempo consegue penetrar. Quando a arca é fechada, o tempo para.

Apareceram manchas vermelhas no pescoço do rei.

– Ora – disse ele, mal acreditando –, então o falcão não está nem empalhado nem dormindo?

– Exato – disse o anão. – O sono é tempo. Na arca não há nenhum sono, nenhum pensamento e nenhum tempo. O falcão do paraíso não faz ideia de que se passaram cinquenta anos desde que foi posto dentro da arca. Ele parece congelado ou adormecido, mas na verdade não está nem uma coisa nem outra. O tempo não chega até ele. O falcão não envelhece, não cresce, não embranquece, não pensa, não sonha e não fica com fome. Ele é atemporal. A ave parece empalhada, mas na realidade nós empalhamos o tempo. Tão logo abrirmos a arca, a flor murchará e o falcão alçará voo.

O rei segurava a respiração. A curiosidade o vencera.

– Abra a arca e comprove!

O anão não se apressava.

– Observe bem a flor albina – disse o anão. – Sem dúvida, esta é a única vez que Vossa Majestade verá uma flor assim. Deverias permitir que mais pessoas aproveitassem a oportunidade. No momento em que eu abrir a arca, o tempo retornará à flor e ela murchará em um segundo.

– Abra a arca! – disse o rei, impaciente.

– Pois não – disse o anão, mostrando-se decepcionado. Ele olhou bem para a flor e pôs as mãos na tampa da arca. Um som de sucção fez-se ouvir quando uma pequena fresta deixou o tempo entrar. A bela flor albina ficou preta e se dissolveu como um papel que queima até virar cinzas. Não restou nada além de fiapinhos flutuando no ar. As pessoas soltaram um grito de espanto, mas deram um pulo para trás e se deitaram no chão quando o falcão do paraíso bateu asas e alçou voo, guinchando e planando num círculo pelo salão.

O rei mal acreditava em seus olhos. Ele batia palmas com cautela, não querendo se fazer de bobo.

– Foi uma mágica interessante – disse ele –, uma bela mágica. Obrigado.

Então o segundo anão deu um passo à frente e lançou uma pomba branca no ar. O falcão do paraíso caçou a pomba, cravou nela as garras e voou até o trono do rei. Lá, pousou e pôs-se a bicar a pomba, fazendo voar penas por todos os lados, e seu bico se tingiu de vermelho com o sangue. O rei não se fartava de olhar para o animal.

– Onde vocês conseguiram essa ave? Meu pai mandou buscarem uma para mim por vinte anos. Um falcão como esse custa mais que este palácio!

– Esse é o último, senhor. Quando ele morrer, a espécie estará oficialmente extinta.

– Vocês têm certeza?

– Nós conhecemos a floresta. Conservamos o falcão na esperança de achar uma fêmea para salvar a espécie. Mas todas as árvores foram cortadas.

– Para quê? – indagou o rei.

O anão olhou ao seu redor, foi até um dos pilares e bateu com o seu punho nele.

– Cipreste, vocês têm um gosto caro.

O rei sentiu um calor subindo às bochechas.

– Você está me provocando?

– De forma alguma, majestade, estou apenas mostrando fatos.

O rei andou até a arca e bateu de leve nela. O anão continuou:

– A seda de aranha é tão densamente tecida que o tempo não a atravessa. A ave e a flor permaneceram na arca por cinquenta anos. A ave tinha cinco anos de vida quando foi apanhada e ainda tem cinco anos de vida. A flor se abre por exatamente um segundo e a arca a conservou em pleno florescimento por cinquenta anos. Esta arca é há séculos o mais sagrado dos tesouros em posse de nossa linhagem de anões.

– E de que me serviria essa arca? – perguntou o rei.

O anão tímido assumiu agora um tom poético.

– Uma rosa pode permanecer na arca por mil anos sem murchar. Um ovo pode ficar nela por séculos sem apodrecer. Pode-se deitar nela por cem anos, mil anos, dez mil anos, completamente a salvo do tempo. Se Vossa Majestade deseja conservar a juventude e a beleza de sua filha, ela pode se deitar na arca por meio século sem envelhecer um dia sequer.

– Você acha que eu sou maluco?! Conservar minha filha por meio século!

O anão recuou.

– Pediu-se uma solução, senhor, e nós a trouxemos. Mas é Vossa Majestade quem decide como ou se a utilizará. Nós lhe oferecemos uma proteção contra o tempo e uma chave para a eternidade.

O rei lançava um olhar inquisitivo aos anões, aqueles homenzinhos com sapatos de couro em frangalhos e semblantes impenetráveis.

– A arca é uma armadilha?

– Não, majestade, anões não montam armadilhas.

O rei não acreditava nos anões, mas acreditava no que via. O falcão guinchava com sua voz estridente. QUIII! QUIII!

A ARCA MÁGICA

A arca se revelou o objeto mais formidável. O rei convocou os mais eminentes especialistas do reino para investigá-la. Artesãos que trabalhavam ouro, madeira, ferro e as mais variadas coisas, tecelões e diamantistas, todos quebravam a cabeça ao analisá-la. Puseram uma ampulheta na arca e a areia parou de escoar assim que a tampa se fechou. Encheram a arca com borboletas e elas ficaram suspensas no ar como em um móbile. As pessoas concordavam que esta era a maior obra de arte do mundo.

Exel bateu de leve na tampa.

– Só de pensar em todas as utilidades de uma preciosidade dessa!

Ele apanhou o ábaco.

– No ano passado houve cem dias de sol e o céu ficou nublado em cento e cinquenta dias. Com uma preciosidade assim, teria sido possível poupar a princesa de todos esses dias chatos. Veja o dia de hoje, de vento e chuva. Quanta perda de tempo! A princesa não deveria ter que gastar seu tempo a não ser que as condições fossem perfeitas. O que acha, majestade?

– Bem observado – disse ele.

– Se computarmos todos os dias de chuva e os dias tediosos, ela desperdiçou mais de duzentos e cinquenta dias no ano passado em pura bobeira. Imagine poder escolher somente os dias bons e pular os demais.

Ele fez mais cálculos.

– Majestade, se a arca for aberta somente aos domingos, ela poderá viver setecentos anos!

O rei perdeu o fôlego. *Setecentos anos!*

– E se a cada dois domingos um for chuvoso, ela poderá viver por mil e quatrocentos anos. Então, todo dia será um domingo ensolarado!

– E se ela só for aberta nos dias de Natal? – perguntou Conselino, que já tinha desejado tantas vezes que todo dia fosse Natal.

Exel calculou e esbugalhou os olhos ao ver o resultado.

– Não pode ser... – resmungou ele, e refez o cálculo. – Trezentos e seis mil e quinhentos anos!

As pessoas fizeram a conta em suas cabeças e perceberam que estava correta. O rosto de Conselino enrubesceu.

– Majestade, o senhor prometeu metade do reino àquele que pudesse lhe dar mais tempo. Parece-me claro que os anões atenderam às condições. O que deseja fazer? Não vai colocar metade do reino nas mãos dos anões, vai?

Exel se apressou em responder:

– De acordo com os meus cálculos, é melhor ter meio reino por trinta e seis mil anos do que um reino inteiro por cem anos. Contudo, nós devemos testar a arca primeiro!

Convocada pelo rei, Thordis conduziu Obsidiana até o salão de cerimônias, onde Dímon a aguardava.

– Veja, minha filha! – disse ele, alegre. – Uns anões vieram até aqui com um presente para você!

Os anões foram apresentados, todos vestindo as novas roupas que o rei mandara costurar para eles. Obsidiana acenou para eles, e um dos anões se curvou, deixando-a encabulada.

– Eles nos trouxeram uma arca mágica que nos dá mais tempo – disse o rei. – Eu gostaria que você a experimentasse.

– Uma arca mágica? – disse ela, e olhou através das paredes transparentes. No fundo havia um travesseiro e uma coberta de seda.

Ela olhou à sua volta, e todos na corte esperavam com ansiedade. Os anões permaneciam de pé com feições imperturbáveis. Ela se deitou no travesseiro e o rei disse:

– Conte até dez!

Obsidiana fechou os olhos e se pôs a contar.

– Um, dois, três, quatro... – PUMP! A arca foi fechada e depois aberta de novo – ... cinco, seis, sete...

Obsidiana abriu os olhos. O rei postava-se sobre ela e Exel anotava meticulosamente tudo que se passava.

– Vocês não vão fechar? – perguntou Obsidiana.

– A arca ficou fechada por dez minutos – disse o rei.

Eles fecharam novamente, e mais uma vez Obsidiana disse:

– Vocês não vão fechar a arca?

– Ela ficou fechada por uma hora! – disse o rei, e riu.

Novamente fecharam a arca.

❧

Obsidiana olhou ao seu redor e aguçou a vista. O sol brilhava, mas um instante antes havia ventania e chuva. Ela sobressaltou-se. No que pareceu uma fração de segundo, Thordis apareceu com um vestido diferente e ajeitou o cabelo com um coque. Como ela poderia ter trocado de roupa e mudado o penteado tão rapidamente? Obsidiana correu até a grande porta que dava para o jardim. Escancarou-a. As cerejeiras estavam todas floridas. Ela respirou fundo, estava tudo tão bonito. Ela estava ansiosa para que chegasse a primavera. E ela enfim chegou.

– Como as árvores puderam verdejar tão rápido?

– Aconteceu muito tranquilamente. Levou dez dias. Foi você que não percebeu.

– Quando nós fechamos a arca, era cinco de abril. Hoje é quinze de abril. – Exel estava entusiasmado com seu ábaco. – Você economizou dez dias!

Obsidiana estava confusa. Isso não podia estar acontecendo. O ar tinha um cheiro diferente. Era o cheiro da primavera e do calor, um cheiro pesado de terra úmida. Ela saiu correndo atrás de seu panda.

– Panda! – chamou ela.

Mas o animal vermelho eriçou a cauda e chiou quando ela se aproximou.

– O panda ficou deitado em cima da arca o tempo todo, chorando – disse Thordis. – Ele achou que você estivesse morta. É claro que não é possível explicar nada para os animais.

Obsidiana correu para o seu quarto e folheou seu diário. Folheava as páginas dos dias vazios. Aquilo era estranho. Ela não se lembrava daqueles dias, eles tinham simplesmente desaparecido. Ela escreveu:

Querido diário. Faltam alguns dias aqui. Vieram uns anões com uma arca mágica. Eu me deitei dentro dela e dez dias sumiram em um segundo. Para onde foi o tempo que eu perdi? Eu posso recuperá-lo?

Bem no alto da torre de vidro, o rei estava sentado em uma enorme mesa redonda. Na parede ele projetara um perfil do reino pelo qual lutara durante os últimos dez anos. Segurava a declaração:

Aquele que trouxer a mim ou à minha filha mais tempo, ganhará como recompensa metade do reino.

Estava claro que os anões tinham cumprido a demanda. Aquela era verdadeiramente uma arca mágica. Com ela, ele podia proteger sua filha da crueldade do tempo. Os anões tinham direito à metade do reino.

O REINO DOS ANÕES

Dímon não se mostrou nada precipitado quando os anões chegaram escoltados pelos guardas. Nunca se poderia saber o que esperar deles, por menores que fossem. Quem tem paciência suficiente para tecer um fio até fazer com ele uma arca mágica como aquela, tem também paciência para se vingar.

– Com que propósito vocês teceram a arca? – perguntou o rei.

– A vida na montanha pode ser dura, e nós conservávamos comida nela – disse o anão.

– E então pusemos o falcão na arca – disse o outro.

– E pessoas?

– Não, ela nunca foi usada para pessoas – disse o anão.

– Por que não?

– Acredito que nunca nos ocorreu fazer isso.

– Por que vocês me trazem a arca? Ela é perigosa?

– Não – disse o anão –, a arca em si não é perigosa. O perigo está em quem a possui. É preciso ter maturidade e sabedoria para lidar com ela.

Embora um tanto impenetrável, podia-se distinguir algo de enigmático em seu semblante.

– Isso é uma cilada, um presente que na verdade será um instrumento de vingança? – perguntou o rei.

– O seu exército nos aniquilou por completo. A maior parte dos metais preciosos de nossas montanhas já foi extraída. O seu pai e o seu avô nos invadiram com fogo, mas a vingança não está em conformidade com nossos costumes. A arca está agora em suas mãos. É você que decide se ela lhe trará o bem ou o mal.

O rei observou o anão por um longo instante.

– A arca é pequena, ela pode acomodar minha filha, mas não a mim. Vocês podem fabricar outra arca para mim?

– Em troca da outra metade do reino? – perguntou o anão, e riu.

– Por uma quantia razoável – disse o rei.

– Não – respondeu o anão bruscamente.

– NÃO? O que significa NÃO? Eu me recurso a aceitar essa resposta!

– Uma arca assim jamais será fabricada novamente. Minha avó e minha mãe sabiam fiar o material para fazer a arca. Elas afagavam as aranhas para que fosse possível fiar a sua teia. Levou quarenta anos para que a teia fosse tecida e a arca ficasse pronta.

– Chame-as aqui!

O anão levou um dedo ao rosto.

– Eu levei um golpe de adaga quando estava deitado no berço, mas acabei sobrevivendo. Minha avó fugiu, mas minha mãe, minhas irmãs e minhas primas não tiveram tanta sorte.

– Eu não tive nada a ver com aquilo.

O anão caminhou em direção ao rei. Os guardas estavam posicionados. Sob uma viga um arqueiro aguardava com a corda tensionada, e mantinha a mira no coração do anão.

— A cabeça do polvo nem sempre sabe o que os tentáculos fazem, majestade.

Dímon observou por bastante tempo o anão e as pessoas no salão, antes de dizer em alto e bom tom:

— Já é o suficiente, anão. Vocês encontraram a solução.

Ele olhou para todos os presentes e se dirigiu ao salão:

— A promessa do rei está de pé. Prometi metade do reino a quem pudesse parar o tempo e conservar a beleza de minha filha. Pois bem, anões, o prêmio é legitimamente de vocês!

Dímon caminhou até o mapa que estava pendurado na parede, sacou sua adaga e cortou-o em dois. O silêncio arrebatou o salão. Os oficiais ficaram vermelhos como sangue. Depois de todas aquelas guerras, ele realmente pretendia dar metade do reino para um bando de *anões*?

Dímon caminhou até o anão com o olho ferido:

— Você está preparado para receber meio reino? O povo jurará lealdade a você, rei dos anões?

O anão encarava o rei. Mais uma vez havia nele aquela feição peculiar.

— Não há nada, ó rei, que possa dar para nós. O que já nos foi tomado não será compensado. A ave, a flor e a arca eram as únicas coisas que nos restavam. Agora, tomaste a arca do tempo para sua filha. A eternidade está em suas mãos. Meio reino não nos serve de nada. Nós o recusamos.

Um burburinho soou no salão. O rei enrubesceu tanto que surgiram pontos vermelhos em seu rosto.

— A minha palavra se mantém de pé. Meio reino é de vocês, este é o acordo.

— Nós não queremos nada. O senhor não respeita acordo nenhum e fez por merecer tudo que o futuro lhe reserva.

O anão encarava o rei diretamente nos olhos.

– O que você quer dizer com *tudo que o futuro me reserva*? Você está lançando uma maldição contra mim?

– Eu disse apenas que o senhor fez por merecer tudo que está por vir, de bom ou de ruim. Só isso.

Os anões fizeram menção de ir embora. O silêncio tomara conta dos presentes.

– Isto é um ultraje! – trovejou o rei. – Vocês me desonram! Eu prometo a vocês meio reino e vocês não o aceitam. Vocês me deixam ficar com a arca, a flor mágica e o falcão do paraíso, e não querem nada em troca!

O rei mordeu o lábio inferior enquanto tremia de raiva:

– Não me resta alternativa senão condená-los à morte. Se rogarem por misericórdia, eu posso ao menos conceder-lhes a vida como presente. Do contrário, a arca será espólio de guerra. Ela jamais será um presente.

Os anões o fitavam. Um deles parecia prestes a desmaiar, mas o da cicatriz conservava um sorriso nos lábios e disse:

– Ótimo. Está perfeito assim, então! Nós também não queremos viver por sua graça ou misericórdia.

Os anões foram presos, levados com grilhões nos pés ao anfiteatro e guardados em uma jaula ao lado de guerreiros bárbaros musculosos, leões e tigres. Um mensageiro do rei foi a eles três vezes.

– O rei pergunta se desejam rogar por misericórdia.

Os anões cuspiram no mensageiro.

Até que o próprio rei foi até eles na calada da noite, à luz de uma tocha.

– Desejam receber de mim misericórdia por suas vidas?

Mas os anões olharam para ele de dentro da cela escura e não responderam nada.

Quando raiou o dia, chegou a eles um carrasco corpulento. Ele estava nu na parte de cima do corpo, era peludo como um urso, todo cheio de cicatrizes, e tinha uma cartola na cabeça. Mortes lentas e lutas espetaculosas eram sua especialidade. Ele mediu os anões e meteu em suas cabeças elmos grotescos.

— Poucas coisas são mais engraçadas do que assistir a anões correndo de leões – bramiu ele.

Os anões receberam espadas e escudos grandes demais antes de serem atirados no estádio, tomado pelo som de gritos de incentivo e gargalhadas. Mas assim que as grades foram abertas e os leões famintos correram para dentro da arena, os anões se puseram deitados, estirados no solo. Os leões fungaram ao redor deles, mas não os morderam. A multidão de espectadores foi à loucura e pôs-se a clamar por sangue. O rei estava sentado no camarote de honra e assistia a tudo calado. Sentia um peso no estômago, como se lá houvesse uma carga de chumbo, e o espaço oco em seu peito, seu cofre de ouro, jamais estivera tão vazio. Ele suava e sentia como se fosse sufocar de calor. O domador dos leões entrou praguejando na arena, seu rosto vermelho de vergonha, e conduziu os leões de volta à jaula. Gladiadores foram mandados para dentro da arena, mas os anões se recusaram a lutar, mesmo sendo açoitados com chicotes e acossados com pontas de lança.

– Este combate é ridículo! – resmungou o carrasco.

A multidão vaiava e atirava latas e canecas de barro na arena.

– SANGUE! SANGUE! SANGUE!

Um divertido combate com anões parecia realmente não estar mais na programação do dia. Não havia nenhum jeito de fazê-los lutar. Um carrasco com touca preta e gigantesco machado foi mandado para dentro da arena. Os anões permaneceram imóveis, mesmo com o carrasco a fustigá-los. Ele, então, foi direto ao ponto e executou seu trabalho, decepando a cabeça do primeiro anão, que estava estirado impassível no chão. A multidão vaiou.

Em seguida, caminhou até o próximo, e assim foi golpeando os anões, um após o outro. Eles não ofereceram resistência, mas o anão com a cicatriz encarava firmemente o rei sentado em seu camarote de honra. O carrasco brandiu o machado alto no ar, e golpeou com toda a força. Para o rei, era como se o golpe tivesse durado um dia inteiro. Muito tempo depois, ele podia trazer à memória cada fração de segundo entre o momento em que o carrasco brandiu o machado, e o instante em que ele se chocou contra a terra. Ele podia ver diante de si o padrão na roupa do carrasco, o sorriso imperturbável no rosto do anão transformando-se em feição de tristeza um instante antes de sua cabeça voar. Assim que o machado tocou o piso de pedra, as pessoas ouviram um assovio no ar e sentiram um pesado baque sob os pés, semelhante ao prenúncio de um terremoto. A multidão se calou quando a cabeça do anão bateu no chão. O carrasco olhou perplexo para o machado e viu que o piso de pedra se partira sob a lâmina. Ouviu-se, então, um estalo quando o chão se rachou ao meio. O anfiteatro partiu-se em dois e havia uma fissura, uma fina linha, atravessando a capital. A fissura se tornou uma fenda, uma garganta e um abismo, que se encheu de água e virou um canal, um golfo e, por fim, um mar revolto. A fissura cortou ao meio a cidade e o reino, até que Pangeia se tornasse o que hoje conhecemos como os continentes da América do Sul e África.

CABEÇA DE ANÃO

Rosa fechou o livro. As crianças permaneceram em silêncio. Já escurecera por completo.

– Vejam só, chegou a hora de ir deitar – disse ela.

– Ele realmente cortou a cabeça do anão? – perguntou Pedro.

– Sim, ele cortou – disse Rosa.

– Por quê?

– O rei precisava manter sua palavra.

– Ele não era um homem bom?

– Bom? Ele conquistou o mundo inteiro. Como um homem assim pode ser bom?

– Eu não acredito que um machado possa partir continentes!

– E como podemos saber? – disse Rosa. – Veja a bomba nuclear. Um punhado de metal radioativo, menor do que um punho, pode explodir uma cidade inteira. Em outros tempos isso seria considerado um metal mágico. Talvez os anões conhecessem algo que nós não conhecemos. Os anões podiam fabricar os mais incríveis objetos de ouro e pedra, e podiam tecer arcas de teia de aranha. Diz a história que, naquele tempo, enquanto os humanos tinham um acordo com o reino animal, os anões tinham feito um acordo com a terra. Será que não podiam juntar ou separar continentes se quisessem?

Rosa se esticou para alcançar o alto do armário e apanhou um vaso quebrado.

– Vejam isto – disse ela –, um vaso quebrado que eu colei. Metade dele foi achada na África, a outra metade na América do Sul.

– Mas como os continentes puderam se separar tão rápido?

– Foi exatamente essa pergunta que as pessoas de Pangeia fizeram a si mesmas.

Cristina estava nitidamente cansada e bocejou alto. Rosa foi buscar lençóis e cobertas e arrumou tudo para as crianças dormirem. Vitória tentava manter um olho aberto. Não era possível confiar em ninguém. Mas quando as crianças adormeceram, uma após a outra, ela própria acabou pegando no sono.

Vitória acordou com o perfume de um delicioso mingau de cereais e esfregou os olhos. As crianças estavam sentadas numa mesa longa e devoravam a comida. Um cervo lá fora, no jardim, olhou lépido para cima e correu para longe. Vitória estava faminta e decidiu beliscar algo. Rosa desfizera a trança e seus cabelos grisalhos estavam desgrenhados.

– Então, quem quer ir lá fora com o Marcos para apanhar peixe para o almoço?

Vitória queria sair e apressou-se em se oferecer para acompanhá-lo.

– Não se esqueça do porrete – disse Rosa, dando a Marcos um taco de beisebol.

Vitória não estava gostando daquilo.

– Você pretende matar os peixes a porretadas? – perguntou ela.

– Não, o taco é para os lobos – disse Marcos.

– Ou os zumbis – disse Rosa.

Vitória gelou. *Zumbis?*

– Brincadeira – disse ela e riu. – Vocês são os zumbis. Mas existem animais selvagens lá fora, e assim vocês precisam se precaver.

Vitória e Marcos saíram. As aves cantavam nas árvores. Os dois pararam quando um alce surgiu trotando na rua e esfregou o traseiro numa cerca.

– Como você conheceu a Rosa? – perguntou Vitória.

– Eu não a conheço – disse Marcos. – Ela me encontrou do mesmo modo como eu encontrei você. Meu pai estava fazendo os acertos para uma importante aquisição de uma companhia e minha mãe estava terminando o doutorado. Eu tinha quebrado uma janela na escola e fiquei suspenso por uma semana em casa. Então os dois chegaram trazendo uma caixa preta. Disseram que não tinham tempo para mim, muito menos para ficar comigo por uma semana.

– E o que aconteceu, então?

– Eu entrei na caixa e a próxima coisa de que me lembro é da Rosa de pé diante de mim com seu vestido preto. Foi como um pesadelo. Eu corri para longe, mas estava sozinho no mundo, e tudo estava coberto de moitas espinhentas. Rosa esperava por mim, mas eu estava com medo dela. Ela caminhou em direção a casa dela, e então eu ouvi os lobos na colina. Não me restou alternativa senão segui-la. Ela me mostrou as antiguidades e disse que estava pesquisando sobre o que deu errado no mundo.

Vitória olhou em direção à sua vizinhança, ou melhor, para toda a floresta onde sempre estivera a sua vizinhança.

– Nós podemos ir até a minha casa? – perguntou Vitória.

– Por quê?

– Eu tenho que abrir as caixas de mamãe e papai – disse ela.

– Você não pode – disse Marcos.

– Por que não? – perguntou ela.

– Rosa falou que não é possível.

Vitória observava as casas à beira do lago. Elas estavam em ruínas, e os antigos píeres também. Uma roda-gigante estava submersa até a metade no meio do lago, ela certamente rolara até lá vinda do parque de diversões que ficava próximo. O sol brilhava no céu e as águas do lago estavam calmas e espelhadas. Um casal de cisnes nadava ao longe e Vitória escutava o canto de uma ave, mas não a via. Os dois passaram por um ninho na margem. O pato plumado nem se moveu, mesmo com eles caminhando bem ao seu lado.

Eles remaram pelo lago num bote de lata alaranjado até um galão plástico vermelho que flutuava não muito longe da roda-gigante. Marcos recolheu os remos e apanhou o galão. Ele estava preso numa rede, que Marcos puxou a bordo. Os peixes vinham aos poucos à luz, primeiro como pontos brancos no fundo, mas depois ele recolheu trutas gordas e belas que se debatiam aos seus pés. Vitória soltou uma truta da rede e golpeou-a com força na parte interna do bote.

No meio do lago havia um letreiro enferrujado:

PULE A CRISE! TIMAX®

Marcos apontou para o letreiro.

– A culpa disso tudo é deles. A TIMAX deixou o mundo bagunçado assim – disse Marcos. – É a TIMAX que tem que ser responsabilizada por isso.

– Mas eu não vejo o que nós podemos fazer – disse Vitória.

– Eu sei tanto quanto você – disse Marcos. – Não vejo outra alternativa para nós além de escutar a história. Acho que não temos nada a perder.

Caminharam de volta para casa levando um monte de trutas.

A rua se parecia com uma ravina, árvores tinham crescido através de vidraças quebradas. Andorinhas do Ártico tinham feito seus ninhos nos parapeitos e nos cantos dos telhados das casas. Elas voavam com a corrente de ar que subia e gritavam chorosas. Vitória olhou para cima.

– Que bonito – disse ela.

– Sim – disse Marcos.

Vitória estava com os pés molhados.

– Eu preciso arrumar botas novas – disse ela.

– Se você for até o shopping center, vai sobrar pouco de você além dos sapatos – disse Marcos.

– Quê? – perguntou Vitória.

– Fiquei sabendo que havia ursos lá ontem, quando as crianças foram atrás de latas de conserva. Os ursos acharam os potes de mel. Melhor ficarmos longe de lá.

Rosa aguardava-os do lado de fora da casa e descascava batatas com Cristina. Apanhou as trutas, cortou-as em pedaços e pôs na panela. As crianças comiam com grande apetite, e então Rosa abriu uma estante de vidro, de onde retirou um antigo crânio.

– Vejam isto, não é bonito? – perguntou ela.

Vitória quase se engasgou com a comida.

Rosa apontou para um sulco no crânio.

– Este crânio recebeu um golpe de lâmina no rosto em algum momento de sua fase de crescimento, mas o ferimento se fechou.

Vitória observou a cicatriz que se estendia de uma das órbitas até a boca.

Rosa virou o crânio e mostrou para Vitória uma fratura no osso occipital.

– Muito tempo depois, a cabeça toda foi cortada fora.

– Este é o anão? – perguntou Vitória.

– Tudo que estou dizendo a vocês é baseado em fontes confiáveis – disse Rosa, e entregou o crânio para Vitória. Ela se arrepiou e quase o deixou cair.

Cristina e Pedro deram risinhos.

As crianças se acomodaram e Rosa deu continuidade à sua história.

A CIDADE QUE DESAPARECEU

Ao lado do trono do rei havia uma arca de vidro. Na arca estava deitada a mais linda menina que alguém já vira. Sua pele era branca como neve; seus lábios, vermelhos como sangue. Os cabelos eram negros como as asas de um corvo. Ela repousava na arca, imóvel como uma boneca de porcelana, sem suspeitar dos grandes eventos que se abateram sobre a grande potência.

CRAAK! CRAAK! A terra tremia e chacoalhava. Dímon correu a cavalo ao longo da fenda com seus especialistas. Ele via as metades afastando-se uma da outra como se fossem gigantescos porta-aviões. Observou o anfiteatro partido ao meio, casas que iam rolando pela borda da fenda e caíam lá embaixo no abismo. Mal se podia ouvir voz humana por causa dos estrondos da terra e da água revolta que enchia a fenda como uma onda ruidosa rebentando.

Exel permaneceu de pé petrificado, assistindo ao surgimento da maior linha do mundo.

– Você tem certeza de que isso é uma fenda? – perguntou ele.

– O que você quer dizer? – perguntou Dímon.

– De acordo com as minhas contas, isso é impossível. É completamente impossível que isso esteja acontecendo! Totalmente impossível!

Dímon andou até a beira e soltou uma pedra que foi caindo, e caindo, e caindo. Viu grupos de pessoas formarem-se em ambos os lados da fenda. Havia amantes olhando uns para os outros cheios de anseio, mas ninguém poderia atravessar, a não ser um pássaro voando. Ele viu pontes suspensas ficando como estilingues quando tensionados, até que se partiam subitamente com estalos. E, assim, infelizes viajantes eram atirados a muitos quilômetros de distância. Os afortunados escapavam com poucos arranhões se moitas ou canteiros de musgo aparassem sua queda, mas outros se estatelavam em paredes ou rochedos como abelhas gordas em um para-brisa. Aqueles que caíam na água bem lá embaixo eram comidos por tubarões vorazes.

Mensageiros vinham cavalgando de todas as direções. Suados e extenuados, chegavam com seus cavalos acabados.

– Senhor rei! Pangeia quebrou-se exatamente ao meio.

Anões traiçoeiros, pensou Dímon. *Então eles conseguiram dividir meu reino afinal!*

– E eu lhe trago notícias tristes do sul. Obsidianápolis desapareceu.

– Desapareceu? – perguntou o rei. – Cidades não desaparecem!

– Sim, ela desapareceu por completo!

– E as pessoas?

– Nem sinal delas, majestade. O que podemos fazer?

Dímon se cobriu com uma túnica preta rapidamente e partiu cavalgando. Ele se precipitava através de trilhas empedradas em meio à floresta escura, que tão bem conhecia, mas onde deveria surgir a cidade, luminosa e resplandecente, havia simplesmente um mar profundo e revolto. Ele olhou através dos portões escancarados da cidade, que se abriam para o vazio. Pedras rolavam do corte da fenda e raízes de árvores lançavam-se para fora das paredes do precipício, como mãos de homens se afogando. O cavalo deu um passo para trás, relinchou e empinou-se, e Dímon balançou à beira do penhasco. Ele esfregou os olhos. Lá devia haver um castelo, lá devia haver uma cidade exuberante com fumaça saindo das chaminés, de lá deviam ecoar gritos de vendedores, risos de crianças e cantos de monges. Um fedor subia das águas e ele não queria pensar em qual seria sua causa. Dímon franziu a testa e rangeu os dentes. Como a terra pôde se fender ao meio tão rapidamente? Ele pensava nas palavras proféticas da velha do norte que pulou dentro do buraco no gelo e gritou: *Enantiodromia! O tempo o aniquilará.* Ela estava do lado dos anões? Tempo, maldito tempo!

Dímon seguiu de volta para o palácio e foi falar com o filósofo Jako. Sentou-se ao lado dele e perguntou, com tom triste:

– O que eu posso fazer? Como posso solucionar o problema para o qual um milhão de pessoas não puderam dar uma resposta?

– Parece-me que você queria governar o mundo. É uma tarefa e tanto – disse Jako, e tragou seu cachimbo calmamente. – Agora você tem muito com que se ocupar.

– Que sabedoria foi essa? – perguntou o rei.

– Eu nunca quis fazer nada mais do que tragar este cachimbo – disse Jako. – Assim eu tenho bastante tempo para mastigar palha nas horas vagas.

– Que o tempo se afunde em esterco de camelo! – trovejou Dímon.

Um clamor distante de lamentos soava pelo reino.

Cavalguei de volta à Cidade de Ouro
onde tinha uma boa esposa
e sete filhos

Cavalguei de volta à Cidade de Ouro
nada lá encontrei
nada lá

Cavalguei de volta à Cidade de Ouro
voltei-me para a floresta e nela me perdi
no meu coração
nada lá encontrei
nada lá

Assim se foi a Cidade da Seda, assim desapareceu Obsidianápolis e assim dividiu-se a Cidade de Ouro. O mundo inteiro pesava nos ombros de Dímon. "*Meu coração foi costurado por uma presa de narval*" pensou ele.

Todos no mundo sabiam da fenda, todos menos a bela Obsidiana, que repousava na arca. Em seus lábios desenhava-se um sorriso inocente e o rei estava contente. Ainda bem que ela não precisava ficar com medo nem perder o sono enquanto a terra tremia e o mundo se partia. Obsidiana não escapou apenas de todo o pavor, mas também de eventos da história mundial e de prenúncios nefastos. Além das ocorrências cotidianas, como o orvalho da manhã, a neblina noturna, o nascer e o pôr do sol, as borboletas e o canto de pássaros, Obsidiana perdeu um eclipse solar e a primavera em que setenta arcos-íris foram vistos no mesmo dia. Ela perdeu o Dia da Grande Saudade, quando metade do reino desapareceu definitivamente atrás da linha do horizonte e a fenda se tornou um oceano. Ela não estava presente quando os habitantes de Pangeia se reuniram ao longo da interminável margem em ambos os lados da fenda. As pessoas aos prantos abanavam com lenços de seda quando as últimas torres e picos de montanhas desapareceram ao longe. E assim, amantes e namorados, amigos e parentes e vizinhos queridos se separaram para sempre.

Mas Obsidiana permanecia deitada, imóvel e serena. Ela não sabia que viria a ser adorada e venerada, antes que as pessoas começassem a temê-la mais do que à própria escuridão.

OBSIDIANA É SALVA DO TÉDIO

Pangeia inteira era agitada por convulsões. Em meio ao caos provocado pela fenda, mercadores viravam ladrões, aduaneiros viravam chantagistas, pescadores viravam piratas e soldados reuniam-se em hordas de salteadores. Fazendeiros faliam e se tornavam mendigos andarilhos quando tinham o gado roubado e as lavouras incendiadas. Dímon precisou usar todo o seu poder para que o mundo não ficasse desgovernado. Diziam as más línguas que ele estava perdendo o juízo, que passara uma noite inteira de pé no corredor do palácio olhando para um canto, como se estivesse vendo um fantasma. Conselino aproximou-se dele e perguntou:

– O que você viu?

– Psiu! Você não vê? É o *tempo* – sussurrou Dímon. – Pegue-o!

Os guardas permaneciam postados junto à arca, vigiando-a o dia inteiro. Olhavam espantados para aquela beleza inocente; ela devia ser sagrada, ela devia ser de outro mundo. O rei ordenou que não se poderia despertar medo desnecessário em Obsidiana. Ninguém poderia perturbar a paz da princesa e incitar a crueldade do tempo contra ela. O sol seguia seu curso entre as linhas do horizonte, do leste ao oeste, apesar de os dias estarem cheios de pesar e desgraças. Não se podia abrir a arca a não ser quando o dia fosse perfeito, mas dias assim eram raros. Exel e seus especialistas encontravam-se numa reunião matinal, analisavam o dia e faziam previsões sobre a probabilidade de terremotos pela manhã ou de céu nublado à noite.

– Faz sol – dizia um de barba comprida –, mas está ventando um pouco...

– Sim, e talvez não esteja quente o suficiente – dizia outro.

– E os astros, o que dizem?

– Nada de espetacular – dizia o primeiro.

– Então, qual é a nossa conclusão? O dia é digno dela?

– Não! Poupe-a!

– Poupe-a!

– Um dia conservado é um dia ganho.

⚬⚬⚬

Os dias de sol precisavam ser totalmente especiais para convir a uma princesa tão preciosa. Se a arca fosse aberta, grossas telas eram estendidas diante das janelas que davam de frente para a Grande Fenda. Ninguém podia mencionar as desordens ou as convulsões, os anões ou outras coisas que pudessem lançar sombras na alegria de Obsidiana. Ninguém podia falar sobre o tempo, sobre o que ocorreu no passado ou o que viria a acontecer; ela poderia ficar aborrecida se ouvisse sobre tempos divertidos que lhe escaparam.

⚬⚬⚬

O mundo avançava rápido, deixando Obsidiana para trás, e o tempo se tornou a seus olhos algo estranho. Era uma ordem real que cada dia da vida de Obsidiana deveria ser aproveitado ao máximo. Em vez de ficar perambulando pelo palácio, como ela tinha por hábito fazer, seus dias eram planejados nos mínimos detalhes.

Depois de um inverno escuro chegou um esplendoroso verão, e assim a arca foi aberta. Obsidiana aguçou a vista enquanto os olhos se acostumavam com o sol. O café da manhã foi trazido à mesa ao som de instrumentos musicais, e assim que ela terminou de mastigar e engolir o último pedaço, surgiu Conselino com sete borboletas amestradas, que foram voar ao redor da cabeça dela, formando uma coroa. Então soaram as trombetas e seu pai veio com seu falcão. Ela deu carne de pombo crua para o falcão comer e teve permissão para colocar a luva de couro e carrega-lo. As garras eram afiadas como facas. Obsidiana percebeu um homem de roupa preta, que estava de pé a uma certa distância, com uma grande ampulheta nas mãos e dando instruções ao rei. Seu pai tinha uma expressão de preocupação, então ela disse:

– O que o aflige, meu pai?

– Ah, não é nada, minha filhinha. Está tudo bem. Tudo prospera. O mundo é perfeito.

Obsidiana correu de pés descalços para o jardim e encontrou Thordis, que a abraçou afetuosamente. Obsidiana cochichou:

– O que aconteceu? Por que todos estão tão estranhos?

Então Thordis respondeu bruscamente:

– Nada. Não aconteceu nada. Tudo prospera. O mundo é perfeito.

Obsidiana deitou-se na arca e logo em seguida, quando a tampa foi aberta, surgiu para ela um esplêndido dia de primavera. Ela pensou: *Não era verão ontem? Como podia ser verão ontem e primavera hoje?* Thordis aproximou-se dela e lhe deu um abraço incomumente apertado e afetuoso. Como se ela estivesse voltando de uma longa viagem.

– Eu estava com tanta saudade de você, minha menina.

– Mas eu encontrei você ontem! – disse Obsidiana.

– Não, minha querida, eu esperei todo um longo e frio inverno para reencontrá-la – disse Thordis.

Obsidiana estava confusa. Thordis tinha mudado, era como se as folhas que brotaram ontem tivessem se refugiado novamente no seguro abrigo dos botões. *Eu perdi a partida das aves migratórias, as folhas do outono e a neve do inverno?*, pensou ela, atônita.

O dia transcorreu como na véspera, exceto pelo fato de que este estava ainda mais bem organizado, e assim Obsidiana dormiu, morta de cansaço. Dormiu a noite inteira, mas acordou com o som de rajadas de uma tempestade que se precipitava lá fora. O guarda do tempo vestido de preto fez soar um sino. *Poupar! Poupar!*

Serviçais da corte precipitaram-se quarto adentro e Obsidiana deitou-se na arca. O dia seguinte surgiu para ela dentro de um instante. O verão chegara e um coral completo a aguardava cantando *Parabéns a você.*

– Parabéns? É meu aniversário? – disse ela. – Eu não acabei de fazer aniversário?

Mas não havia tempo para pensar. Seu pai trouxe para dentro um grande bolo, e assim ela se distraiu em meio à diversão.

Obsidiana ficava quase nauseada ao ver como todos mudavam. Parecia mesmo que as pessoas eram de barro ou algum tipo de água viva que espichava e se esticava. Todos sorriam na presença de Obsidiana, embora parecessem preocupados. Porém, ninguém lhe dizia por quê. Ela percebeu que todos a fitavam na mesma medida em que evitavam seu olhar.

– Obsidiana é estranha, ela fica olhando para mim como se eu tivesse engordado – cochichou uma serviçal, depois que ela foi deitar.

– Ela fica olhando para mim como se estivesse contando minhas rugas – disse outra.

Ainda que os dias fossem cheios de emoção e com muito o que fazer, o panda não chegava mais perto dela. Ele se encolhia num canto quando Obsidiana se aproximava.

– Alguma coisa está errada, meu querido panda? – perguntou ela, mas o panda arqueou suas costas e grunhiu.

Obsidiana caminhou até a lagoa no jardim. Avistou o velho Jako sentado à margem. Ela estava abatida ao sentar-se ao lado dele, e disse:

– Hoje é meu aniversário, mas eu acabei de fazer aniversário. Não sei mais quantos anos tenho. Você sabe quantos anos eu tenho?

Mas o velho Jako não a escutou. Ela olhou para o seu rosto e mal o reconheceu. Ele estava curvado e esquálido e tinha a face ressecada, mas sorriu alegre ao vê-la. Obsidiana repetiu a pergunta com voz mais forte. Jako fechou os olhos e disse com seu tom sábio:

– Nunca vale a pena poupar. Eu já disse tantas vezes. A alegria bebe o que o tédio fermenta.

Obsidiana não estava contente com a resposta, e correu atrás de sua ama Thordis:

– Quantos anos eu tenho?

– Como assim, menina? – perguntou Thordis.

– Eu já fiz dezesseis aniversários, mas não vivi ainda dezesseis anos. Entre meus aniversários de quatorze e de quinze anos, passaram-se apenas alguns dias, e não houve verão nenhum quando eu fiz treze anos. Os outros dias todos desapareceram.

– Eu não contei os dias, mas você certamente tem doze ou treze anos. Você deve perguntar a Exel. É ele que tem isso tudo registrado.

Obsidiana virou as costas e fez menção de correr dali, mas então ouviu Thordis praguejando consigo mesma.

– O que há, minha querida ama? – perguntou Obsidiana.

– Não gosto nada dessa arca – disse ela. – Eu penso que nada de bom será ganho com ela.

SURGE GUNHILDA

E chegou o grande dia em que o rei se casaria com uma nova rainha. Ela se chamava Gunhilda e era lindíssima. Era de família nobre e falava onze línguas. Sabia tecer, mas o mais importante era isto: ela estava sempre de acordo com o rei. Exel a submetera a uma prova especial para se assegurar disto.

O casamento realizou-se com pompa e circunstância. Fez-se feriado nacional por toda a capital, com desfiles e música. Obsidiana manteve um sorriso aberto durante toda a celebração.

– Veja como ela está alegre – disse o rei.

– Sim – disse Gunhilda, hesitante. – Mas você não vai abrir a arca?

– Não, o momento não é oportuno – disse o rei. – Você está vendo como ela está alegre agora, seria uma pena estragar isso abrindo a arca com ela desprevenida.

Gunhilda fez uma expressão estranha.

– Você está correto, sem dúvida – concordou ela. – Nós devemos esperar pelo momento certo.

Thordis estava na festa e se parecia com uma nuvem de tempestade. Ela encarou Exel e lhe deu uma dura.

– Obsidiana também precisa viver! – disse Thordis. – Ela precisa amadurecer. Primeiro vocês dizem que nenhuma criança é digna dela e agora o momento não é propício para ela conhecer a nova rainha! Onde estão os amigos que foram prometidos a ela?

– Isso não é simples de entender – disse Exel, seco. – Se Obsidiana tivesse tido amigos, eles teriam ficado muito mais velhos que ela. Já teriam amadurecido e se afastado dela.

Thordis empalideceu. Ela não tinha pensado nisso.

– Isso é horrível – disse ela. – Você está dizendo que ela jamais conhecerá a amizade?

– Você considera que uma breve amizade é mais importante que a eternidade? Que um amigo vale mais do que a própria vida? – perguntou Exel.

– Vocês são malucos! Eu não posso nem contar sobre o mundo para ela mais. Como uma criança pode crescer se a sua imagem do mundo é uma ilusão? Como Obsidiana poderá assumir o reino se ela não sabe nem como o mundo gira?

– Ela não precisa saber de nada – disse Exel. – O rei já terá consertado o mundo antes de ela assumir o trono.

– O rei não viverá eternamente!

– Mas ela vai, desde que não desperdice a vida com inutilidades – disse Exel, calmamente.

Thordis cerrou o punho.

– Os anões nos alertaram contra isso! Eles mesmos não usavam a arca! Eles disseram que era necessário muita sabedoria para lidar com ela.

– Você está dizendo que falta ao rei *sabedoria*? – perguntou Exel, indignado.

Thordis se afastou furiosa, tentando segurar suas lágrimas.

Quando a arca foi novamente aberta, Gunhilda estava viajando e ninguém podia contar a Obsidiana sobre ela. Obsidiana escapuliu de uma apresentação de circo e se esgueirou até seu quarto. Permaneceu sentada lá por algum tempo, folheando seu diário. O encadernador real preparava para ela um novo livro a cada ano. Eles eram encadernados em couro de crocodilo verde e tinham lombadas douradas. Os mais velhos estavam repletos de escritos até o dia em que chegou a arca. A partir de então ela passou a escrever não mais que breves textos.

Hoje foi um lindo dia, vieram uns anões até nós trazendo uma arca mágica...

Então havia lacunas, depois mais lacunas, e quase um ano inteiro praticamente vazio. Havia dois livros em que ela escrevera somente num dia de primavera e no dia do seu aniversário. Ela perdera todos os outros dias? Pegou um livro novo e escreveu no local correto:

Os dias são estranhos. Ontem era verão e hoje também, mas não é o mesmo verão! Eu tinha feito um sinal em uma árvore e ela cresceu quase meio metro, mas todo mundo faz de conta que não há nada acontecendo! Eu tenho a sensação de que estão todos um pouco curvos ou tortos. Quando a ama me abraçou, eu percebi uma nova ruga em sua testa. Ela tinha lágrimas nos olhos e disse que estava com muita saudade de

*mim. Mas como eu posso sentir saudade dela? Faz um se-
gundo que nós nos vimos pela última vez! Ela ficou me esperando por um ano inteiro, mas não me conta sobre esse tempo.
Eu fiz aniversário "ontem". E também uns dias atrás. Eu
não consigo nem ter saudades nem expectativas! Eu perdi
a noção do tempo. O que é esse tempo, afinal de contas? O
que é isso que transforma de um instante a outro um filhoti-
nho num cachorro grande, que enfeitiça os brotos verdes das
sementes para que eles se transformem em árvores gigantes
em um momento? O que maltrata tanto as pessoas velhas a
ponto de elas se curvarem e morrerem?*

Ela folheava as páginas vazias e lágrimas começaram a
escorrer por suas bochechas. Tinha a sensação de que encon-
trava seu pai todo dia, mas, de acordo com o diário, isso se
dava somente algumas vezes por ano. Por que ela não podia ser
parte do tempo dele? As lágrimas fluíam e soluços soavam no
corredor. Fez-se grande agitação no palácio. A Princesa Eterna
não estava feliz? O que tinha dado errado? O rei foi chamado.

– Não chore, filhinha, eu sei que tem havido tempos
estranhos.

– Sim – disse Obsidiana.

– Mas isso se ajeitará. Você herdará o mundo a que tem
direito. Para isso, nós precisamos partir numa longa viagem,
até os confins do reino no oeste.

– Que legal! – disse Obsidiana, e abraçou-o em torno do
pescoço. – Uma longa viagem!

O rei balançou a cabeça, recuou um pouco, e assim
Obsidiana recolheu os braços.

– Não "nós", mas eu, o exército e os advogados. É uma viagem perigosa. Nós construímos navios para cruzar a fenda. Isso jamais foi feito antes.

– Que fenda? – perguntou ela.

– Não é nada com que você deva se preocupar – disse o rei. – É só uma coisinha que tem que ser consertada.

Obsidiana ficou triste e perguntou:

– Quanto tempo levará?

– No mínimo dois anos – disse seu pai.

Tudo parecia ficar preto e a raiva fervia em sua cabeça. Já tinha esperado o bastante. Foi dada a ela a promessa de TEMPO, foi dada a ela a promessa de um passeio no bosque, de uma viagem e de ver o mundo. Sua vida inteira ela tinha sonhado em encontrar crianças divertidas, ver torres reluzentes, campos floridos, unicórnios pastando e pontes cobertas sobre lagos com cisnes.

– Mas você tinha prometido! – disse ela. – Eu ia poder conhecer Obsidianápolis quando você voltasse.

– Existem alguns problemas lá – disse Dímon, hesitante.

– Você prometeu que quando tivesse terminado de conquistar o mundo ficaria tudo bem!

– Você conhece a arca. Um ano inteiro para mim é um instante para você. Eu é que sentirei saudades, você nem perceberá minha ausência. Fechamos a arca e antes que você note eu estarei de volta ao seu lado. – O rei a beijou na testa e disse: – Lembre-se, nós nos vemos em um instante!

Com isso dito, as serviçais da corte conduziram Obsidiana à arca, que fulgurava como uma teia de aranha adornada com gotículas de orvalho numa manhã outonal.

Obsidiana estava angustiada e respirou fundo o último instante daquele dia que jamais voltaria. O sol brilhava lá fora, uma andorinha cantava num galho, uma mosca zumbia. Ela se deitou na arca e fechou os olhos.

– Agora sorria – disse seu pai.

Ela sorriu um sorriso débil, que se fixou em seus lábios quando a arca foi trancada com um estalo. O rei fez Exel e Gunhilda pronunciarem um juramento solene de que a paz da princesa não seria perturbada. Seu coração sensível não poderia encher-se de saudades e preocupações.

Obsidiana permaneceu deitada na arca, em um instante congelado, como uma mosca em âmbar-amarelo. Sua pele era branca como neve, os lábios vermelhos como sangue, os cabelos negros como asas de corvo. Como se dizia num poema:

Com a pureza da lã
e a formosura da rosa,
no mundo inteiro não há
joia assim tão preciosa.

SURGE UMA DEUSA

O tempo golpeava a arca como uma cachoeira. Tentava penetrar pelas mínimas brechas, mas não entrava nem mesmo uma fração de segundo. Enquanto isso, o rei velejava através da Grande Fenda que agora se tornara um bravo oceano. Ele cruzou as altas montanhas com um exército de dez mil homens. Cavalgou pelos desertos e esteve em batalhas ferrenhas, tendo deixado o palácio nas mãos de Exel e da rainha Gunhilda.

Enquanto o rei estava longe, Gunhilda aproveitava a vida e dava grandes festas para a nobreza, que lotava o palácio. As pessoas seguravam o fôlego quando Gunhilda conduzia os convidados de honra ao salão onde ficava a arca, como um grande cristal.

– Como ela é linda! Ela está exatamente como estava há quatro anos. Como isso é possível?

Sábios vinham de cantos distantes do mundo para ver a maravilha.

– Onde fica a alma enquanto ela permanece deitada na arca, imune ao tempo? – perguntavam eles.

– Ela deve permanecer com os deuses – disse Gunhilda. – É a única explicação possível.

Os sábios esbugalhavam os olhos.

– Com os deuses?

– Claro! Do contrário, como ela poderia ficar livre do tempo? Eu pus um colar de ouro na tampa da arca e pedi para ela que transmitisse meu desejo aos deuses. O desejo se realizou e eu descobri o poder de cura da arca.

– Mesmo?

– Sim, eu curei minha dor de cotovelo quando toquei a tampa da arca.

– Posso experimentar? – perguntou um dos sábios.

– Vocês podem tentar – disse Gunhilda –, mas a princesa só cura aqueles que oferecem agrados a ela. Vocês precisam presenteá-la com joias ou outras coisas pelas quais tenham apreço, para provar que a questão é acompanhada de verdadeira intenção.

Histórias sobre milagres percorreram o reino. Um jovem depositou um bracelete de ouro na tampa da arca e pediu que Obsidiana levasse uma mensagem à deusa do amor. Ele conseguiu conquistar a moça que tanto ansiava. Outro veio com moedas de prata e pediu por chuva. Recebeu o que queria. Uma mulher pediu à deusa da fertilidade uma criança, e deu à luz gêmeos. Os habitantes de Pangeia assim tinham grande necessidade de recorrer a milagres. Filas de nobres formaram-se diante do palácio, e o povo simples também desejava ir. A cisão do reino em dois era símbolo de algo muito maior, de prenúncios que estavam se tornando realidade. Uma nova deusa conduziria o mundo a novos tempos.

Dímon percorria seu reino, determinado a unificar Pangeia novamente. Ele influía ânimo nas pessoas que tinham perdido na fenda tudo que possuíam. Suprimia levantes e aprisionava baderneiros que causavam confusões. Chefes e pequenos reis insubmissos eram acorrentados e enviados para a capital.

E foi assim que surgiu o revoltoso Ouriço Kórall certo dia. Após um cerco de muitas semanas, ele se rendeu e entregou seus domínios a Dímon. Cães sabujos ferozes acossaram-no até o mar, focas o rebocaram numa balsa através do oceano e então ele rastejou, com pés feridos, da praia até a porta do palácio, juntando-se ao grupo de chefes derrotados. Eles foram todos reunidos e conduzidos ao salão, onde a Princesa Eterna estava deitada dentro de sua arca. Os chefes caíram de joelhos, atordoados ante sua beleza, e imediatamente compreenderam que Dímon dominava poderes misteriosos. Eles se prostraram no chão e um a um balbuciaram:

– Perdoe-me pela rebelião, Princesa Eterna, não permita que o deus do trovão castigue meu povo.

– Ela não o perdoará a não ser que você cubra a arca com ouro – disse Gunhilda, determinada.

Os chefes fizeram como ela disse, e despiram-se de braceletes e outros itens preciosos, mas Ouriço Kórall permanecia calmo e esperava. Quando os chefes terminaram seu trabalho e os guardas os arrastaram para os calabouços, Ouriço apanhou um grande diamante de sua bolsa de couro, o maior que Exel já vira.

Ouriço curvou-se em profunda reverência e disse em tom humilde:

– Eu me chamo Ouriço Kórall, herdeiro da grande família Kórall do Oriente. Chefiei uma pequena rebelião, mas agora compreendo que tudo foi um mal-entendido. É para mim uma grande honra fazer parte dos domínios de Pangeia novamente.

Ele sorria, e seus dentes brancos como neve reluziam. Ouriço olhava fascinado para a arca, lágrimas escorriam por suas bochechas, e ele pôs as mãos na tampa da urna. Ele fechou os olhos e parecia estar prestes a rezar, mas então disse, com voz trêmula:

– É como se ela quisesse dizer alguma coisa.

– Como? – disse Gunhilda.

– Sim – disse Ouriço –, ela está tentando fazer contato. Ele deu o diamante para Exel.

– Fazer contato? – disse Exel, sentindo o peso da gema em suas mãos.

– Sim! – disse Ouriço. Ele fechou os olhos, pôs as mãos sobre a tampa da arca e caiu de joelhos. – Sim! Perdoe-me, Alteza. Perdoe-me pela rebelião. Eu não tinha intenção de desobedecer ao seu pai. Não fique furiosa comigo. Eu entendo! Eu entendo! – disse ele. – Já aprendi minha lição.

Exel observava atentamente.

– Os deuses estão insatisfeitos – disse Ouriço, como que em transe. – A princesa está num salão dourado falando com os deuses, eles dizem a ela que as pessoas estão escondendo suas riquezas. Poderiam ser feitas muitas oferendas mais.

– Mais? – perguntou Exel.

Ouriço tinha os olhos fechados e convulsionava-se inteiro. Ele nitidamente fazia um grande esforço.

– Eu não estou em condições de fazer isso.

Ouriço tremeu até que sua voz tornou-se infantil e estridente. Ele esbugalhou os olhos e dirigiu suas palavras a Gunhilda:

– Eu não estou contente com você! – disse ele, com voz esganiçada.

Só se via o branco de seus olhos.

Gunhilda deu um pulo para trás.

– Quê? Por que não? O que foi que eu fiz?

– É porque... é porque...

Ouriço enxugou o suor da testa. Em alguns segundos voltou a si.

– Perdi o contato.

– O que ela disse? – perguntou Gunhilda, branca como um cadáver. – Eu tenho cuidado bem dela, estou sempre limpando a tampa da arca e polindo as laterais!

– Ela não está recebendo o suficiente – disse Ouriço. – Ela precisa de mais oferendas para financiar a expedição militar de seu pai! Ele precisa de mais tempo, mais provisões e mais reforços.

Exel, que conhecia bem o rombo no orçamento real, aguçou os ouvidos.

– Ela deseja aposentos mais esplendorosos – disse Ouriço. – Ela merece ficar onde mais gente possa dirigir-lhe suas preces. Ela precisa de um templo e sabe como ele deve ser. Deem-me uma caneta! Rápido! Rápido!

– Vão buscar uma caneta! – gritou Exel.

Ouriço apontou para o diamante e disse:

– Se você me deixar ficar com esse diamante e me der um pouco mais, posso começar a construir amanhã mesmo.

Ele desenhou uma casa na folha. Exel e Gunhilda o observavam desconfiados, mas Ouriço apressou-se em adicionar:

– E tragam-me uma corrente e uma bola de ferro. Obsidiana está furiosa comigo. Eu posso transmitir seus pensamentos às pessoas, mas ela exige que eu esteja permanentemente algemado.

❦

E logo começou a ser erigido um templo dedicado à Princesa Eterna. Pássaros sustentavam no ar pranchas douradas, demarcando os contornos da construção. Elefantes debatiam-se carregando pedaços de madeira e mármore. Artesãos decoravam paredes. Os materiais mais finos foram encomendados de todos os cantos do mundo. Ouriço supervisionou a obra, vestindo uma túnica dourada com dois olhos fechados bordados em seu peito. Ele estava preso a uma pesada corrente, e assim eram necessários quatro homens musculosos para transportá-lo pela área de construção.

Thordis permanecia sentada junto à arca, com o panda no colo. Pensava na menina que criara e na saudade que sentia. O tempo escoava devagar, como piche negro e viscoso. Pensava no dia em que fora até ela no lugar da mãe. O dia em que os mensageiros do rei bateram em sua porta. Com o seio cheio de leite, ela fora conduzida até o interior do palácio. Sabia que jamais poderia voltar para casa e rever seu próprio filho. Dirigiu todo o seu amor, toda a sua ternura à menina, mas agora a saudade irrompia com força duplicada.

Fazia frio, a neve cobria as cerejeiras e Thordis sentiu o desejo de mostrar a ela como era bela a neve que caía. Quanto tempo fazia que ela não via a neve? Mas flocos caindo não eram razão suficiente para perturbar a paz da importante princesa. Mesmo assim ela se encheu de anseio, em breve seria um ano novo e então, talvez, pudesse encontrá-la.

A neve caiu e o ano novo chegou pontualmente, como sempre foi desde o princípio dos tempos. O rei estava em terras longínquas quando os guardas vieram marchando e apanharam a arca. Carregaram-na ao salão cerimonial, onde todos estavam sentados a uma mesa longa forrada de quitutes. Mas a arca não foi aberta. Ela serviu somente como um enfeite, num pedestal especial. Thordis ficou triste ao ver o sorriso meigo na face de Obsidiana.

– É excelente que ela possa estar conosco no ano novo – disse Ouriço. As correntes tilintavam sob a túnica dourada, e ele deu tapinhas na tampa da arca. – Uma moça tão recatada e obediente, uma verdadeira amiga dos deuses.

Exel apareceu no salão caminhando com passos rápidos e seguros, e não precisava ter medo de pisar nas linhas porque o piso do palácio era novo em folha, uniforme e sem juntas. Exel apresentou, orgulhoso, as grandes oferendas que foram trazidas a Obsidiana depois que Ouriço começou a interpretar seus sentimentos.

– Aumento de 457% – disse Exel –, e nossa expectativa é de um incremento ainda maior quando o templo estiver construído.

Os homens vestidos em ternos quadriculados e as serviçais da corte bateram palma calorosamente. Ouriço se pôs de pé e apoiou as mãos na tampa da arca. Fechou os olhos e disse, sorrindo:

– A Princesa Eterna está alegre hoje e nos transmite suas melhores saudações. – Seus olhos se revolveram, e ele disse com uma voz esganiçada de menina:

– Feliz ano novo, querida família. Eu lhes transmito as saudações dos deuses.

Thordis estava farta daquilo. Pôs-se de pé e disse:

– Os anões nunca disseram nada sobre contato com os deuses e ela mesma jamais mencionou nada disso! Eles nos alertaram sobre a arca!

– Como você ousa lançar dúvidas sobre a conexão divina dela? – gritou Exel. – A Princesa Eterna é o coração de Pangeia. Dímon estaria há muito tempo sem armas e sem provisões, não fosse pelas oferendas. Ela veio até nós em um momento crucial.

Thordis sentia um grande nó em sua garganta.

– Ela não pode sair nem um pouco? Hoje é ano novo.

Exel disse, seco:

– Você acaso quer que ela sinta falta do rei desnecessariamente? Como você pretende explicar para ela que o rei está bem para o norte das sete montanhas e dos doze desertos?

Thordis calou-se. Olhava cabisbaixa para seu prato e não sabia o que fazer consigo mesma.

– Por que essa mulher está aqui? – demandou Ouriço. Ele apontou para Thordis e dirigiu-se ao salão. – Corre sangue azul nas veias dela? Eu, apesar de acorrentado, sou de origem nobre. Nós podemos bancar uma ama sem trabalho? Serviçais! Aqui há uma mulher aborrecida que está sem trabalho para fazer.

Um serviçal entregou uma colher de pau nas mãos de Thordis e conduziu-a até a cozinha. Através da límpida e cristalina teia de aranha era possível ver um sorriso misterioso paralisado nos lábios de Obsidiana. Os empregados que a viam não podiam fazer nada mais que pensar: *Por que ela não pede ajuda dos deuses quando sua ama é mandada chorando para a cozinha?*

O templo se erguia sobre uma praça, e refulgia em mármore negro, aço nobre e o vidro fino. Diariamente, Obsidiana era levada à praça e ao interior do templo, com uma escolta conduzida por Ouriço. Lá, uma fila interminável de pessoas esperava por ela com oferendas e problemas urgentes que ela devia solucionar. Pobres e ricos murmuravam preces e tocavam a tampa da arca, na esperança de serem curados de artrite, poliomielite, doenças nos pulmões, doenças mentais, lepra e tuberculose. Todos deveriam tocar a arca pelo menos uma vez durante a vida. No telhado do templo podia-se ver às vezes um velho panda vermelho, que parecia ter uma expressão triste.

Assim passaram-se os dias, e a floresta de cerejeiras ficava rosa e novamente rosa no ano seguinte, enquanto o rei vigilante guiava seu exército e um bando de animais ao longo da fenda, através de florestas e pântanos, no frio e sob o sol quente, na perpétua batalha para manter o império mundial unido. Obsidiana sorria um sorriso meigo, sem consciência de todos os anos que tinham decorrido desde a partida do rei, sem suspeitar de que sua gentil ama descascava batatas num porão bolorento.

O dia estava brilhante e ensolarado quando seu pai fechou a arca, muito tempo atrás, e despediu-se dela com estas palavras:

– Dois anos para mim, mas só um segundo para você, meu amor...

~~~

A arca foi aberta novamente apenas um momento depois, ou assim pareceu para Obsidiana. A noite estava escura e uma rajada de vento frio atingiu o seu rosto. Seus olhos tentavam se acostumar com a escuridão. *Papai está de volta?*, pensou ela. Mas antes que conseguisse dizer uma palavra, pequenas mãos surgiram da escuridão, seguraram seu pescoço e tentaram estrangulá-la.

LUTANDO COM O MONSTRO

Era madrugada e a lua lançava uma luz tênue dentro do ambiente. Obsidiana lutava para respirar, mas o estranho ser apertava-a com mais tenacidade, até que ela acertou-lhe um chute com força. A criatura caiu estatelada no chão. Obsidiana se pôs de pé e olhou com atenção ao seu redor. Estava descalça e pisava com cuidado sobre o mármore frio, como se o piso estivesse coberto de cacos de vidro ou como se ela esperasse que algo mordesse seus pés. A princesa se esgueirou ao redor da arca com o coração acelerado, parou e tentou ouvir se alguém vinha pelas suas costas.

– Quem está aí? – sussurrou ela.

Sua vontade era de gritar, mas estava com muito medo para fazê-lo. Uma criatura escura como um diabinho se lançou passando ao seu lado e desapareceu atrás da grossa cortina no canto. *Que demônio tentou me estrangular?*, perguntou-se ela. Recompondo-se, levou a mão ao pescoço e percebeu que seu colar desaparecera. O colar de sua mãe! Agora ela estava furiosa. Dirigiu-se até o canto e ouviu um rangido. Estendeu a mão na direção de onde viera o ruído e agarrou um pé que estava se enfiando dentro de um pequeno buraco na parede, atrás da cortina.

Obsidiana puxou a criatura para o piso, como se fosse sua própria sombra, mas a sombra a atacou. Percebeu o brilho do colar e agarrou a mão que o segurava, mas o animal era ágil como um gato. Obsidiana gritou ao ser mordida. Ela segurou o canto da boca da criatura e o esticou bem, até a bochecha. Levou então um chute nas costas. Ela deu um grito, mas agarrou-se a um chumaço de cabelo. Então, escutou um gemido miserável e a criatura parou de lutar. Obsidiana, segurando firme com as mãos, pôs-se montada sobre o bicho e então se deparou com a cara suja de um menininho. Ele fazia uma careta e se debatia. Ela lhe desferiu um tapa, e ele retribuiu o tapa com a mão que estava solta. E então ela gritou: GUARDAS! GUARDAS!

O menino entrou em pânico e disse, com voz chorosa:

– Não! Por favor, não grite!

Ela sentiu o coração batendo no peito do menino, como um passarinho numa arapuca. Ele respirou ofegante quando ela gritou novamente:

– GUARDAS! GUARDAS! SOCORRO!

E então o menino começou a chorar.

– Eles vão me matar!

Ele lançou um olhar suplicante para Obsidiana e sussurrou:

– Não grite, eles vão me matar.

– Não, eles não vão te matar!

– Vão sim, acredite em mim!

Mas nem sinal dos guardas, que deviam estar dormindo no fundo do corredor.

– Moleque endiabrado. Você ia roubar o meu colar. O colar que minha mãe me deu! Bem que merecia que o matassem! – disse Obsidiana, e lhe deu outro tapa, forte desta vez, e achava que ele merecia muito mais.

Mas ele não esboçou reação e continuava chorando. Ela o segurava firme contra o chão, mas percebeu que ele não oferecia mais resistência.

– Pare de chorar! Você é só uma criança. Eles não matam criancinhas. Só vão dar uma bronca em você.

– Eles vão me matar com certeza!

– Não, vão só levar você para casa!

– Eles vão matar todos lá também! – disse ele.

Obsidiana olhou ao seu redor e tentou se orientar. Onde estava? Olhou pela janela que dava para o oeste e surgiu aos seus olhos o mar e uma praia sob a lua cheia.

– Onde nós estamos? – perguntou ela, olhando à sua volta. O quarto estava como ela se lembrava, exceto pelo fato de que agora fora decorado com mosaicos dourados no teto. Eram imagens que mostravam anões e uma arca mágica, imagens de si mesma e imagens de deuses.

– Estamos no palácio – disse o menino.

– Que som é esse?

– São as ondas.

– As ondas?

Ela prestou mais atenção. Alguém lá fora emitiu um lamento choroso. Ela sentiu um arrepio, o som se parecia com o choro de um bebê.

– Quem está chorando?

– São as gaivotas.

Gaivotas?, pensou ela, que nunca tinha visto gaivotas. Olhou para o mar. Era como um gigantesco espelho escuro.

– De onde vem toda essa água?

– Isso é o mar. Ele surgiu quando a fenda se formou e o reino foi partido ao meio.

Ela tentava entender o que o menino lhe dizia, enquanto cuidava para não afrouxar as mãos que o prendiam.

– Como você se chama?

– Kári – disse ele.

Ela percebeu que ele olhava para a porta e tremia.

– Quem mandou você aqui?

– Ninguém.

– Você foi mandado por alguma gangue?

– Não, eu vim totalmente por minha conta – disse ele, hesitante.

– Em que época do ano estamos?

– Primavera.

– Qual primavera?

– Só primavera! Eu não sei qual primavera!

– Onde está meu pai?

– As pessoas dizem que ele está longe!

– Onde?

– Ora, na guerra do Oeste!

– É uma grande guerra? Há quanto tempo ele está longe?

– Eu não sei. Meu pai foi enviado para a guerra depois da batalha com os homens de Tunika, nos Grandes Campos.

– O seu pai é um soldado?

– Sim – disse Kári. – Meu pai é o soldado mais forte do mundo inteiro.

– Certo, certo – disse Obsidiana. – Ele sabe que você invadiu o palácio?

– Ele foi mandado para a guerra antes de eu nascer. Eu nunca o vi. Minha mãe é pobre, então eu moro com minha tia Borghilda desde que meu pai foi embora.

Obsidiana ia escutando e tentava dar sentido àquele mundo. *O reino se partiu em dois? De onde vinha esse mar? Toda essa imensidão de água?* O menino tentou se livrar dela, mas ela segurou firme seus pulsos.

– Em que ano estamos?

– Eu não sei.

– Quanto tempo eu fiquei na arca?

– Eu não sei, você sempre esteve nela – disse ele. – Eu não sabia que você podia falar. Eu só segui um antigo túnel e, do nada, achei este quarto. Vi o colar e decidi pegá-lo. Eu não sabia que você podia se mexer. Não mande os deuses me punirem.

Obsidiana olhou para ele.

– Os deuses te punirem? Por que você está dizendo isso?

Kári estudou-a. Ela, que dentre os seres humanos era quem melhor conhecia os deuses, fazia de conta que não sabia de nada.

Obsidiana esfregou os olhos. A cidade que estivera à sua frente desde pequena e que sempre ansiou conhecer melhor era agora só metade do que havia sido. Ela acabava no anfiteatro, que era apenas meio anfiteatro. As colinas do oeste e as Sete Torres que se erguiam lá não se viam em parte alguma, não havia nada além da superfície plana e espelhada do mar sob a lua.

Tudo estava em silêncio dentro do palácio. *Ninguém virá*, pensou ela, mas seu medo dissipou-se ao perceber que era mais forte do que o menino. Ela continuava segurando-o contra o chão.

– Vou fazer um trato com você – disse ela. – E então não vou chamar os guardas.

O menino fez que sim com a cabeça.

– Posso confiar em você?

– Pode – disse ele.

– Eu vou soltar as suas mãos se você prometer contar para mim o que está acontecendo no mundo e me mostrar de onde você vem.

O menino disse que sim.

– E os deuses?

– O que têm eles?

– Eles vão me punir?

Criança estranha, pensou ela. *Sempre falando nos deuses.* Ela o encarou nos olhos:

– É claro que não. Se você confiar em mim eu vou confiar em você. Estamos combinados? – Ela afrouxou cuidadosamente as mãos. – Eu vou te soltar agora se você prometer não fazer nada.

– Eu prometo.

Obsidiana libertou-o e ficou pronta para um contra-ataque, mas o menino permaneceu calmo. Ele se sentou exausto no piso e esfregou os pulsos. Ficaram ambos em silêncio por um longo tempo. Obsidiana olhava para aquele molequinho que tinha o rosto imundo, os cabelos desgrenhados, e as roupas batidas e remendadas. Ele jamais teria passado na prova de amizade de Exel. Se ninguém queria ajudá-la a conseguir amigos, ela teria de encontrá-los sozinha.

A TORRE

Kári mostrou a Obsidiana uma tábua solta na parede, atrás de uma tapeçaria. Quando a tábua foi afastada, uma rajada de vento frio veio de encontro a ela. A princesa inspecionou o buraco e observou Kári retirar outra tábua, depois mais uma e por fim uma quarta, e então foi ouvido um estalo. Ele esticou o braço com cuidado para o lado e destravou um ferrolho, abrindo uma claraboia. Foram atingidos por um ar gelado. Kári foi rastejando à frente e Obsidiana o seguiu. As fendas na parede faziam entrar uma fraca luz do luar. Ali havia uma corrente de ar e um odor velho de umidade, bolor e musgo, além de teias de aranha que grudaram no cabelo de Obsidiana. Antes que ela se desse conta, os dois tinham chegado a um quarto nos fundos que ela nunca vira antes. Obsidiana olhou para baixo em um grande abismo e viu uma escada em espiral desaparecendo lá no fundo, em meio à escuridão.

– Tome cuidado – disse Kári.

Ela olhou para baixo. O coração acelerou.

– Eu nunca vim aqui antes – disse ela, fitando a escuridão abaixo, onde ecoavam seus passos. – Mais alguém conhece o caminho até o meu quarto?

– Não – disse o menino.

– Tem certeza?

– No ano passado, um ladrão chegou às abóbadas e subiu ao castelo. Ele foi enforcado na praça.

– Eu não acredito em você – disse ela. – Ladrões não são enforcados.

Kári balançou a cabeça. Que esquisita essa menina.

– Eles concretaram a abertura que ele havia usado, mas eu achei esta passagem.

Ela o escutava e tentava ponderar se o que dizia era verdade.

– Você fala coisas esquisitas – disse ela.

– É você que fala coisas esquisitas – disse ele. – Já é esquisito por si só o fato de você falar.

– Não tem nada de esquisito no fato de eu falar – disse ela. – Esquisito é você achar esquisito eu falar!

Ela não estava mais com medo. Pela primeira vez em sua vida, ninguém a observava. Pela primeira vez, não havia nenhum guarda por perto e ela sabia que havia um caminho para fora do castelo. Ela poderia explorar o mundo.

– Daqui para baixo, a escadaria termina em uma mina, mas daqui para cima, ela vai até o alto de uma torre de vigia abandonada – disse Kári.

A escadaria já perdera a maior parte dos seus degraus, e assim ele precisou se agarrar à coluna central e subir aos poucos, equilibrando-se em saliências e nos pedaços restantes dos degraus que tinham se quebrado. Ele segurou firme e subiu devagar.

– Espere! – disse Obsidiana.

Ela retirou as camadas de cima do vestido e depositou-as com cuidado num local seco. Em seguida, abraçou-se à coluna,

124

equilibrou-se e foi subindo. Ela precisou segurar firme e se acostumar à ideia de que, caso caísse, não haveria lá embaixo guardas prontos para amortecer sua queda com colchas de seda.

Os dois continuaram escalando e logo os degraus estavam novamente inteiros. Subiram dando intermináveis voltas, como num caracol, até que puseram os pés no alto da torre de vigia abandonada, cujo telhado era plano. Chamas ardiam em postes por toda a cidade. Uma cantoria vinha de uma taberna distante. Uma mulher gritava com seu marido. Ouvia-se o chocalhar das rodas das carruagens que se precipitavam pelas ruas de pedra. Os dois escutavam o choro de crianças que acordavam com a barulheira e gritos de mulheres que xingavam os cocheiros. Obsidiana fechou os olhos e sentiu um cheiro pungente de lenha, pão assando e carne fritando, misturado ao fedor de esgoto.

– Eu nunca tinha subido até aqui – disse ela, fascinada.

– Eu moro lá – disse ele, apontando para um aglomerado de cabanas, ou algo do tipo, que pendiam da encosta de uma colina rochosa.

– Você gostaria de me mostrar a cidade? – perguntou ela.

– Não, você não pode ir até a cidade comigo.

– Por que você diz isso?

– Você sempre vai até lá com uma escolta de guardas.

– Não, eu nunca fui à cidade!

Ele a observava e tentava entendê-la. Como ela podia dizer aquilo? Ela era levada até a cidade todo dia!

Mas Obsidiana continuou falando:

– Disfarçada eu posso ir a qualquer lugar.

Ela já tinha feito para si, mentalmente, cem disfarces, quando imaginava como poderia escapulir e encontrar as crianças que brincavam do outro lado dos muros do castelo.

Kári refletiu sobre isso.

– Talvez mais tarde.

– E o mar? Posso ver o mar?

– Mais tarde – disse ele, e então ficou em silêncio e aguçou os ouvidos.

– O quê?

– Ouvi alguma coisa.

Ele parecia assustado.

Da torre de vigia abandonada era possível ver os jardins do palácio e a torre de marfim, onde Obsidiana nasceu e sua mãe morreu. Ela observou a superfície do mar, que era como um espelho de prata. As gaivotas choravam. Na praça diante do castelo havia uma construção folhada em ouro que ela não reconheceu.

– Que casa é aquela? – perguntou ela.

– O seu templo! – disse Kári.

Ela não quis parecer tola, então disse:

– Sim, claro. É que eu ainda não tinha visto deste ângulo. – Ela olhava espantada para a casa, as colunas de mármore e o telhado de ouro. Quebrou a cabeça e concluiu que aquilo deveria ter exigido muitos anos para ser construído. De repente, sentiu medo.

– Em que ano estamos? Fale-me sobre o tempo – disse ela.

Então ouviram-se soldados marchando.

– Troca de turno da guarda – disse Kári, e olhou rapidamente à sua volta. – Não posso mais ficar aqui. Tenho que ir.

Os dois tomaram o mesmo caminho para voltar. Ela colocou rapidamente o seu vestido e bateu o pó dele. Entrou na arca quando ouviram uma movimentação do lado de fora do quarto. Os dois ficaram imóveis e em silêncio.

Kári tremia de medo.

– Eu tenho que ir – sussurrou ele.

– Você precisa prometer voltar e me contar sobre o mundo!

Ele ficou pensando enquanto massageava os pulsos.

– Quando é para eu vir?

– Venha novamente quando houver luz da lua prateada para acharmos o caminho – disse ela, com um tom decidido e sério.

– Como eu posso confiar em você? – perguntou ele. – Você poderia mandar me prenderem!

– Como eu posso confiar em *você*? – ela devolveu a pergunta.

Ele a observava, seus olhos eram escuros como a noite.

– Eu prometo – disse ele. Obsidiana estendeu a mão e eles trocaram um aperto para selar o acordo. Ela subiu com cuidado para dentro da arca e se deitou no travesseiro. Kári fechou a tampa cuidadosamente. Obsidiana permaneceu deitada, rígida, como se estivesse morta. Sua pele tinha uma coloração lívida à luz da lua. *Isso está estranho*, pensou Kári. Ele abriu com cuidado.

– Olá, Kári! Você está trazendo notícias do mundo do tempo? – perguntou Obsidiana, sorrindo.

Kári sussurrou:

– Eu só queria dizer tchau – disse ele, e fechou a tampa novamente. Ele olhou para ela e riu. Um olho estava fechado pela metade e a boca, torta. Estava assustadora como um fantasma. Ele abriu mais uma vez a arca.

— Você está de volta?

— Não, você estava com uma cara muito estranha. Você tem que ficar exatamente como estava quando eu abri. Sorria!

Ela sorriu e ele fechou rapidamente, e assim sua melhor expressão de um dia ensolarado de domingo se fixou.

Um ruído foi ouvido do lado de fora, alguém mexia na fechadura e no ferrolho. Kári se enfiou com pressa pelo buraco, indo pelo mesmo caminho por onde viera. Ele olhou rapidamente à sua volta quando engatinhou para fora na viela. Não viu ninguém e correu pelas ruas de pedra até sua casa.

KÁRI EM SUA CABANA

Kári revirava-se sem parar. Estava no telhado, que era onde dormia durante o verão, quando estava muito calor para ficar dentro de casa. Ele agora estava deitado acordado e escutava os grilos e os latidos dos cães de rua que brigavam. Olhava para o céu estrelado, infinito e profundo, e pensava nas palavras de advertência de sua tia Borghilda, que roncava lá embaixo:

– Não se aproxime do palácio. Os guardas são implacáveis e poderiam matá-lo só por diversão. Não ande por aí se exibindo, não mantenha a cabeça alta e não tente demonstrar ser forte. Não lute, melhor deixar baterem em você. Do contrário, eles podem te obrigar a se alistar no exército.

Kári fechou os olhos. Havia conhecido a Princesa Eterna. Ela tinha falado com ele e queria encontrá-lo novamente.

O menino acordou com um chute nas costelas e mal ousou abrir os olhos. Um bando de pivetes estava de pé à sua frente como sombras. Um dos meninos agarrou-o pelo colarinho e o ergueu.

– Você passou a gente para trás! Não havia nada naquele buraco? A gente ficou esperando mais de duas horas.

– Não – disse Kári, tremendo todo –, eu vasculhei tudo. Então me perdi e não conseguia achar a saída.

– Conversa furada. O que você achou?

Ele tremia até os ossos.

– Era só uma antiga toca de coelhos. Não havia nada lá, nem mesmo um coelho.

Eles lhe lançavam olhares ameaçadores.

– Você está escondendo alguma coisa?

– Não – disse Kári, tremendo –, eu não achei nada!

Um deles puxou-lhe pela orelha, torcendo-a para cima.

– Você sabe o que acontece se tentar bancar o espertalhão com a gente!

– Sei – gemeu Kári.

Eles o arrastaram dali e o fizeram descer as escadas aos empurrões, até que saíram numa ruela estreita. Ratos correram entre o lixo e os excrementos. Apontaram para uma janela no terceiro andar.

– Ali mora um comerciante. Está viajando, foi buscar mercadorias no campo. Suba ali e faça a limpa no quarto!

Kári não ousou fazer mais nada além de obedecer e escalou o muro por uma trepadeira que crescia na parede. Enfiou-se pela janela e entrou no quarto, onde se deparou com tapetes luxuosos no chão e nas paredes. Escutava um ronco vindo do quarto ao lado. Andou silenciosamente, pisando nas pontas dos pés, como um gato. Pegou uma bandeja de prata e um castiçal de ouro. Havia lá um compartimento secreto e um saco cheio de moedas de ouro e também achou uma espada, bem forjada e decorada com pedras preciosas. Lançou um olhar atento ao redor do quarto, mas não encontrou mais nada. Fez isso tudo rápido como um raio. Sentiu-se aliviado. Conseguiu pegar coisas boas, e assim teria paz, ao menos por um tempo.

– Ótimo – disse o líder dos meninos –, agora sigam-me. Ele assoviou baixo e um homem veio até eles conduzindo cavalos. Puseram Kári montado em um deles e cavalgaram para fora da cidade. Seu estômago embrulhou quando percebeu que dirigiam-se para o vale proibido, onde chefes e membros da família real estavam sepultados em túmulos cobertos de mato. Sapos coaxavam. O vento uivava entre os juncos. Continuaram cavalgando até que chegaram ao local onde estavam dois homens com pás e picaretas. Um pouco afastado deles, havia um terceiro homem deitado na grama, amarrado. *O guarda dos túmulos*, pensou Kári.

Dentro do buraco aberto pelos dois homens havia uma pequena abertura. Um dos pivetes apontou para ela, e Kári sabia o que devia fazer. Desceu pelo buraco e enfiou primeiro a cabeça dentro da abertura. Sentiu ânsia de vômito, o fedor era insuportável. Kári foi tateando na escuridão o piso de mármore quebrado. Fazia força para não pensar nos mortos, que agarravam os ladrões de túmulos e os mantinham presos a suas garras pela eternidade. Sentiu uma mão morta e ressecada e apalpou-a até encontrar um anel. Tentou fazê-lo passar pelos nós dos dedos, mas o dedo se soltou inteiro. Ele o partiu ao meio, pegou o anel e continuou tateando pelo caminho. O ar era pesado e fedia como um amontoado de vísceras nos fundos de um matadouro. Encontrou um anel e um pequeno baú, e apalpou uma caveira boquiaberta tentando achar algum dente de ouro. Estava prestes a vomitar, seu estômago borbulhava e o fedor se intensificou. Obviamente alguém havia sido sepultado recentemente. Continuou tateando o caminho. O morto, então, se revolveu. Kári deu um berro e correu para fora. Malditas larvas de besouro carnívoras. Ele foi empurrado de volta para dentro e ganhou uma tocha acesa para iluminar o caminho. *Termine o serviço!* Algo mordeu-o no pé, furando-o como uma agulha. Kári gritou. Ele fechou o saco e se apressou para sair do buraco. Então, sacudiu-se e espantou os insetos. Cinco meninos esperavam por ele na escuridão, com panos cobrindo seus rostos logo abaixo dos olhos. O maior deles apanhou o saco que Kári trazia e deu-lhe um chute. Kári percebeu que ele não tinha um dos dedos.

– Tinha mais alguma coisa?

– Não – balbuciou Kári.

Um deles o agarrou, abriu sua boca à força para averiguar se não tinha escondido algum anel ou diamante e apalpou-o da cabeça aos pés.

– Menos mal – disse ele. – Você nos fez esperar tempo demais da outra vez!

– Eu me perdi – disse Kári. – Eu podia ter morrido lá dentro.

– Você nos deixou esperando. Agora não ganha nada!

– Nada além da condenação dos mortos! – disse outro, e deu uma risada sarcástica.

O bando de pivetes foi embora cavalgando e Kári ficou olhando para eles com raiva enquanto cuspia. Nunca sabia quando esperar por eles: surgiam do nada e o arrastavam embora. Não sabia de onde vinham, mas esperava que eles morressem. Estava arrependido de lhes ter dado a espada. Queria golpear todos até a morte com ela. Quando seu pai voltasse para casa da guerra, daria uma surra neles!

O sol já nascia quando finalmente subiu para sua cabana. Galos cantavam por toda a cidade. Fazia calor, ele estendeu sobre si uma colcha fina e escutou o ronco baixo de sua tia.

Os dias e as semanas que se seguiram pareceram uma eternidade. Tia Borghilda não lhe dava descanso do trabalho. Ele tinha que apanhar lenha na floresta, cuidar da horta, alimentar o porco, buscar água no rio e estender as roupas lavadas num rochedo. Durante todo esse tempo sua mente voava, pensando na princesa na arca. Ninguém que ele conhecia a escutara falando. Até que um dia os sinos ecoaram pela cidade, e ele soube que os monges estavam a caminho do templo, transportando-a. Partiu em disparada pelas ruas, e o mar de gente se comprimia mais e mais, até que, finalmente, o templo descortinou-se esplendoroso diante dele. Homens e mulheres pisoteavam-se levando suas oferendas e dádivas, mas Kári conseguiu se espremer à frente de todos eles na fila. As pessoas lhe lançavam xingamentos em línguas ininteligíveis, milhares tinham se reunido ali para tocar a tampa da arca. Vendedores ambulantes passavam oferecendo pão, água e amuletos sagrados, e os guardas cuidavam para que todos dessem alguma contribuição. Kári tinha conseguido entrar na cervejaria sem ser visto e apanhou um punhado de cereais. Esse punhado teria enchido sua barriga por dois dias, mas ele estava determinado a ver a menina na arca.

A fila avançava aos poucos em direção à princesa. Por fim ele viu Obsidiana, com o mesmo sorriso que ela lhe dera quando fechara a arca naquela noite. Tentou detectar algum movimento, se as pálpebras tremiam ou se o peito se movia. Ficou ali absorto até que um guarda lhe deu um empurrão.

– EM FRENTE! EM FRENTE!

Foi levado pelo mar de gente e olhou para trás, por cima dos ombros. Era tão estranho que ela pudesse viver e falar. Por um instante sentiu orgulho, ele a conhecera e ela lhe pedira que voltasse; ela, a Princesa Eterna que o mundo venerava. Viu o colar, sentiu vergonha e rogou a ela em silêncio que não mandasse que os deuses o castigassem:

– Princesa Eterna, eu prometo voltar. Gentil princesa, diga para os meninos me deixarem em paz.

Então surgiu o sacerdote da corte, Ouriço Kórall, tremendamente alto, em seu manto dourado repleto de símbolos estranhos. Na cabeça, ele tinha uma touca coberta de diamantes e, bordado no peito, havia dois olhos fechados, o símbolo da Princesa Eterna. Suas correntes eram douradas. Atrás dele caminhavam fortíssimos carregadores em roupas azuis. Ouriço caminhou até o pedestal e postou-se ao lado da arca, apoiando ambas as mãos na tampa. Cerrou as pálpebras e entoou um cântico, até que os olhos se esbugalharam e ele gritou com um estranho sotaque do Norte.

– Abençoada seja a Princesa Eterna e benditos os deuses junto aos quais ela mora. Vossas oferendas não são feitas em vão. Elas vos esperarão como fortuna após a morte. Vinde agora e enchei os tesouros dos céus!

Os carregadores trouxeram um homem gordo com um olho preto e inchado. Ele estava imundo, como se alguém o tivesse arrastado pelas ruas sujas até deixá-lo em frangalhos.

– O rei Dímon vem se deparando com grandes adversidades! Ele está determinado a reunificar Pangeia. Conquistou muitas vitórias, mas para isso são necessários cereais, ferro e roupas. Mas eis aqui Klettur Steinsson diante de vocês! Apesar de ter um depósito inteiro de cereais, não trouxe nada como oferenda! Este homem ficou sentado sobre toda a sua riqueza. A Princesa Eterna me enviou um sonho e o esconderijo foi descoberto. Os deuses decidiram qual será o castigo adequado: ele será atirado do alto da fenda!

O homem empalideceu. Uma mulher no meio da multidão deu um grito.

Ouriço bradou:

– Curvem-se diante da princesa e a venerem!

Todos se curvaram, Kári também. Ele tremia, temendo o mesmo destino. A Princesa Eterna poderia contar para os deuses que ele era um ladrão e exigir um castigo.

LUA CHEIA

Kári observava impaciente a lua, seguindo suas fases enquanto ela minguava e crescia novamente. Para seu alívio, a gangue de pivetes não havia mais aparecido, talvez a princesa tivesse ouvido suas preces afinal. Ele levou sua missão a sério e foi atrás de notícias do mundo do tempo. Foi até um mercador e perguntou:

– Quais são as novas do rei e da guerra?

O mercador olhou para ele, perplexo.

– Suma daqui!

Kári ficou com medo e foi embora correndo. Ele encontrou um velho e perguntou:

– Em que ano estamos?

Mas o velho replicou com uma pergunta:

– No calendário antigo ou no novo?

– No calendário novo.

– O calendário novo ainda não teve início. Ele não se iniciará antes que o rei tenha reunificado Pangeia.

– E quando isso acontecerá?

O velho encarou firmemente o menino.

– Você sabe que o rei está numa guerra com o tempo. Aqueles que bisbilhotam assim acabam mal. As paredes têm ouvidos, isso eu posso lhe garantir.

Quando Kári chegou à sua casa, perguntou para sua tia.

– Por que as paredes têm ouvidos?

– Pelo mesmo motivo que os banheiros não têm nariz – disse Borghilda.

– O velho disse que as paredes têm ouvidos.

Ela pôs o tricô de lado, olhou à sua volta e cochichou:

– Por que ele disse isso?

– Eu só tinha perguntado em que ano estamos.

– Você não tem que fazer esse tipo de pergunta, menino! Você estava atrás do quê?

– Eu preciso saber como o rei Dímon está se saindo na guerra e quando ele voltará.

– Psiu! Você nos colocará em perigo com essas besteiras. Se alguém pergunta, a resposta é simples: a guerra vai muito bem, Dímon é o maior rei do mundo e ele vai reunificar Pangeia. E não se fala mais nisso!

Em sua mente, Kári tentava apressar a lua. Finalmente, uma noite de céu limpo e luz suficiente para guiar o caminho chegou, e ele engatinhou dentro da toca de coelho que levava ao fundo da mina sob o palácio. Sua mente encheu-se de coisas terríveis que lhe poderiam ocorrer enquanto ia tateando em meio à escuridão, subindo a escada espiral. Até que enfim entrou no quarto dos fundos. Sentia um embrulho no estômago quando meteu a cabeça para fora do buraco e viu Obsidiana deitada, banhada pela luz da lua. Ouvia o murmúrio das ondas, o farfalhar das copas das árvores e aqui e ali uma gaivota se fazia escutar com seu grasnado choroso. Ele se esgueirou silenciosamente até a porta e tentou escutar se havia algum som no corredor do lado de fora. Seu coração batia acelerado enquanto erguia a tampa da arca cautelosamente. Obsidiana abriu os olhos.

– O quê? – perguntou ela.

– O que o quê? – perguntou ele.

– Você não vai embora para casa? – perguntou ela.

Kári enrubesceu.

– Embora? Eu acabei de chegar!

Ela olhou ao seu redor e aguçou a vista.

– Ah, já é outra lua?

– Sim – disse ele.

– Desculpe – disse ela, e pulou para fora da arca. – Às vezes eu fico meio confusa.

Eles se esgueiraram silenciosamente até o quarto de trás. Assim que chegaram ao abrigo, Obsidiana disse:

– Então, conte para mim, Kári, quais são as novidades no mundo do tempo?

Kári ficou pensativo.

– O meu porco comeu o chapéu do vizinho!

– Não – disse ela, rindo. – Conte-me sobre o rei. Em que ano estamos? Eu preciso saber.

Kári lembrava-se bem do que sua tia dissera.

– A guerra vai muito bem. Dímon é o maior rei de todos e ele vai salvar o mundo.

– Sim – disse ela –, mas o que mais você sabe? Como o tempo está passando? Em que ano estamos?

Kári refletiu.

– Eu saí perguntando. Pelo que entendi, estamos em um tempo intermediário. O novo calendário não começará antes de o rei retornar.

Obsidiana não via sentido naquilo.

– Tempo intermediário? – perguntou ela. – E quando o rei retornará?

– As pessoas dizem que a guerra anda bem – disse Kári.

– Mas há quanto tempo eu já estou aqui?

Kári ficou pensativo novamente:

– Desde os velhos tempos. Cem anos, talvez mais!

Ela primeiro se espantou, mas então fez as contas na cabeça.

– Isso não pode ser, bobo! Se fosse assim, meu pai já teria morrido de velho.

Kári coçou a cabeça.

– Talvez não cem anos, mas, de qualquer maneira, por mais tempo do que eu já vivi.

Obsidiana o observava. Ele era uma cabeça mais baixo que ela. Nitidamente ele tinha se penteado e lavado o rosto.

– Conte para mim da fenda. Como ela surgiu?

– A Grande Fenda surgiu antes de eu nascer.

– O que aconteceu?

– Minha tia me contou a história quando eu era pequeno.

– Conte para mim!

– Tá. O rei amava tanto sua filha que queria que ela vivesse eternamente. Ele prometeu doar metade do reino a qualquer um que lhe trouxesse mais tempo. Vieram magos e feiticeiros, mas ninguém conseguia capturar mais tempo para ele. Até que um dia vieram uns anões, trazendo uma arca da eternidade para a capital de Pangeia.

– Eu me lembro disso – disse ela. – É como se fosse uma fábula que aconteceu de verdade!

Kári se deu conta disso.

– Ah, então você conhece a história, eu não preciso contá-la.

– Não, continue! Eu quero ouvir como você a ouviu.

– Bem, a arca era realmente uma arca mágica e ela conservou a beleza da princesa. O rei então decidiu dar metade do reino aos anões, como prometera, mas eles não quiseram aceitar. O rei ficou muito furioso e mandou decapitá-los no anfiteatro. Quando o último anão foi decapitado, abriu-se uma fenda na terra e o reino partiu-se ao meio.

– É essa a história? – perguntou Obsidiana, decepcionada.

– Sim – disse Kári.

– Que tolice! – disse Obsidiana. – Os anões não foram decapitados. Eles voltaram para suas casas. E não é possível partir uma terra inteira ao meio com um machado. Quem contou essa besteira para você?

Kári engoliu em seco, assustado.

– Desculpe, foi minha tia que me contou a história – disse Kári. – Por favor, não a castigue.

– Não vou castigar ninguém – disse ela. – Isso apenas não é verdade.

Kári calou-se, e Obsidiana percebeu que ele estava meio abalado.

– Desculpe – disse ela, dando-lhe tapinhas nas costas da mão. – Você pode contar histórias para mim. Eu só tenho que entender o que está acontecendo no mundo. Tenho que saber há quanto tempo eu já estou aqui. Venha de novo, abra a arca, traga-me para o mundo do tempo e conte histórias para mim, tantas quantas você conheça.

Kári foi para casa e pôs-se a ouvir tudo que se passava na cidade, mas não havia muito o que tirar das pessoas. Ninguém queria lhe dizer nada sobre aquilo que Obsidiana ansiava saber. Mas ele tentou descobrir ao menos uma nova história para contar a ela a cada nova lua cheia. Se escutasse muita movimentação dos guardas, abria só uma fresta da tampa da arca e sussurrava "os guardas estão aqui em frente" antes de desaparecer do quarto. Mas às vezes eles passavam a noite inteira juntos conversando.

– O que mais você sabe?

– A minha tia viu a terra se partir – disse Kári. – Seu namorado estava colhendo flores para ela quando a terra se dividiu entre eles. Um ficou olhando para o outro durante meses enquanto se afastavam, ele segurando as flores murchas nas mãos. Ela chorou muito quando a terra desapareceu atrás da linha do horizonte.

– Que triste – disse Obsidiana, e calou-se. – Você tem amigos?

– Tenho. Lá na minha rua moram muitas crianças. E você? Como se chamam os seus amigos? – perguntou Kári.

Então ela ficou bem pensativa.

– Eles se chamam Pico e Lua.

– Nomes esquisitos – disse Kári.

– Eles são cervos, bobo! – disse Obsidiana. – Eu tinha também um panda, mas ele fugiu. Um dia vou mostrar meu jardim pra você. Há um lago nele e um velho engraçado que se chama Jako. Ele também é meu amigo, apesar de ser idoso. É um homem muito inteligente.

Eles ficaram quietos por um instante, mas o silêncio não era desconfortável. Obsidiana pensou num ditado que certa vez Jako lhe ensinara: "É bom estar em silêncio com um amigo."

– Você quer ouvir mais histórias? – perguntou Kári.

– A história sobre a sua tia foi triste e a história sobre os anões era pura besteira – disse Obsidiana. – Conte-me uma história que termine bem.

Kári tinha pensado em contar para Obsidiana sobre os animais. Como a cidade outrora estivera cheia de animais que ajudavam as pessoas, até que eles foram enviados à guerra com o rei. Mas essa história era triste também. Como ela podia querer saber tudo sobre o mundo, mas ao mesmo tempo não queria saber nada?

– Era uma vez um gigante que morava embaixo de uma ponte. Três cabras apetitosas queriam cruzar a ponte. O cabrito passou primeiro e o gigante disse: "Agora vou comer você." Mas então o cabrito disse: "Não me coma. Melhor você comer minha mãe, ela é maior e mais gorda que eu." O gigante ficou surpreso com esse filho tão desnaturado. Ele realmente queria que sua mãe fosse comida para que pudesse ser poupado? O gigante ficou confuso e decidiu esperar pela mãe. A mamãe cabra disse: "Não me coma, melhor você comer o bode, meu marido. Ele é maior e mais gordo que eu." Isso fez com que o gigante perdesse o apetite. "Onde o mundo vai parar?", perguntou-se. "O cabrito me diz para eu comer a sua mãe e ela me diz para comer o seu marido. Mas que família!"

Obsidiana balançou a cabeça.

– E o que se fez do gigante?

– Bem, ele foi para casa, do mesmo jeito que os anões – disse Kári, erguendo os ombros.

– Sim, pelo menos essa história acabou bem – disse Obsidiana, e riu.

Sempre que fechavam a arca, os dois tomavam cuidado para que Obsidiana mantivesse a mesma expressão de antes e o vestido conservasse as mesmas dobras. Mas sempre havia alguma mínima diferença. Mulheres sábias perceberam que a cada lua cheia a expressão da princesa mudava. Se ela estivesse alegre, era sinal de bons dias pela frente; se tivesse um aspecto indecifrável, viriam dias de incerteza; se o punho estivesse cerrado, viriam tempos difíceis.

UM ANO COMO UMA NOITE

Kári acabara de retomar seus relatos quando Obsidiana pediu-lhe, de repente, que parasse.
— O que foi? — perguntou Kári.
— Eu não sei como falar sobre o tempo — disse ela, e aguçou a vista para vê-lo melhor no escuro. Ele ficava diferente a cada vez que os dois se encontravam. E tinha crescido.
— Como assim?
— Já faz um ano que você vem me visitar. Mas, para mim, o ano foi só uma longa noite iluminada pela lua. Nessa única noite passaram-se quatro estações do ano.

Kári tentou se colocar no lugar dela, mas achou difícil.
— Para mim, é como se eu o tivesse conhecido ontem — disse ela. — Mas você já me conhece há um ano inteiro. Por todo esse tempo ninguém mais veio me visitar. Ninguém! Eu tenho que saber o que aconteceu. Onde está minha ama? Onde está meu pai? Onde estão todos? O meu aniversário de dezesseis anos é a última coisa de que me lembro. Agora já se passou mais um ano e ninguém comemorou meu aniversário.

— Claro que seu aniversário foi comemorado — disse Kári. — Houve uma festa na praça.

— Ah, é? — exclamou Obsidiana, espantada. — Mas eu não fui convidada.

– Mas você ficou feliz com os presentes. Ouriço disse isso.

– Ouriço? Alguém se chama Ouriço?

– Sim, o sacerdote da corte!

Obsidiana balançou a cabeça.

– Eu nunca ouvi falar dele.

Kári ficou confuso. Ouriço e Obsidiana eram inseparáveis na praça desde que ele se conhecia por gente.

De repente ouviu-se um som de lamento, como um miado de gato. Obsidiana levou a mão ao estômago e se contorceu.

– Está tudo bem? – perguntou Kári.

– Estou passando muito mal – disse ela.

Ela mal conseguia se mexer. A dor piorou e ela irrompeu em lágrimas. Kári ficou com medo.

– Está tudo bem? Você está doente?

– Ouça – disse ela, aos soluços. – Eu acho que estou morrendo!

Kári levou o ouvido ao estômago dela e riu:

– É a sua barriga roncando! Há quanto tempo você não come? Você certamente está com fome!

– Fome? – gemeu ela. Ele já viera doze vezes e ela não tinha comido nada desde seu primeiro encontro.

Kári balançou a cabeça.

– Você nunca ficou com fome?

– Nunca com tanta fome assim.

– Eu sei onde fica a cozinha – disse ele.

– Como você sabe? – perguntou ela.

– Não tem importância – disse ele. Não era coincidência que ele crescesse tão rápido. – Eu conheço uma passagem secreta que conduz até a despensa lá embaixo. Assim passaremos pelos guardas.

Eles se esgueiraram como fantasmas por trás das tábuas.

– É ali que todos dormem – sussurrou Obsidiana, e apontou através de um pequeno buraco na parede. – Lá ficam o meu jardim e o meu quarto.

De repente a madeira estalou, e através de um orifício no nó de uma tábua eles viram uma serviçal da corte correndo entre os quartos, como se tivesse visto um fantasma.

Acharam a despensa, que estava repleta de quitutes. Pedaços inteiros de carne defumada pendiam de grossos ganchos de ferro; cabeças de antílope, sacos de cereais e pilhas de queijo enchiam todas as prateleiras. Eles roubaram pão e leite, acharam salsichas, um grande queijo e uma bandeja cheia de maçãs, e puseram tudo num saco. Foram sentar-se no alto da torre de vigia e se deliciaram com a comida. Kári arrotou. Ela riu e arrotou também. Sobre os dois, as estrelas e a lua brilhavam. Ela bocejou.

– Eu estou cansada – disse ela.

– Cansada? – disse ele num tom de indignação. – Você está o tempo inteiro dormindo!

– Não. Você vai para casa dormir e eu vou de volta para a arca, mas isso não é dormir.

– O que acontece, então?

– Nada, não acontece nada. No instante em que você fecha a arca, ela logo em seguida se abre de novo.

– Não há nem mesmo sonhos?

– Não, nada.

– Entendo – disse ele, embora parecendo não entender. – Mas e os deuses?

– Os deuses?

– As pessoas dizem que quando você está dentro da arca sua alma vai até os deuses. E por isso você fica sempre igual.

Obsidiana balançou a cabeça.

– Mas que besteira é essa? Quem disse isso? Eu só fico aqui. Eu não vou a lugar nenhum.

– Então meu pai não vai voltar? – perguntou ele.

– Por que você pergunta isso para mim?

– Eu dei a você um punhado de grãos e roguei a você que ajudasse meu pai a voltar para casa – disse ele.

– Quando? – disse ela.

– Ano passado – disse Kári.

– Eu não me lembro disso – disse Obsidiana. – Eu não sei nem onde o *meu* pai está!

Kári fez uma expressão de decepção. Ela se encostou em seu ombro e adormeceu. Kári permaneceu sentado, escutando os grilos. Ele espantava as formigas e as moscas e se entretinha furando a terra com um graveto. Até que adormeceu também. O sol já nascia quando acordaram com os gritos das gaivotas. Obsidiana cutucou Kári. Ela o observou à luz do dia. No pouco tempo que ela o conhecia, ele crescera como um bambu aos seus olhos. Seus dentes de leite tinham caído e cresciam dentes permanentes, o nariz aumentara, o cabelo ficara mais longo e mais curto de novo e então mais comprido outra vez.

– Vamos até a cidade!

– Não, não podemos fazer isso – disse Kári.

– Eu preciso saber o que está acontecendo no mundo. Nós temos que ir à cidade agora!

– Não dá, você tem de ir ao templo.

– Não, eu não irei ao templo.

– Claro que vai, eles a buscarão ao meio-dia para levá-la até lá.

– Ah, é? Por quê? – perguntou ela.

– Você parece que não sabe de nada. Você age como se fosse boba.

– Não! Eu não sou boba. Se os guardas chegam ao meio-dia, nós temos três horas. A cidade é logo aqui do lado. Eu preciso ir à cidade! Eu preciso ir!

Ele pensou consigo mesmo e então disse, decidido.

– Quando eu vier da próxima vez, nós vamos à cidade.

– Você promete?

– Sim, isso deve ser possível, já que os deuses estão com você.

CORTEM A MÃO DELA

Kári se preparou para a próxima lua cheia. Quando despertou Obsidiana, trazia consigo dois mantos e um véu para cobrir a face dela. Eles desceram com cuidado pela escada espiral e foram até bem lá embaixo, passando pelos túneis sinuosos construídos sob o palácio. De lá estendiam-se passagens secretas que se bifurcavam sob as ruas da cidade. Kári abriu uma porta velha que dava para o porão de uma casa abandonada, localizada numa ruela pouco movimentada. Seguiram seu caminho até o centro da cidade, onde o barulho e o tumulto os engoliram. Obsidiana jamais vira uma multidão como aquela. Por toda parte gritos, barganhas, pessoas se esbarrando e trapaceando, e ela olhava fascinada para toda aquela vida. Velhos e jovens, homens e mulheres, camelos e asnos e carruagens puxadas por cavalos, tudo amontoado. Ela respirou fundo o ar que cheirava a uma mistura de animais, especiarias e pão assado. Havia homens com macacos em correntes, cobras em cestos de vime, galinhas e coelhos. Pedaços de carne pendiam em ganchos com moscas zunindo ao redor. Havia maçãs e tangerinas, tâmaras e nozes. Um homem sacou uma faca e cortou a garganta de uma cabra sobre um balcão, bem diante dos dois. Obsidiana deu um grito estridente e olhou para o chão. Mendigos e leprosos estendiam-lhes suas mãos esqueléticas, crianças corriam e rolavam em poças de lama. Açougueiros gritavam e o sangue que escorria de suas mesas se misturava à lama nas poças, onde galinhas corriam se esquivando dos passos da multidão apressada. As pessoas esbarravam nela com suas mercadorias e moleques a beliscavam, mas Kári afugentava a todos. Ele ficou receoso, então pegou-a firmemente pelas mãos e disse:

— Nós não devemos demorar, esconda bem o rosto.

Mas seus olhos brilhavam e ela disse para Kári:

— Obrigada, Kári! Obrigada por me mostrar a cidade!

Obsidiana deleitava-se com o perfume das especiarias, com o toque das sedas e com o caleidoscópio de cores, mas de repente foi surpreendida. Deparou-se com um pequeno altar, no meio do qual havia a imagem sacra dourada de uma menina num vestido azul, deitada dentro de uma arca de vidro.

Uma velha desdentada disse:

— Bom preço. Bom preço para você!

Esta sou eu, pensou consigo mesma, enquanto olhava para o altar. A tenda inteira era dedicada a imagens dela. Imagens pequenas e grandes, estatuetas e bustos e ovos e pedras pintadas.

— Aqui! Esta é boa para você! – disse a velha, entregando-lhe uma imagem.

— Muito obrigada – disse Obsidiana, alegre, e olhou à sua volta tentando achar Kári. Ele fez um sinal para se apressarem. Ela correu até ele, segurando a imagem.

— Olhe o que eu consegui!

Ele viu a imagem sagrada e empalideceu.

– De onde você apanhou isso?

– Dali de baixo – disse ela, apontando na direção da tenda, mas era tarde demais. As pessoas já tinham começado a berrar atrás dela.

– LADRÃO! LADRÃO! – ouviam-se os gritos.

– CORRA! – gritou Kári e puxou-a consigo. Malandros e vendedores de tapetes sacaram seus punhais e chicotes. O açougueiro apanhou o seu facão de cortar carne e correu atrás deles. – Corra – gritava Kári. – CORRA! Eles cortam as mãos dos ladrões!

Obsidiana correu tanto quanto seus pés aguentavam, mas antes que se desse conta alguém a puxou pelo ombro e a virou de frente. Duas mulheres enrugadas rosnavam diante dela. *Ladra! Ladra!*, guincharam elas por entre as gengivas desdentadas, e a conduziram entre si aos solavancos. A multidão gritava:

– CORTEM A MÃO DELA!

O açougueiro corpulento exibia seu facão. As mulheres seguraram Obsidiana com firmeza e puxaram suas mangas. Um homem veio trazendo uma prancha de madeira grossa para usar como tronco de execução, enquanto a multidão ia se aglomerando e gritando:

– CORTEM A MÃO DELA! CORTEM A MÃO DELA!

O açougueiro brandiu o facão e mirou no pulso.

Obsidiana gritou o mais alto que podia:

– NÃO! NÃO!

Uma velha removeu dela o véu.

– Mostre o rosto, sua sem-vergonha!

Surgiu assim o lindo rosto. A face que o mundo tinha adorado. Os cabelos que eram negros como asas de corvo e os lábios, vermelhos como sangue. A multidão se calou. As mulheres soltaram suas mãos e deram um salto para trás. O açougueiro se encolheu todo. Ele ficou como um camundongo e depois como uma mosca. Deitou-se na terra e jogou lama sobre si como um pardal num barranco de terra.

– A Princesa Eterna está aqui – cochicharam as pessoas.

– A Princesa Eterna está entre nós.

A multidão se atirou ao chão como se um terremoto tivesse atingido a terra. As pessoas se curvavam prostradas, com os rostos nas palmas das mãos, e entoavam cânticos. Homens choravam. Era um milagre.

Uma velha aproximou-se de Obsidiana carregando um bebê deficiente nos braços. Ela murmurou algumas preces e pediu que Obsidiana tocasse a criança. Obsidiana congelou. O bebê era torto e disforme, com uma cabeça enorme. *Pobre pessoinha*, pensou ela, e acariciou a criança com ternura nas bochechas. Ela jamais chegara perto de um bebê tão pequeno. Observava-o chocada.

– VENHA! VENHA! – gritou Kári. Ele se aproximou de Obsidiana e a puxou consigo. Eles correram pelas ruas, onde as pessoas deitavam-se de bruços com os traseiros para cima, parecendo arbustos em uma pradaria. Ela tomava cuidado para não pisar nas mãos e nos pés ao longo do caminho, mas escutou um grito atrás de si:

– Ela me tocou! Eu fui abençoado!

Obsidiana estava estupefata. A cidade se atapetara de corpos que balbuciavam:

– A PRINCESA ETERNA! A PRINCESA ETERNA!

As pessoas estavam deitadas tão comprimidas entre si que agora ela era forçada a pisar naqueles que tinham as costas mais largas ou os traseiros mais gordos, e assim ela e Kári pularam por entre os corpos até que chegaram no beco e na toca de coelho. Lançaram-se na escuridão e finalmente chegaram ao pé da escada espiral. Kári estava ofegante.

– VOCÊ PEGOU A ESTATUETA! NÃO SE DEVE ROUBAR! POR MUITO POUCO VOCÊ NÃO NOS MATA!

Seus corações batiam acelerados.

– Eu nunca vi essa gente antes! Por que eles me conhecem?

– Você deveria saber por quê. Você é adorada. É aquela gente que leva oferendas para você.

– Desde quando?

– Desde sempre! A sua alma mora com os deuses enquanto o seu corpo repousa no templo. Ouriço, o sacerdote da corte, transmite suas mensagens para nós. Ele diz que você é a única esperança depois que o reino se quebrou ao meio e o rei partiu para a guerra.

– Quem é este sacerdote da corte Ouriço? Que deuses? Eu não entendo!

– Você tem que perguntar ao rei, ele está a caminho de casa.

– Ele está vindo? – perguntou Obsidiana, sentindo um frio na barriga.

– Sim, a rainha anunciou isso.

– Rainha? Que rainha?

– A rainha Gunhilda, é claro.

Obsidiana não sabia no que acreditar.

– Gunhilda? Quem é essa?

– Você não sabe nada? – perguntou Kári.

– Por que você não me falou sobre ela?

Kári estava tão perdido que mal sentia o chão sob os pés.

– Você deve conhecer a rainha Gunhilda – disse ele, pasmo.

Os pensamentos voavam dentro da cabeça de Obsidiana, que ficou paralisada.

– Rápido, ponha o vestido – disse Kári. – Os monges vêm buscar você logo!

Obsidiana continuou imóvel.

– Não, eu não vou mais voltar para a arca! Eu preciso encontrar o meu pai.

– Mas assim eles me encontrarão! Eles vão me matar. Você tem que voltar para a arca, e eu tenho que ir embora!

Ela viu o pavor estampado em seus olhos. Respirou fundo, retirou o manto, recolocou o vestido e se apressou para dentro da arca. Mas ao fazê-lo, bateu forte com o dedão do pé num taco do piso e já estava quase com os olhos cheios de lágrimas quando Kári olhou para ela e disse:

– Eu voltarei!

– Espere – sussurrou ela –, não feche ainda. Eu preciso pensar. Preciso de tempo para pensar.

Ela fechou os olhos e pensou nas pessoas da praça, no açougueiro que ia cortar sua mão e em todos aqueles nomes estranhos: Gunhilda, Ouriço... *O que estava acontecendo?* Então passos pesados foram ouvidos de repente e o ferrolho da porta foi destravado. Kári fechou a arca com firmeza e mal tinha conseguido se enfiar pelo buraco na parede no momento em que os monges abriram a porta do salão para carregar a princesa até a praça. As pessoas, que mal tinham se recuperado do milagre do dia, sussurraram:

— Sangue, há sangue na arca!

SANGUE

O tempo infiltrou-se na arca. Obsidiana inspirou o ar como uma cabrita recém-nascida. Surgiram diante dela cinco máscaras negras.

– Veja! – disse uma voz atrás de uma das máscaras. – A gota de sangue está ali!

Era uma voz feminina que ela não reconhecia.

– As pessoas na praça estavam apavoradas – continuou a voz feminina. – Veja, uma outra gota de sangue! O que está acontecendo? Ela está morrendo? Ela pode embolorar lá dentro? Nós tínhamos que tomar conta dela!

– Eu não sei – disse, limpando o suor da testa e em tom pensativo, a voz masculina atrás de outra máscara. Ele segurava uma lente de aumento. – Está claro que é o dedão que está sangrando.

– Como isso pode ter acontecido? Não era para isso ser possível. – Obsidiana reconheceu a voz de Exel. Ele dirigiu-se a Obsidiana. – O que aconteceu? Alguém te machucou? Por que seu dedão está sangrando, princesa? Os guardas serão jogados aos leões! Isso eu prometo!

– Eu não sei, devo ter batido o dedão – disse ela.

– Mas o sangue é recente! Ele não estava aí ontem. Obsidiana, diga-nos a verdade. O que se passou? Alguém gastou o seu tempo?

– Posso pedir para você se pôr de pé? – disse o homem com a lente de aumento.

Obsidiana se levantou. Seu dedão deixou uma mancha de sangue no piso.

– Quem são vocês? Onde está o meu pai?

A voz feminina deu um grito:

– Que os deuses tenham misericórdia, o vestido está todo manchado! E os pés estão imundos! Onde você esteve? Pelos céus, eu não entendo como isso possa ter acontecido!

Um homem estava parado de pé no canto, segurando uma ampulheta. Ele tinha uma expressão de desassossego e tremia como vara verde.

– Alguém roubou tempo dela!

– Silêncio! – disse o grupo de mascarados.

Obsidiana lançou um olhar sobre as pessoas com máscaras e para o homem com a ampulheta. Ela estava assustada. Se eles achassem o buraco, os cães farejadores poderiam encontrar o caminho até a casa de Kári.

– Que dia é hoje? – perguntou Obsidiana. – Por que eu não posso ver os seus rostos? Onde está o meu pai?

– O rei chegará em breve – disse uma voz masculina desconhecida.

– É você, Ouriço Kórall? – perguntou Obsidiana.

O grupo engoliu em seco.

– Ela o reconhece através da máscara! – disse a voz feminina.

– E você, então, é Gunhilda?

Ouriço disse com voz trêmula:

– Eu disse a vocês. Ela vê tudo! Ela sabe o que pensamos.

– Agora não estamos em um tempo de verdade, Obsidiana – disse, nervosa, a voz feminina. – O rei está longe! Você não tem por que nos ver. Nós não estamos aqui! Estamos agora em um tempo intermediário.

– O sangue é um sinal – disse Ouriço. – É o prenúncio de grandes reviravoltas. Eu já pressinto isso há tempos.

Obsidiana respirou fundo.

– Que dia é hoje? Onde está o papai?

– Conte-nos o que aconteceu – disse Gunhilda. – Nós estamos com pressa, não podemos gastar o seu tempo em uma besteira assim.

– A arca abriu acidentalmente. Ela simplesmente abriu, do nada. Eu tentei avisar, mas a porta estava trancada. Andei pelo quarto no escuro e devo ter batido o dedão.

Uma farpa foi retirada do seu dedão, seus pés foram lavados e ela foi colocada em um novo vestido. Obsidiana deitou-se novamente. Respirava aliviada, ninguém procurou pelo buraco na parede.

O guarda do tempo pigarreou.

– Bem! Rápido, rápido. O tempo está passando!

– Agora, sorria – disse a voz feminina atrás da máscara.

Mas Obsidiana não pôde sorrir. Ela tentava situar a voz. *De onde veio essa mulher?*

– Onde está o papai?

– Ele já está quase chegando – disse a voz masculina. – Agora, sorria.

A tampa se fechou com um estalo.

Quando Obsidiana foi levada à praça sua fisionomia parecia um pouco triste. Mas isso não durou muito, porque no instante seguinte surgiu diante dela o rosto sorridente de seu pai.

FESTIVAL DE ABERTURA

– Papai! – gritou ela. – Você voltou!

Obsidiana atirou-se nos braços do pai. Ela o contemplou: ele estava um pouco mais curvado, maltratado, fora de forma, e se tornara mais parecido com a figura nos retratos de seu avô do que nos seus próprios. A barba ficara grisalha e estava toda desgrenhada.

– O que aconteceu com você? – perguntou ela.

Dímon sorriu.

– É só o tempo que me maltrata – disse ele. Alguns dentes lhe faltavam e as entradas no cabelo tinham aumentado muito. Ele olhava para a filha sem poder acreditar. Ela não mudara nada desde que a deixara.

– Como eu senti saudades de você!

– Você disse que só ficaria um ano longe.

Seu pai balançou a cabeça.

– Sinto muito, o mundo tem dificultado as coisas para nós – disse ele. – Mas hoje nós não vamos nos preocupar com nada. Daremos uma festa em sua homenagem.

– É meu aniversário?

– Não, hoje vamos ter um *festival de abertura*. O povo deseja vê-la e nós vamos comemorar. Nós não devemos desanimar. Vamos! – disse ele em tom vivaz, e se foi às pressas.

Obsidiana quase teve de correr para conseguir acompanhá-lo, assim como o homem de roupas pretas com a ampulheta que vinha atrás deles. Era como se tudo no palácio estivesse se movendo rápido. Eles corriam pelos corredores, com vários criados trotando ao lado e o rei falava como se estivesse competindo com o tempo.

– Venha agora. Não podemos perder tempo algum! A festa está começando.

Ela viu bandos de corvos pousados nos parapeitos das janelas. O rei seguia correndo e dava ordens aos assistentes, que anotavam suas palavras numa folha e soltavam os corvos.

– Eu tenho que apresentá-la a algumas pessoas novas em nossas vidas – disse o rei. – Espero que você as receba bem.

Obsidiana eriçou as orelhas.

– Eu conheci uma boa mulher chamada Gunhilda, e ela se mudou para o palácio para viver conosco.

– É mesmo? – *Finalmente ele contou*, pensou ela, sem saber se estava alegre ou brava.

– E você acaba de ganhar duas irmãs!

– Duas irmãs?

– Sim, este será um dia espetacular para você.

Dímon conduziu-a escadaria abaixo. O castelo reluzia de tão limpo e todos os cantos estavam iluminados, de modo que não havia sombra em parte alguma. Os serviçais tinham se enfileirado ao longo de todos os corredores para prestar homenagem a Obsidiana, muitos com olhos umedecidos. Suas fisionomias mostravam um misto de admiração e temor. Ela custou a reconhecer as pessoas. Os guardas de que se lembrava estavam um pouco mais gordos que antes, mais enrugados, e tinham sobrancelhas peludas como as de uma coruja. As criadas da corte tornaram-se mulheres rechonchudas e de quadris largos. Cozinheiros e garçons, guardas e oficiais curvaram-se, e lá estava Thordis! Obsidiana mal podia reconhecê-la, de tanto que ela tinha mudado. Seus cabelos negros tornaram-se uma longa trança branca. Obsidiana lançou-se em direção à sua ama, mas um guarda correu antecipando-se e a segurou. Thordis deu um passo para trás e se curvou formalmente:

– Ama! Não está me reconhecendo? Eu voltei!

Obsidiana desvencilhou-se do guarda e abraçou sua ama. Thordis lhe deu um abraço apertado de volta e cochichou em seu ouvido, aflita e triste:

– Minha menina querida! Se eu soubesse que seria assim.

O guarda do tempo vestido de preto fez um sinal e o rei gritou impaciente:

– Vamos nos mexer! Cada minuto faz diferença.

Um guarda levou Thordis embora, enquanto Obsidiana era conduzida às pressas até o salão de espelhos, onde foi envolta em ouro e seda. O rei então acompanhou-a até um longo corredor, onde eram esperados por uma mulher alta e duas moças. Elas tinham olhos gigantes, com cílios tão compridos que, quando as pálpebras piscavam, pareciam-se com borboletas negras pousadas em flores brancas. A mulher se curvou e disse:

– É uma verdadeira honra ter um momento de sua presença, Obsidiana. Eu me chamo Gunhilda.

Sua voz era suave, soava como se ela tivesse engolido um punhado de farinha, mas havia algo peculiar em seu sorriso. Ou melhor, em seu olhar, que não acompanhava o sorriso.

– Bom dia – disse Obsidiana. Ela olhava sorrindo para o pai, apesar de estar explodindo por dentro. Thordis e Jako ensinaram-lhe boas maneiras.

Então Gunhilda olhou para as moças em ambos os lados. Elas se curvaram:

– Bom dia, querida irmã – disseram as duas em uníssono, e curvaram-se em profunda reverência.

Obsidiana fitava-as. Esperava que fossem bebês, mas suas irmãs eram maiores do que ela. Eram também belíssimas, jovens mulheres de nariz pequeno e delicado, covinhas marcadas e sobrancelhas negras. As irmãs olhavam para ela de um jeito estranho.

– Mas elas são velhas assim? – Obsidiana deixou escapar.

As duas franziram o cenho e uma delas começou a chorar.

– Não precisa ser rude – disse a nova rainha amistosamente. – Nem todos têm o privilégio de sair do tempo como você!

Obsidiana estava certa de que aquilo era um sonho. Ela sentia como se os seus sonhos tivessem se depositado em sua cabeça como bolor se deposita no fundo de uma garrafa. A arca devia ter sido aberta num mundo onde tudo se passava rápido demais. *Quantos anos já se passaram?*, pensou ela, e tentou estimar. *Quatro? Dez?* Mas a idade das irmãs dava indícios de mais.

A porta do salão cerimonial abriu-se e toques de trombetas soaram. Castiçais dourados reluziam e ela então conheceu os líderes de todas as tribos de Pangeia. Trajados em todo tipo de indumentárias típicas, eles ofereciam presentes: mantos de penas de pavão, colares de diamantes, rubis e esmeraldas, barras de ouro e cristais, salsichas requintadas, caviar e frutas, vinhos finos envelhecidos por cem anos. Tudo de países que tinham desde nomes simples como Pó ou Xi até palavrões compridos que ela não conseguia entender.

Obsidiana olhava para toda aquela gente em roupas de gala e observava como todos cochichavam enquanto lançavam olhares em sua direção. Ninguém a tinha visto caminhar, mover-se ou falar por muitos anos. Obsidiana sentou-se tímida à mesa e finalmente conseguiu falar com o seu pai:

– Quando minhas irmãs nasceram?

Antes que seu pai pudesse responder, o guarda do tempo fez ressoar um sino. O rei deu instruções a Conselino, que pôs-se de pé e fez um gesto rápido com as mãos. Fez-se silêncio no salão tão rapidamente que era como se o próprio silêncio tivesse sido ensaiado. Ela mal reconhecia Conselino, as abelhas que o acompanhavam pareciam fatigadas e estavam pousadas sobre sua cabeça como bolhas amarelas. O rei também se pôs de pé e um murmurinho tomou o salão.

– Como vocês podem ver, o tempo tem me maltratado, mas não temam. Obsidiana ficará conosco pela eternidade, ou, como o poeta já disse:

Com a pureza da lã
e a formosura da rosa,
no mundo inteiro não há
joia assim tão preciosa.

Dímon levantou as mãos mais uma vez. As cortinas foram puxadas e revelaram a vista para o jardim do palácio, onde equilibristas dançavam, engolidores de fogo e palhaços faziam seu espetáculo e músicos tocavam instrumentos e cantavam. Obsidiana tentou fazer contato com seu pai. Ela tinha perguntas queimando os lábios, mas o rei não a escutava por conta do som das trombetas. Apenas sorria, apontando-lhe as pesadas cortinas que foram subitamente recolhidas, revelando um bando de girafas no meio do jardim do palácio. Elas eram amarelas e malhadas, com pescoços compridos e majestosos. Ela jamais vira algo assim. Seu pai riu, e Gunhilda parecia orgulhosa. Obsidiana esfregou os olhos e analisou suas irmãs, esbeltas e em lindos vestidos, porém com expressões tristes. A porta se abriu e entrou um homem com uma touca estranha e dois olhos fechados adornando uma túnica dourada. Sua vestimenta era tão absurda que ela quase explodiu em gargalhadas, mas então se deparou com o seu olhar. Ele nitidamente não era o bobo da corte. O homem caminhou até ela, beijou sua mão e se pronunciou em alta voz, de modo que todos ouvissem:

– Eu me chamo Ouriço Kórall! Alegra-me conhecê-la. Eu sempre a vejo na arca, mas nunca pude tocá-la – disse ele, acariciando sua mão por um longo tempo.

Ela tentou soltar a mão, mas Ouriço a segurava com firmeza. Em seguida, ele levantou o braço e dirigiu-se ao salão:

– Eu trago a vocês a bênção da Princesa Eterna. Pangeia tem atravessado algumas provações nos últimos vinte anos. Mas graças à princesa, a linhagem real reinará pela eternidade. Se vocês obedecerem aos seus comandos, ela pode garantir a eterna benevolência dos deuses. Ela é um falcão do paraíso, ela é uma flor albina. Ela é mais poderosa que as estações do ano e os ciclos dos dias. Apesar de ter nascido há mais de trinta e cinco anos, tem ainda quatorze. Ela é a prova viva de que até mesmo o tempo tem que se curvar diante do poderio do rei Dímon!

Gunhilda sorriu e bateu palmas alegremente. As princesas a imitaram. O salão inteiro alegrou-se. Gunhilda cutucou Obsidiana para que se curvasse. Obsidiana não acreditava em seus próprios ouvidos. Ela havia ficado na arca por vinte anos? Ela tinha *trinta e cinco anos de idade*? Olhou para o seu pai. Sim, ele certamente podia estar vinte anos mais velho do que quando o vira pela última vez.

– Vocês estão entendendo tudo errado – sussurrou Obsidiana para seu pai. – Eu não estava junto dos deuses!

Um grupo de monges dirigiu-se até ela a passos largos. O que vinha à frente tomou-a pela mão e conduziu-a através do castelo até uma sacada que ficava voltada para a praça. Os monges caminhavam de um jeito peculiar, como se dançassem. Diante do castelo pulsava um mar de gente. A multidão gritou:

– VIDA LONGA À PRINCESA OBSIDIANA!

Ela olhou assombrada para a multidão lá embaixo, onde bandeiras eram agitadas. Jamais tinha visto algo como aquilo. Percorreu com os olhos a aglomeração até que viu um menino de pé sobre uma alta coluna, abanando uma bandeira alaranjada. Percebeu que devia ser Kári, e assim abriu seu mais largo sorriso e acenou. A multidão foi à loucura e os gritos de alegria multiplicaram-se. Ela, que por todos esses anos parecia adormecida, subitamente estava de pé, vivíssima, diante de seu povo.

Então soou o sino no templo. Um milhão de andorinhas surgiram como uma nuvem no céu. Elas davam voltas e se dobravam ao mesmo tempo, formavam letras e flores, enquanto Conselino as conduzia como o maestro de uma orquestra. Obsidiana arregalhou os olhos e gargalhou!

Eles retornaram para o salão de festa, onde mil garçons levaram à mesa quitutes inigualáveis. Cada fração de segundo fora planejada nos mínimos detalhes. O guarda do tempo batia seu sino a intervalos regulares, como se fosse marcando o passo mais e mais acelerado, e a festa assim ia transcorrendo mais rápido e mais rápido. As pessoas comiam, riam e se moviam em compasso, mas a velocidade era tal que parecia mesmo que a festa tinha sido toda ensaiada. *Como é possível eles rirem tão rápido?* pensou Obsidiana.

Agora deveriam esquecer-se de todas as tristezas. A música soou e o baile começou, e Obsidiana era sacolejada pelo piso do salão por jovens senhores. Assim a noite rodopiava como uma roda gigante, e ela se esqueceu do tempo. Por um momento, distraiu-se ao entrever, dentro de um quarto nos fundos do castelo, seu pai de pé junto a um grupo de homens com caras de importantes. Um deles fazia gestos agitados com as mãos e estava nitidamente nervoso. Ela se perguntava se aquilo seria sinal de más notícias, quando alguém a tomou pela mão.

– Eu sou Orri, filho do duque de Campina. Posso ter a honra desta dança?

Ela fitava seus belos olhos azuis acinzentados e deleitava-se enquanto era conduzida rodopiando pelo salão, girando e girando. Percebeu que o duque e o rei os observavam com ares de aprovação e corou um pouco, mas deixou que a dança continuasse por mais uma volta no salão. Ela queria falar com seu pai, mas então o guarda do tempo bateu o sino. Orri beijou sua mão e despediu-se. Serviçais da corte vestidas de branco vieram e a acompanharam até seu quarto. Ela se deitou numa cama arrumada com colcha de seda e olhou para cima, sorridente. Seu pai veio desejar-lhe boa noite. O homem com a ampulheta o seguia.

– Foi um dia divertido – disse Obsidiana. – Eu estou alegre por você ter voltado.

O rei olhou para a areia escoando na ampulheta e foi direto ao assunto.

– Agora você está cansada depois do longo dia, minha querida. Infelizmente, você tem que dormir esta noite. Acredito que na arca não há sono algum.

Ele estendeu a colcha sobre ela, que perguntou, perturbada:

– Por que você me fez perder vinte anos?

Dímon olhou para cima, em direção ao vazio.

– Esses anos não foram perda nenhuma. Eles não foram favoráveis para nós. Todos os seus dias têm que ser dias felizes.

– Mas é possível chorar mesmo com o sol brilhando lá fora – disse ela – e rir num dia de chuva e ventania. Você nunca me falou sobre Gunhilda e minhas irmãs.

– O tempo nunca havia sido apropriado. Nós queríamos nos preparar bem. Gunhilda passou dois anos planejando este dia. Ela queria que você ficasse satisfeita. Assim devem ser todos os seus dias, filha querida, e assim eles *podem* ser.

– Mas certamente não amanhã de novo, não é?

– Não, amanhã é dia de arrumar o palácio, e o povo estará esperando por você no templo. Amanhã você ficará com os deuses.

No templo?, pensou ela.

– Não! Ainda não! Ainda não!

– Ontem vieram até mim representantes das Montanhas Celestiais. Impera lá uma situação urgente e eles contam comigo amanhã. Nosso futuro está em jogo.

– Não! Não vá agora! – disse Obsidiana. – E o que vai acontecer comigo?

– Antes mesmo que você se dê conta, nós teremos mais um belo dia juntos. Não se preocupe com o tempo. Ele é só o sofrimento dos mortais.

Obsidiana balançou a cabeça.

– Eu não quero ir à praça – sussurrou ela.

Levantou-se e encarou o pai. Observou suas mãos e seus cabelos, as profundas rugas e os olhos extenuados. Mal podia relacioná-lo às suas próprias memórias recentes.

O rei estava prestes a responder quando o guarda do tempo pigarreou.

– Majestade! O tempo está passando.

– Se eu ficar sempre na arca, você partirá muito antes de mim.

– O que você quer dizer?

– Eu ainda serei nova quando você morrer.

O rei suspirou.

– O mundo inteiro a ama e continuará a amá-la pela eternidade, ao passo que a maioria das pessoas é amada somente por uns poucos e por um breve momento.

– Mas Jako disse que é melhor ser amado por uma pessoa que você também ama do que ser venerado por milhões que você não conhece! Que valor tem um amor que não é recíproco?

– Você conhecerá pessoas que nascerão daqui a cem anos e daqui a mil anos. É doloroso estar sempre se despedindo, mas é pior ver o seu tempo ser devorado e desaparecer no vazio. Você tem tempos muito emocionantes pela frente.

Obsidiana já estava com dificuldade para respirar.

– Mas por quê? Por que o reino precisa ser tão grande?

– Famílias reais que perdem seu poder têm um destino cruel, filha querida. É assim que as coisas são. O mundo é cruel.

– Mas você é o rei do mundo! Você pode parar a crueldade!

Dímon enxugou as lágrimas dos olhos de Obsidiana.

– Estou lutando por um mundo melhor. Eu prometo.

– Eu quero dizer boa noite para a Thordis.

– Thordis? – disse o rei, distraído. – Sim, claro, isso pode ser devidamente providenciado se você assim deseja. Mas tem que ser rápido!

Ele a acariciou na cabeça e envolveu-a com a colcha. *Tenha cuidado na guerra*, pensou Obsidiana quando ele se foi, mas não o disse em voz alta. Ela tinha um nó grande demais na garganta para falar.

～⬦～

Obsidiana ficou deitada acordada na cama. O dia era como um mingau borbulhando em sua cabeça. Sorriu consigo mesma ao lembrar-se dos filhos dos nobres e do baile. Ela nunca tinha dançado tanto numa noite, mas então se abateu novamente. Por quanto tempo ficaria na arca desta vez?

Passos leves foram ouvidos do lado de fora do quarto. Thordis surgiu na porta e se aproximou dela. Afagou-a com ternura e beijou sua testa.

– Eu já tentei de tudo, minha querida.

Uma lágrima brilhou em seu olho quando Obsidiana deu-lhe um abraço.

– Eu me lembro da primeira vez que a tomei em meus braços. Eu me lembro de quando você começou a andar e falar. Você era uma criança tão divertida quando corria por todo o palácio com o seu panda. E, de repente, todos esses anos se passaram!

– Você não pode dar um jeito de eu não ficar mais tanto tempo na arca?

Thordis deu um pesado suspiro.

– Eu a amamentei no meu peito, mas você não é minha. Eu não decido sobre nada mais, meu amorzinho. Você é uma deusa. Você é adorada. O rei não poderia deixar você sair mesmo que ele quisesse – cochichou ela.

– O que você quer dizer?

– Você mantém o reino de pé. As oferendas pagam pelas defesas do país. O povo da cidade depende da multidão que vem até aqui para vê-la, trazendo oferendas. Se você não estivesse na praça, o reino já teria caído há muito tempo. Exel já fez os cálculos.

Então o guarda do tempo entrou e disse, ríspido:

– Ela tem que dormir imediatamente. Tenho ordens expressas!

– Cuide-se bem – disse Thordis, e beijou-a na cabeça. – Eu não sei por mais quanto tempo estarei com você.

E assim Obsidiana adormeceu. Foi como se todos os sonhos que a tinham deixado para trás por vinte anos tivessem se acumulado no reservatório de uma represa que se rompeu. Eles fluíram por sua cabeça como um rio caudaloso. Ela viu Kári, que espichava e espichava como se fosse um broto de feijão. Ela dançou com anões e girafas até que, de repente, estava numa piscina e a água se transformou em areia e ela foi sugada para baixo num redemoinho dentro de uma ampulheta. Ela caiu na clareira de uma floresta, onde sua mãe estava sentada com o semblante triste. De repente, ela esbugalhou os olhos e disse:

– Tenha cuidado!

Obsidiana tentou estender-lhe a mão, mas foi tomada por um calafrio. Ela não queria acordar, mas quando abriu os olhos se deparou com Gunhilda postada diante de si, a encarando. A rainha tinha a face branca e os lábios contraídos. Obsidiana sobressaltou-se e se enfiou debaixo da colcha. Quando teve coragem de olhar de novo, sua madrasta havia ido embora.

DIA E NOITE

Obsidiana estava com medo de pegar no sono de novo. Precisava pensar. As primeiras aves já se punham a cantar, mas o palácio não despertaria antes que se passassem mais algumas horas. Ela acendeu uma lamparina. Era assombrada por aquele número, *vinte anos!* Buscou seus diários. Eles estavam em uma estante. Trinta e cinco volumes, mas destes ela só reconhecia quinze. Havia ali vinte livros vazios, páginas em branco e mais páginas em branco. Ela fez as contas:

– No ano são 365 dias. Logo, são 3.650 dias em dez anos e em vinte anos...7.300 dias!

Ela tentou imaginar 7.300 dias, então fechou os olhos e disse em voz alta, o mais devagar que pôde:

– O sol nasce. Dia. O sol percorre o céu. O sol se põe. Noite.

Apanhou o diário, folheou-o até chegar ao primeiro dia que perdera e escreveu "Dia". Depois escreveu "Noite", e então "Dia" e "Noite", até que começou a rabiscar rápido: "Dia", "Noite", "Dia", "Noite". E então, com letras maiúsculas, DIA NOITE DIA NOITE DIA NOITE DIA NOITE DIA NOITE DIA NOITE DIA NOITE DIA NOITE DIA NOITE DIA NOITE DIA NOITE DIA NOITE DIA

NOITE DIA NOITE DIA NOITE DIA NOITE DIA
NOITE DIA NOITE DIA NOITE DIA NOITE DIA
NOITE DIA NOITE DIA NOITE DIA NOITE DIA
NOITE DIA NOITE DIA NOITE DIA NOITE DIA
NOITE DIA NOITE DIA NOITE DIA NOITE DIA
NOITE DIA NOITE DIA NOITE DIA NOITE DIA
NOITE DIA NOITE DIA NOITE DIA NOITE DIA
NOITE DIA NOITE DIA NOITE DIA NOITE DIA
NOITE DIA NOITE DIA NOITE DIA NOITE DIA
NOITE DIA NOITE DIA NOITE DIA NOITE DIA
NOITE DIA NOITE DIA NOITE DIA NOITE DIA
NOITE DIA NOITE DIA NOITE DIA NOITE DIA
NOITE DIA NOITE DIA NOITE DIA NOITE DIA
NOITE DIA NOITE DIA NOITE DIA NOITE DIA
NOITE DIA NOITE DIA NOITE DIA NOITE DIA
NOITE DIA NOITE DIA NOITE DIA NOITE DIA
NOITE DIA NOITE DIA NOITE DIA NOITE DIA
NOITE DIA NOITE DIA NOITE DIA NOITE DIA
NOITE DIA NOITE DIA NOITE DIA NOITE DIA
NOITE DIA NOITE DIA NOITE DIA NOITE DIA
NOITE DIA NOITE DIA NOITE DIA NOITE DIA
NOITE DIA NOITE DIA NOITE DIA NOITE DIA
NOITE DIA NOITE DIA NOITE DIA NOITE DIA
NOITE DIA NOITE DIA NOITE DIA NOITE DIA
NOITE DIA NOITE DIA NOITE DIA NOITE DIA
NOITE DIA NOITE DIA NOITE DIA NOITE DIA
NOITE DIA NOITE DIA NOITE DIA NOITE DIA
NOITE DIA NOITE DIA NOITE DIA NOITE DIA
NOITE DIA NOITE DIA NOITE DIA NOITE DIA
NOITE DIA NOITE DIA NOITE DIA NOITE DIA

NOITE DIA NOITE DIA NOITE DIA NOITE DIA
NOITE DIA NOITE DIA NOITE DIA NOITE DIA
NOITE DIA NOITE DIA NOITE DIA NOITE DIA
NOITE DIA NOITE DIA NOITE DIA NOITE DIA
NOITE DIA NOITE DIA NOITE DIA NOITE DIA
NOITE DIA NOITE DIA NOITE DIA NOITE DIA
NOITE DIA NOITE DIA NOITE DIA NOITE DIA
NOITE DIA NOITE DIA NOITE DIA NOITE DIA
NOITE DIA NOITE DIA NOITE DIA NOITE DIA
NOITE DIA NOITE DIA NOITE DIA NOITE DIA
NOITE DIA NOITE DIA NOITE DIA NOITE DIA
NOITE DIA NOITE DIA NOITE DIA NOITE DIA
NOITE DIA NOITE DIA NOITE DIA NOITE DIA
NOITE DIA NOITE DIA NOITE DIA NOITE DIA
NOITE DIA NOITE DIA NOITE DIA NOITE DIA
NOITE DIA NOITE DIA NOITE DIA NOITE DIA
NOITE DIA NOITE DIA NOITE DIA NOITE DIA
NOITE DIA NOITE DIA NOITE DIA NOITE DIA
NOITE DIA NOITE DIA NOITE DIA NOITE DIA
NOITE DIA NOITE DIA NOITE DIA NOITE DIA
NOITE DIA NOITE DIA NOITE DIA NOITE DIA
NOITE DIA NOITE DIA NOITE DIA NOITE DIA
NOITE DIA NOITE DIA NOITE DIA NOITE DIA
NOITE DIA NOITE DIA NOITE DIA NOITE DIA
NOITE DIA NOITE DIA NOITE DIA NOITE DIA
NOITE DIA NOITE DIA NOITE DIA NOITE DIA
NOITE DIA NOITE DIA NOITE DIA NOITE DIA
NOITE DIA NOITE DIA NOITE DIA NOITE DIA
NOITE DIA NOITE DIA NOITE DIA NOITE DIA
NOITE DIA NOITE DIA NOITE DIA NOITE DIA

NOITE DIA NOITE DIA NOITE DIA NOITE DIA
NOITE DIA NOITE DIA NOITE DIA NOITE DIA
NOITE DIA NOITE DIA NOITE DIA NOITE DIA
NOITE DIA NOITE DIA NOITE DIA NOITE DIA
NOITE DIA NOITE DIA NOITE DIA NOITE DIA
NOITE DIA NOITE DIA NOITE DIA NOITE DIA
NOITE DIA NOITE DIA NOITE DIA NOITE DIA
NOITE DIA NOITE DIA NOITE DIA NOITE DIA
NOITE DIA NOITE DIA NOITE DIA NOITE DIA
NOITE DIA NOITE DIA NOITE DIA NOITE DIA
NOITE DIA NOITE DIA NOITE DIA NOITE DIA
NOITE DIA NOITE DIA NOITE DIA NOITE DIA
NOITE DIA NOITE DIA NOITE DIA NOITE DIA
NOITE DIA NOITE DIA NOITE DIA NOITE DIA
NOITE DIA NOITE DIA NOITE DIA NOITE DIA
NOITE DIA NOITE DIA NOITE DIA NOITE DIA
NOITE DIA NOITE DIA NOITE DIA NOITE DIA
NOITE DIA NOITE DIA NOITE DIA NOITE DIA
NOITE DIA NOITE DIA NOITE DIA NOITE DIA
NOITE DIA NOITE DIA NOITE DIA NOITE DIA
NOITE DIA NOITE DIA NOITE DIA NOITE DIA
NOITE DIA NOITE DIA NOITE DIA NOITE DIA
NOITE DIA NOITE DIA NOITE DIA NOITE DIA
NOITE DIA NOITE DIA NOITE DIA NOITE DIA
NOITE DIA NOITE DIA NOITE DIA NOITE DIA
NOITE DIA NOITE DIA NOITE DIA NOITE DIA
NOITE DIA NOITE DIA NOITE DIA NOITE DIA
NOITE DIA NOITE DIA NOITE DIA NOITE DIA!

Seu pulso já estava começando a doer. Ela folheou o livro e contou. 365 dias. 365 noites. Assim foi-se um ano! Ela perdera mais de vinte. Cada palavra era um dia inteiro que continha horas e segundos. Chuva e vento, sol e nuvens, arco-íris e trovões e crisálidas que se transformavam em borboletas. Ela rabiscou de atravessado em uma página, com letras gigantes:

DIA

E em outra página:

NOITE

Estava furiosa. Como eles puderam fazer aquilo com ela? Como puderam?! Ela viu uma barata correndo no chão e pisoteou-a, esmagando-a com seu pé descalço.

Pensou em Pico e Lua. Quantos anos será que os cervos viviam? Abriu a porta e partiu em disparada pelo corredor. O palácio estava escuro. Seu velho jardim ficava depois do final do corredor. Até que entreviu o lago, que agora estava vazio. Crescia mato no fundo. Não havia mais os enormes peixes dourados, e em parte alguma ela viu o pequeno rinoceronte ou o elefante.

– Ah, não! – sussurrou Obsidiana.

O pequeno bosque estava todo ressecado, não restava mais nada além de alguns troncos secos.

– Pico! Lua! – sussurrou ela, mas nenhum dos dois apareceu.

Ela estava tentando lutar contra suas lágrimas.

– Pico! Lua! Onde vocês estão?

A porta do quarto de Jako estava aberta. Ela olhou cautelosamente para dentro, mas no lugar da velha cadeira de Jako deparou-se com um depósito empoeirado. Na parede estava pendurado um quadro emoldurado com o ditado: *Cada dia é um diamante bruto.*

Obsidiana precisava falar com seu pai. Os convidados já tinham ido embora, mas o cheiro da festa permanecia no ar. Ela foi procurando por ele no quarto e no salão, até que finalmente o viu dentro do seu escritório. Parou na porta e espiou lá dentro. Dímon andava para lá e para cá com o rosto roxo. A seu lado postavam-se Exel e Conselino, mas havia também oficiais que ela não conhecia e dois homens da festa trajados com roupas típicas peculiares.

– NÃO? O que significa não? Mas que ultraje! – disse o rei.

– Majestade – disse um dos dois homens –, o povo não nos obedece mais. Ninguém envia oferendas quando não tem o que comer!

– Partiremos agora mesmo – esbravejou o rei. – Vamos ensinar-lhes uma lição.

Seus olhos transbordavam de crueldade. Os punhos estavam cerrados com força e os nós dos dedos ficaram brancos. O homem disse:

– Senhor, tenha misericórdia. Há mulheres e crianças lá.

– Aqueles que se protegem atrás de mulheres e crianças não merecem misericórdia!

– Majestade, eu protesto – disse o outro homem.

– Guardas, prendam-no! – gritou o rei. – Atirem-no aos leões!

Obsidiana esgueirou-se na ponta dos pés e tentou se esconder atrás de uma coluna de mármore. Os guardas conduziram o homem pelo corredor. A menina segurou a respiração, mas o homem a viu e se lançou aos seus pés.

– Por que és tão implacável e cruel? O que foi que eu lhe fiz? Tende misericórdia de mim, Princesa Eterna.

Os guardas que seguravam o homem também pareciam temê-la, mas não ousaram dirigir-se a ela. Ficaram de pé imóveis e a fitaram como se fosse uma assombração.

– Eu só estava à procura de um copo de água– sussurrou Obsidiana. – Estava com sede.

Correu dali. Seu pai lutava por um mundo melhor, mas por que ele estava tão enfurecido? Será que ele jogaria o homem aos leões de verdade?

O palácio ainda estava escuro. Corvos grasnavam e acomodavam as asas nos parapeitos das janelas, onde estavam empoleirados e dormiam. Ela ainda não chegara a seu quarto quando ouviu vozes no corredor e parou para escutar. Gunhilda e Ouriço estavam lá.

Gunhilda parecia abatida.

– Por que ela não está contente comigo? – perguntou ela.

– A Princesa Eterna diz que você deve se portar melhor. Você deve tomar cuidado com seus pensamentos.

– Mas eu tenho tentado pensar coisas bonitas a respeito dela.

Ouriço cochichou.

– Ela sabe que você a inveja. A Princesa Eterna sabe que você a odeia.

– Eu não a odeio – disse ela. – Eu só não entendo por que ela nunca desejou conhecer minhas meninas.

– Você sabe que elas são mortais – disse Ouriço. – Se Obsidiana se associar aos mortais, seus dias se encherão de dor e tristeza quando tudo crescer, deixando-a para trás. Vocês podem tomar o café da manhã com ela. Mas os deuses precisam dela agora. É urgente que ela retorne para a arca o quanto antes!

Obsidiana parou de pé. Estavam todos perdendo o juízo? Ela escutou os cavalos sendo selados no pátio do palácio. Foi até a janela e viu tochas tremeluzindo diante dos portões do castelo. O rei estava pronto para a jornada com seu exército. *Não*, pensou ela. *Ele não pode ir!* Ela gritou o mais alto que pôde, mas sua voz afogou-se em meio aos toques das trombetas.

– Espere, papai! Não vá ainda! Eu preciso dizer para você...

O rei se virou.

– Eu volto dentro de um segundo!

O rei e seu exército cavalgaram para fora da cidade em meio à noite escura. Aos poucos o som das trombetas e dos cascos dos cavalos ia se afastando. E logo Dímon se perdeu para lá das montanhas e dos pântanos, para lá de mares e terras. Muito além do horizonte. Obsidiana se arrastou de volta para a cama e demorou muito para adormecer. Quando finalmente fechou os olhos, viu apenas letras intermináveis voando: DIA! NOITE!

AS IRMÃS

Quatro serviçais da corte acordaram Obsidiana. Uma trazia um pente, outra um vestido, a terceira segurava uma blusa e a quarta uma coroa verde de esmeraldas. Elas se aproximavam seguindo uma ordem planejada. Tudo muito formal e distante.

– Onde está minha ama? – perguntou ela.

Mas as serviçais da corte não responderam.

– Onde está Thordis? – perguntou novamente.

As serviçais deram um passo para trás, curvaram a cabeça e não responderam à sua pergunta.

– Por que vocês não me respondem?

As serviçais olharam para baixo. Ouviram-se passos e Gunhilda entrou no quarto.

– Eu vim vê-la durante a noite – disse ela. – Você estava chamando sua mãe.

– Sim – disse Obsidiana –, ela apareceu para mim num sonho.

– Você é igual a seu pai, ele chama por ela nas raras vezes em que dorme.

– Onde está minha ama?

– Ela agora trabalha na cozinha.

– Eu preciso encontrá-la!

– Não, nós não temos tempo! Agora vamos tomar o café da manhã.

Entraram na sala de jantar e lá estavam sentadas as duas moças. Os criados se curvaram, mas não olharam Obsidiana nos olhos.

Era como se as moças tivessem almofadas de agulhas no lugar de línguas. Cuspiam alfinetes a cada palavra.

– Lembra quando papai nos deu os pequenos cervos brancos? – disse uma das irmãs.

– Lembro – disse a outra. – Sinto falta de Pico e Lua.

Obsidiana sentiu uma espetada no estômago. Elas conheciam Pico e Lua?

– Lembra-se de quando Dímon nos levou para caçar?

– Papai não estava na guerra? – perguntou Obsidiana.

– Não, não o tempo todo.

– Por que eu não pude ir junto?

– Você não está com ciúmes, está? – perguntou a rainha.

– Não, mas talvez tivesse sido divertido eu ir junto.

– Mas que mal-agradecida – retrucou a rainha. – Você é adorada e imortal, e ainda quer mais!

❧

Obsidiana observava as mãos da rainha enquanto ela falava: pareciam galhos retorcidos. Gunhilda apoiou uma mão no ombro de Obsidiana e batucou-o com as unhas, como que para lembrá-la de que devia se apressar. Ela se virou e viu que o pálido guarda do tempo estava de pé num canto segurando a ampulheta. Obsidiana levou um susto tão grande que derramou quase todo o seu leite. A rainha se apressou.

– Criados! Rápido, outro copo! Sem demora! Ela precisa de outro copo! Ela tem que estar no templo antes do meio-dia.

Obsidiana balançou a cabeça.

– Não, eu não vou voltar para o templo!

A rainha a encarou.

– Ontem havia meio milhão pessoas na praça! Muitas delas viajaram por meses até chegar aqui. O reino precisa de você! Nos campos de batalha há homens à espera de provisões, que não chegarão até eles se você não estiver no templo. Você não pode pensar só em si mesma.

– Não, eu não quero – disse Obsidiana. – Eu não quero!

Procurou uma rota de fuga.

– Criança mal-agradecida! – disse a rainha. Ela arrancou da cabeça um cabelo branco e então apontou para um dente de ouro na boca. – Olhe para mim, você acha que eu *quero* envelhecer assim, como qualquer criada? Você acha que eu não gostaria que houvesse uma arca para as minhas meninas também? O rei se despediu de você antes de partir, mas e de nós? Não, ele não se despediu de nós!

Obsidiana a observava e sentia pena. Como ela estava furiosa. Enchendo-se de esperança por um instante, disse-lhe, no tom mais afável que pôde:

– As moças podem ficar com a arca! A arca pode ser delas!

Mas em vez de se acalmar, a rainha ficou mais enfurecida.

– Você acha que as pessoas aceitariam isso? Elas não são a Princesa Eterna! Você acha que eu nunca pedi?

As palavras tornaram-se um zunido nos ouvidos de Obsidiana. Ela fechou os olhos e viu estrelas brancas deslizando por trás de suas pálpebras.

– O festival de abertura não foi divertido? – perguntou Gunhilda, num tom mais calmo.

– Foi, sim – disse Obsidiana.

– E isso tudo não foi feito para você?

– Foi, sim – disse ela.

– E você acha bonito se comportar assim com alguém que passou dois anos preparando um dia perfeito para você?! Ouriço me disse exatamente como você queria que o dia fosse.

Ela falava com os lábios contraídos e num tom brusco, mas Obsidiana esperava encontrar nela uma ponta de ternura, e assim fez uma expressão suplicante e perguntou:

– Eu não posso ganhar mais um dia? Pode ser um dia comum. Você não precisa preparar nada.

Gunhilda ficou vermelha.

– Muito obrigada – disse ela com amargura –, então não faz diferença nenhuma para você se o dia leva dois anos para ser preparado ou não! E as pessoas lá fora? Você quer deixar aquela multidão esperando por você por causa de um dia comum? Seria a maior loucura. Isso custaria vidas!

Obsidiana pensou na arca. Sim, neste instante ela até que gostaria de poder se enfiar sob a tampa da urna e fazer essa conversa evaporar. Ouriço certamente tinha dito muita besteira para a rainha.

– Você já me agradeceu por tudo que eu fiz para você?

O zunido se intensificou nos ouvidos de Obsidiana.

– Você já perguntou como suas irmãs se chamam?

– Não – disse baixinho Obsidiana, com um pouco de vergonha. – É que eu simplesmente não tive tempo, era tanta coisa acontecendo.

– Como você é egoísta. Elas se chamam Argêntea e Áurea. O seu pai sacrificou tudo por você! Ele está lutando com a própria terra que se partiu ao meio por sua causa!

– Por minha causa? Como assim?

– A terra se partiu ao meio por sua causa e agora você quer deixar tanta gente esperando só para ter um dia corriqueiro!

Gunhilda saiu batendo a porta. Sete monges vieram e acompanharam Obsidiana até a arca. Ela tentou fugir correndo, mas eles a encurralaram num canto. Ela dava chutes e grunhia para eles.

– NÃO! Eu não vou entrar na arca! – disse ela. Arranhou um deles, tirando sangue. Ele balbuciou "obrigado, adorada, obrigado", como se estivesse agradecido de verdade.

Ergueram-na, segurando-a pelas axilas e pelos pés, e depositaram-na dentro da arca. Ela se debatia resistindo, e fez uma careta feia quando fecharam a tampa, de modo que ficou parecendo uma bruxa. A arca logo em seguida foi aberta e ela deparou-se com Gunhilda quase chorando.

– Você quer fazer o favor de se comportar direito? Você é mal-agradecida e mimada!

Obsidiana tentou se pôr sentada, mas a madrasta empurrou-a com força para baixo, cravando as unhas em seu peito. Obsidiana lançava um olhar de ódio para a nova rainha quando a tampa da arca se fechou com um estalo. E assim sua expressão fixou-se em uma careta horripilante.

A madrasta lançou sobre ela um olhar de desdém e disse:

– Finalmente o povo poderá ver como você é de verdade. Ouriço! Monges! Levem a bruxa para a praça.

O TEMPO CONGELADO

Rosa fez uma pausa momentânea na leitura. Foi até a cozinha e fez um pouco de café. Pedro estava sentado no canto, em silêncio. Como ele tinha ido parar ali? Numa casa com uma velha, no meio de uma cidade-fantasma?

Em um sábado como qualquer outro, a campainha de sua casa tocou. Diante da porta estava um homem de cabelo bem penteado. Usava um terno com risca de giz e óculos de sol, e tinha tanto gel no cabelo que não se despentearia nem num tornado.

– Sua mãe está em casa? – perguntou ele.

Pedro chamou pela mãe. O homem bem penteado pegou uma foto em preto e branco de um homem com cabelo raspado bem rente e de olhar meio abobado.

– A senhora reconhece este homem?

– Não, sinto muito – respondeu sua mãe. Ela se preparava para fechar a porta, mas o homem pôs o pé no batente e a impediu.

– Desculpe, minha boa senhora, mas eu ainda não terminei. Estou fazendo uma pesquisa para a TIMAX.

A mãe de Pedro abriu a porta de novo e o homem mostrou a foto outra vez.

– Este é Igor, o cruel. Foi um célebre ladrão e assassino em série na Rússia.

– Nossa! – disse a mãe. – Que coisa horrível.

Pedro ficou por perto escutando, enquanto seu amigo Samuel, que estava de visita em sua casa, brincava com o smartphone.

– Este homem horrível roubava dinheiro de pobres viúvas e fazia linguiças com suas vítimas.

Sua mãe observou melhor a foto.

– Isso eu já acho mais difícil de acreditar – disse ela. – Ele não me parece alguém que soubesse fazer linguiças.

– O ponto é que ele recebeu uma sentença de 25 anos de prisão – disse o homem.

Samuel escutava a conversa e decidiu buscar as palavras "Igor, o cruel" e "linguiça" no smartphone, mas a busca não retornou nenhum resultado. Ele mostrou a tela para Pedro.

– Igor, o cruel, nunca existiu – cochichou Pedro para sua mãe.

O homem ficou um pouco sem jeito e disse:

– Bom, ele não era *exatamente* um assassino. Na verdade, ele trabalhava em um banco e levou muitas famílias à falência.

– Como ele pôde fazer isso?

– Ele comprou um terno refinado e criou uma página na internet que se chamava lucrosmaisaltos.com. Milhares de pessoas confiaram suas economias a ele, até que ele simplesmente desapareceu com o dinheiro. Recebeu uma sentença de 25 anos de prisão.

– Mas que sujeito pilantra! – disse a mãe. – Isso é verdade, Pedro?

Samuel fez outra busca no celular.

– Sim, é verdade, mas ele se livrou da pena de prisão.

Agora sim o homem de terno estava ficando realmente agitado. Os meninos estavam estragando toda sua linha de argumentação.

– Mas agora eu devo, em nome da TIMAX, fazer uma perguntinha.

Ele apanhou sua pasta, direcionou a caneta e preparou-se para assinalar o quadrado apropriado.

– POR QUE A SENHORA NÃO É EM NADA MELHOR DO QUE UM LADRÃO DE BANCOS CANIBAL?

– Como assim? – perguntou a mãe de Pedro, perplexa.

O jovem homem nitidamente estava acostumado a desafiar as pessoas e agora parecia radiante.

– Palhaçada! – disse ela, pronta para bater a porta.

– O ponto a que quero chegar é que a senhora é uma prisioneira! Uma prisioneira do tempo!

Aquela visita estava se transformando em uma verdadeira farsa.

– Desculpe, meu senhor, mas eu estou ocupada e não posso atender grupos religiosos.

– A senhora é uma prisioneira do tempo! Por exemplo, a previsão do tempo é horrível para a semana toda. E o que a senhora pode fazer se chover o verão inteiro? Nada! Apenas cumprirá sua pena! O verão chuvoso será a sua prisão. A sua sentença!

– Certo, certo, já chega – disse a mãe de Pedro.

– Imagine – disse ele, agora com mais convicção do que antes e baixando um pouco o tom de voz – que um sétimo da sua vida cai às segundas-feiras. Um sexto da sua vida cai em fevereiro e novembro, e um quarto dela equivale a longos invernos, com pouca luz do dia. Ao fim da vida, a senhora pensará: meu bom Deus, eu gastei trinta anos na chuva e na garoa! Oh, dias! Oh, vida, para onde você correu?

Neste momento, uma musiquinha alegre começou a tocar e abriram-se as portas de uma caminhonete. Saltaram dois homens carregando uma caixa preta do tamanho de uma geladeira.

– Tudo que entra nesta caixa protege-se do tempo. A senhora pode assistir à previsão do tempo na segunda e, se não gostar dela, programar a caixa como um relógio despertador e dizer: *Adiós amigos!* Até quinta-feira!

O pai de Pedro tirou os olhos do computador e caminhou até a porta. O vendedor agora parecia-se mais com um mágico, enquanto rodava a caixa. Faltavam-lhe apenas uma serra, um fraque e uma cartola.

– Agora não falta muito para novembro – disse o homem, com um tremor teatral. – Ainda não começou a nevar, mas as folhas do outono já caíram. Está frio, mas não frio o suficiente para ir esquiar. Com esta caixa vocês podem pular novembro. Aquele mês cinza e tedioso passará como um estalar de dedos. Vocês também poderiam partir em uma viagem romântica para o exterior logo na semana que vem, sem ter que se preocupar com quem tomará conta do filhote – disse ele, apontando para Pedro.

O homem estendeu a mão com um contrato e uma caneta.

O pai de Pedro olhou para a esposa, que lhe lançou de volta um olhar sonhador. *Uma viagem romântica para o exterior*, pensou ele, e assinou.

A caixa preta tornou-se parte indissociável do cotidiano da família e logo havia três delas na casa. Porém, nada digno de nota aconteceu antes do dia em que Samuel, o amigo de Pedro, faria seu aniversário de dez anos. Pedro era uma criança bastante impaciente, e não parava de perguntar: *Já chegou a hora do aniversário? Já chegou a hora do aniversário?* Ele já estava vestido com sua roupa de festa e tinha terminado de empacotar o Lego, e não parava de perguntar: *Já chegou a hora do aniversário?* Sua mãe precisou correr até o mercado e não tinha tempo para uma criança tão tagarela, e assim fechou-o dentro da caixa enquanto saiu às compras. Um segundo depois, que foi o que pareceu para ele, a caixa foi aberta novamente. Ele pulou e saiu correndo, sem olhar para trás. Sua mãe o chamou:

– Pedro! Pedro! Espere!

Mas ele correu rua abaixo com o pacote em mãos, sem escutar sua mãe. Era alto verão e as árvores estavam verdejantes, mas ele não percebera nada muito diferente antes de chegar diante da casa de Samuel. Pelo que ele se lembrava, da última vez que vira a casa ela era branca, mas agora estava vermelha. Ele se perguntou se por acaso não teria entrado no portão errado, mas então viu o nome de Samuel na campainha. Pedro tocou-a e uma pessoa alta abriu a porta. Pedro olhou para cima.

– O Samuel está?

– Sim, sou eu mesmo – respondeu uma voz grossa de homem. Ele tinha mais de um metro e oitenta de altura e uma barbicha.

– Não, eu estou procurando por Samuel Fridriksson – disse Pedro.

– Sim, sou eu mesmo. Meu nome é Samuel Fridriksson. – Samuel se curvou e o observou melhor. – É você, Pedro?

– Sim – disse Pedro com voz fraca, entregando-lhe o pacote.

– Poxa, obrigado! Você gostaria de entrar?

Pedro tirou os sapatos com chutes no ar e caminhou a passos firmes até o quarto de Samuel, seguindo um velho hábito. Mas logo recuou. Havia uma garota sentada na cama, lendo uma revista de moda. Pedro apressou o passo até a cozinha.

– Era pra você ter vindo ao meu aniversário há sete anos – disse Samuel.

– Quê? O que você quer dizer? – disse Pedro, atordoado.

– E nem mesmo estamos em janeiro – disse Samuel. – Você esqueceu de olhar o calendário. Hoje não é meu aniversário.

– Sim, desculpa o meu atraso. Minha mãe saiu para fazer compras. Deve ter acontecido alguma coisa.

– Eu fiquei esperando por você – disse Samuel, enquanto abria o pacote. – Eu fui até a sua casa, mas sua mãe disse que estava de partida para a Índia numa viagem de autoconhecimento e busca interior. Quando ela voltou, seu pai tinha passado por uma crise existencial e estava trabalhando na Finlândia. Eu ia sempre lá perguntar de você, eu senti sua falta... Quer dizer, nós éramos melhores amigos.

Pedro não sabia o que dizer. Os dois estavam sentados, um de frente para o outro, silenciosos. Samuel deu um copo de leite para Pedro.

O rapaz examinou o presente, uma magnífica caixa de Lego.

– Você ainda coleciona Lego do Star Wars? – perguntou Pedro. – Podemos montar juntos agora?

Samuel ficou meio sem jeito.

– Pedro, você está perdido no tempo. Você precisa de um tempo para se orientar. Eu tenho que estudar agora.

– Estudar?

– Sim, amanhã é prova de física. Ano que vem termino o ensino médio. – Samuel ficou em silêncio por um instante, e então continuou: – Está claro que nós crescemos de um jeito diferente um do outro e nos afastamos.

– Sim, acho que sim.

De repente, Pedro teve uma ideia:

– Você por acaso não quer esperar agora, Samuel? Se você me esperar, nós ficaremos com a mesma idade.

– Não sei, Pedro. Quer dizer, eu tenho uma namorada.

Pedro riu e cantarolou:

– HA! HA! Samuel tem namorada! HA! HA!

Ele logo se deu conta de como estava sendo infantil.

Samuel agitou a caixa de Lego. Sua namorada apareceu e observou o pacote.

– Esta é a Inga, minha namorada.

– Legal, super retrô esse presente – disse ela.

– De qualquer maneira, obrigado, Pedro – disse Samuel.

– Quem sabe nos vemos na sexta – disse Pedro.

Samuel olhou para a namorada.

– Nós vamos ao cinema, mas infelizmente é um filme proibido para menores de dezesseis anos.

– Quem sabe não podemos ficar tomando conta de você qualquer dia desses – disse a namorada, em tom animado.

– Tomar conta de mim? Eu não preciso que ninguém tome conta de mim! – disse Pedro, e foi embora correndo para casa, magoado e com raiva. Sua mãe o recebeu, mas Pedro se desvencilhou dos sapatos a pontapés e jogou a jaqueta no chão.

– Amigos vêm e vão, Pedro, meu querido – disse sua mãe. – Às vezes acontece de um amigo crescer e se distanciar. Você não está contente de ter ainda seus anos de adolescente pela frente, enquanto o Samuel passa o tempo todo dele com a namorada? Vá lá fora brincar. Há muitos garotos por aqui que podem se tornar seus amigos.

Pedro não disse nada. Saiu e foi até o pátio da escola do bairro. Havia lá umas poucas crianças, e ele não reconheceu nenhum rosto, só o de um menino que estava no pré-primário na última vez que o vira, mas que agora era obviamente mais velho do que ele. Pedro voltou direto para casa.

– Papai está na Finlândia?

– Não, ele está na loja de tintas.

– Diga para ele voltar para casa agora! – disse Pedro, com raiva.

– Ele não vai voltar antes do final da tarde – disse sua mãe.

– Eu quero falar com ele agora! AGORA!

Sua mãe estava com um ar cansado e balançou a cabeça. *Ele vai ser impaciente assim para sempre?*, pensou consigo. Ela abriu uma das caixas.

– Use a caixa, então, se você não está disposto a esperar!

Pedro pulou dentro da caixa. A próxima coisa que viu foi uma menina desconhecida de casaco azul à sua frente.

– Meu nome é Cristina – disse ela. – Você tem que me seguir. Venha rápido.

Pedro seguiu-a através de uma cidade fantasma até o interior de uma casa, onde estavam uma velha mulher e um grupo de crianças. Pedro observava o crânio depositado sobre a mesa da sala e não fazia a menor ideia do que estava acontecendo.

❧

Rosa voltou segurando uma caneca de café e apontou para um letreiro.

– A maioria de vocês desapareceu dentro das caixas nos primeiros anos da empresa. A TIMAX cresceu a uma velocidade espantosa e as caixas pretas de repente estavam por toda parte. Virou uma tendência. Letreiros luminosos eram vistos por todo lado: CHUVA AMANHÃ! TIMAX®! As ruas se esvaziavam nos dias de chuva e as pessoas nem mais sabiam o significado das palavras "mau tempo", "geada" e "neve". Os aviões foram modificados, de modo que, quando as portas se fechavam, o tempo era congelado no interior das cabines que levavam os passageiros. Para as pessoas, um voo sobre o Atlântico não parecia durar mais do que um segundo.

Mas depois veio a crise financeira e os economistas previram um ano tenebroso. NÃO DEIXE O ANO DE CRISE PREJUDICAR VOCÊ! TIMAX®! As pessoas foram aconselhadas a proteger os seus filhos desses tempos horríveis, mas com isso os professores perderam seus empregos e sumiram dentro de suas caixas também. Com isso, as vendas das lojas caíram, de modo que os seus funcionários providenciaram caixas para si. Com isso, o estado passou a arrecadar menos impostos, então os pacientes em listas de espera foram postos em caixas. Como consequência, os médicos também arranjaram caixas para si. Por fim, não havia mais ninguém para consumir todos os alimentos que os fazendeiros produziam e eles puseram os animais em caixas e perguntaram ao governo o que ele pretendia fazer.

– O que ele fez?

– Arranjou caixas e se enfiou dentro delas também.

– Todos sumiram, então?

– Em toda cidade sobraram alguns excêntricos que decidiram tocar a vida em frente, mas era muita solidão. Aos poucos eles foram desaparecendo em caixas, um depois do outro, até que não sobrasse ninguém além de mim.

– Faz quanto tempo que isso aconteceu?

– Eu não sei. Não faz diferença. Eu não acompanho o tempo.

– Isso é horrível.

– Sim, num primeiro momento isso me pareceu horrível, mas então vieram os animais e o mundo foi ficando melhor e melhor. A cada primavera surgiam mais aves migratórias. Os cervos encheram as ruas e a floresta foi ficando mais densa.

O ar ficou limpo e não se via mais a fumaça de aviões atravessando o céu. Eu comecei a plantar batatas e a pescar para poder comer. O rio não estava mais poluído e os salmões vinham pulando para a minha rede. A terra despertou quando as pessoas lhe deram um sossego de todo aquele lixo de antes. E eu tive paz para pesquisar a história de Obsidiana.

– Mas por que você não fez nada quando o mundo foi enfeitiçado?

– Eu não tinha mais certeza se o mundo estava enfeitiçado ou se ele havia se livrado de um feitiço. As pessoas já o tinham destruído tanto. As pessoas estavam numa corrida contra o tempo, tentando acumular tantas coisas e tanto lixo quanto pudessem. Destruíram tudo que havia de belo e agora elas se fechavam dentro de sua própria idiotice.

– Mas o que será de nós? Você tem que nos ajudar a voltar para casa.

– Isso não depende de mim. O mundo não se consertará sozinho, ele só vai ficar melhor se vocês o tornarem melhor. Eu sou apenas uma idosa.

– O que podemos fazer?

– Vocês precisam ouvir a história até o fim.

KÁRI

Kári percorreu as ruas no dia seguinte ao festival de abertura. Havia uma atmosfera festiva no ar, comidas de rua eram preparadas em todos os cantos, todas as línguas possíveis ecoavam pelas calçadas, e as vias se enchiam com sons de instrumentos musicais exóticos. A multidão aguardava pela chegada de Obsidiana à praça. Kári estava confuso. Sua mente voltara-se à princesa da arca ao longo de um ano inteiro. Primeiramente por remorso pelo que tinha tentado fazer, mas depois pelo fato de ela ser sua amiga. Ele gostaria de poder contar a alguém sobre o segredo, mas não confiava em ninguém. Manteve aquilo oculto em seu coração. O rei estava de volta e Kári viu o quanto ela estava alegre ao acenar para a multidão do alto da sacada. E tinha certeza de que ela o vira de pé sobre a coluna sacudindo a bandeira. Mas agora tinha um peso no estômago e não sabia o que futuro reservava, nem se conseguiria se esgueirar novamente palácio adentro para encontrá-la.

Kári perambulava no alto dos telhados das casas para assistir aos monges transportando Obsidiana à praça. Mas foi como se uma onda elétrica se transmitisse através da multidão quando as pessoas a viram. Ouviram-se gritos e exclamações de espanto, e a atmosfera festiva morreu como um pássaro que pousa num fio de alta-tensão desencapado.

– Mau presságio! Mau presságio – exclamaram algumas velhas.

Kári sentiu uma fisgada no coração e se aproximou às pressas para ver melhor. A multidão fluía para dentro do templo, passando pela arca e retornando à praça, do lado de fora.

As pessoas davam voltas e voltas, como num redemoinho. Mercadorias e bens de todo tipo empilhavam-se no meio da praça, formando uma montanha. Eram tapetes de luxo, trigo, nozes e tâmaras, ouro e pedras brilhantes.

Kári esgueirou-se através da multidão e chegou, por fim, bem perto da arca. Então, viu Obsidiana. Sua face estava deformada numa horripilante careta congelada. Os olhos esbugalhados, cheios de ódio, os dedos retorcidos como as garras de um gato arisco. Ela parecia um demônio.

Kári sentiu um calafrio e tocou a arca. Balbuciou uma prece como todos os outros, mas não sabia o que tinha ocorrido. Olhou para Ouriço, que estava de pé numa plataforma e gesticulava veementemente:

– Nós achamos um traidor ontem! No leste, nas Montanhas Celestiais, o povo quebrou sua aliança com Pangeia. OS DEUSES ESTÃO FURIOSOS! O REI CASTIGARÁ AQUELES QUE O TRAÍRAM! OBSIDIANA EXIGE VINGANÇA! ELA EXIGE OFERENDAS E VINGANÇA!

Kári sentiu um enjoo. Algo horrível deve ter acontecido depois que ela lhe acenou. Ele precisava descobrir o que era, pois ela não podia ter se transformado numa bruxa em tão pouco tempo. Ele esperou por uma oportunidade, mas, diferentemente do que sempre se dera, os monges não a levaram de volta ao palácio à noite, e a arca permaneceu no templo a noite inteira. Foram acesas fogueiras em volta da princesa, de modo que sombras de sua careta e suas mãos em garra projetaram-se na parede do templo.

Obsidiana permaneceu na praça a semana inteira, o mês inteiro, e sua expressão não mudava nunca. Kári estava ficando louco. Ele precisava falar com ela! Passaram-se luas e mais luas. Ele vinha diariamente para investigar se haveria algum jeito de se aproximar dela. Ele tinha que conseguir abrir a arca e lhe perguntar o que havia acontecido. Mas os guardas não tiravam os olhos de cima dela.

Ouriço descobriu o poder dessa nova aparência de Obsidiana. O povo o ouvia com mais atenção e oferecia contribuições mais generosas. O semblante dela servia para ele inflamar ainda mais os seus discursos apocalípticos. Ventos abalavam o reino, furacões no leste, incêndios em florestas no sul, erupções vulcânicas no oeste – e tudo era considerado sinal da fúria de Obsidiana e dos deuses. O rei acabaria sendo informado sobre a careta, e assim Ouriço decidiu ser o primeiro a lhe dar a notícia. Enviou-lhe um corvo-correio:

Venerável e honrado Rei! Obsidiana está ao seu lado na batalha e lhe envia o poder dos deuses! Ela assumiu no rosto uma feição que atemorizará os seus inimigos e incentivará os deuses da guerra a conceder-lhe façanhas!

Exel estava em dúvida se a careta convinha à imagem da princesa, mas seus cálculos mostraram que o ouro fluía para dentro do tesouro do reino como nunca antes.

Ouriço pregava diariamente, dirigindo-se às multidões: SUA COBIÇA E SEUS MAUS PENSAMENTOS DESFIGURARAM O SEMBLANTE DA PRINCESA ETERNA!

Homens vestindo túnicas com a imagem de um olho fechado no peito percorriam a cidade e arrancavam itens de valor das mãos do povo.

– Mais oferendas!

Mas poucos ainda tinham alguma coisa mais para ofertar.

Kári, então, passou a ficar mais tempo dentro de casa. Sua tia Borghilda suspirou e andou cambaleante pela casa. Acendeu um incenso diante de uma imagem mal talhada de uma menina.

– Princesa Eterna, eu não sei o que causa a sua fúria. Por favor, traga chuva para o milho. Traga sol para as flores. Traga vida às sementes. Traga alimento para o meu menino. Não fique furiosa, gentil princesa. Não fique furiosa.

Ela tinha esvaziado todos os sacos de alimento e já preparava o mingau com galhos e palha. A carne nos armazéns podia ser de qualquer animal imaginável, cachorro, gato, macaco, pombo ou rato. Circulavam histórias de que alguém tinha até vendido carne humana no mercado.

Kári conhecia o caminho até a despensa real, e para lá ele foi, por fim, quando não restava outra alternativa. Olhou triste o interior do quarto vazio, onde havia estado nas luas cheias por um longo período. Mas a despensa estava meio vazia. Nada de batatas, carne de lhama ou cacau das terras do oeste. Ele apanhou alguns pedaços de carne, um pedaço pequeno de queijo e um pouquinho de cereais, que mal bastariam para viver, mas suficientes para subsistir. Seria suspeito engordar demais. Ele estava pronto para retornar quando escutou um estalo nas tábuas sobre sua cabeça. Muitos pés caminhavam no piso de madeira do andar de cima. Ele conhecia o castelo como a palma da sua mão e achou um esconderijo de onde podia ver o que estava acontecendo. Espiou através de um furo no nó da madeira e viu a rainha sentada no trono, com uma expressão infeliz. À sua direita estava sentado Exel e à sua esquerda sentavam-se Ouriço e as filhas, elegantemente vestidas, mas aparentando mau humor. Um jovem homem caminhou até diante do trono da rainha, acompanhado por cinco cavaleiros. Eram homens magníficos, com belas vestes e armados.

– Senhora Gunhilda, majestade. Sou Orri, filho do duque de Campina. Trago-lhe presentes de meu pai e uma carta para o rei. Como a senhora sabe, meu pai tem sido há anos o aliado mais próximo do rei Dímon.

– E o que o traz aqui? – perguntou Gunhilda, amistosamente.

– Venho pedir a mão da Princesa Eterna.

– Sim, claro – disse ela, e sorriu. – Você sabia que alguém que seja digno dela nasce no máximo uma vez por século?

– Alteza, posso, em meu favor, lhe falar sobre minha habilidade na arte da guerra, e posso dizer também que conheço de cor a maioria das obras aqui preservadas e todos os cantos dos Pangeíadas, que são em número de dois mil. Já comandei heróis e obtive mais vitórias do que qualquer outro exército do rei Dímon. Sem mim, todos os distritos a leste de Aranândia estariam perdidos, mas encontra-se agora naquela área o mais inexpugnável bastião entre os domínios de Dímon.

– Você considera apropriado pedir a mão da princesa na frente das minhas filhas?

A filha mais velha deu um sorriso apagado e tremeu as pálpebras.

O filho do duque enrubesceu.

– Alteza. Não desejo desonrar suas filhas, mas enquanto eu dançava com Obsidiana no festival de abertura, meu pai conversou com o rei, que recebeu bem a sugestão de que eu viesse em algum momento pedir a mão dela, quando ela ficasse, hmmm..., mais velha. Isso fortaleceria os laços no reino.

O coração disparou no peito de Kári. Ele desejou ter um arco e flecha para atirar no coração daquele homem.

Gunhilda o encarava.

– Ela ainda é muito nova – disse Gunhilda.

Orri fez uma expressão de espanto.

– Como isso pode ser? Eu tenho dezoito anos e ela nasceu muito antes de mim – disse ele.

– Então ela não seria velha demais para você? – perguntou Gunhilda, e riu.

– Eu posso esperar, acaso ela seja nova demais – disse Orri humildemente. – Três anos, seis anos não são tempo nenhum para mim.

– Certo, certo – disse Gunhilda –, ela pode levar mais de cem anos para envelhecer três. – Ela apanhou uma caderneta. – Mas quanto tempo você deseja?

– O que quer dizer?

– Você não pretende gastar todo o tempo dela e levá-la para o túmulo junto com você, certo?

– Como? – disse Orri.

– Você tem consciência de que não poderá ficar com ela todo dia? Quanto tempo dela você quer gastar?

– Eu não estou entendendo o que isso quer dizer, minha senhora – disse Orri.

– Nós esperamos que ela viva por muitos milhares de anos. Você acha que ela quer se casar a cada cem anos?

Orri coçou a cabeça. Ele não tinha pensado nisso.

– Você possui pérolas? – perguntou Gunhilda.

– Eu tenho vinte mil pérolas, Alteza – disse Orri.

– Exel – chamou a madrasta. – Isso vale quanto tempo?

– Dá pouco mais de dois anos, Vossa Majestade – disse Exel.

– Então você pode bancar no máximo dois anos do precioso tempo dela – disse Gunhilda, friamente. – É possível distribuí-los ao longo de uma vida.

Ouriço mantinha uma expressão petrificada. Cochichou algo para Gunhilda. Ela o fitou de volta com ar chocado.

– Ela disse isso? – perguntou Gunhilda. – É bem a cara dela.

– Sim – disse Ouriço. – Obsidiana diz que ele deve provar sua excelência e deseja transmitir-lhe uma mensagem.

– Eu aceito qualquer desafio – disse Orri, e sorriu esperançoso. Ajeitou uma mecha de cabelo na testa e esperou a resposta.

– Ouriço! – gritou a madrasta. – Diga a Orri o que a Princesa Eterna deseja que ele faça.

Ouriço fechou os olhos por um bom tempo, e então eles se abriram de modo que só o branco era visível. Ele balbuciou:

– Atrás da Montanha das Serpentes, do outro lado do oceano, há um estreito infestado de águas-vivas venenosas. Ao cruzar esse estreito a nado, encontrarás um velho ninho pertencente ao Corvo de Ouro. Traga para mim um ovo dessa ave.

O semblante de Orri tornou-se sombrio e ele se dirigiu à rainha.

– Isso é sério, minha senhora?

– E sou eu que determino por acaso? – perguntou ela. – Você mesmo escutou. Ouriço transmitiu-lhe a vontade dela. Se você prefere cruzar a nado o Estreito das Águas-Vivas a casar-se com uma de minhas filhas, faça-o como bem quiser!

– Devo receber isso como um insulto?

– Aquele que for suficientemente tolo e corajoso para cruzar a nado o Estreito das Águas-Vivas deve poder viver eternamente.

– Que assim seja! – disse o filho do duque. Ele deu meia volta e partiu, acompanhado por seus cavaleiros, e era possível escutar suas botas batendo no piso do palácio. Eles partiram cavalgando e desapareceram em meio à escuridão da noite.

Kári acompanhara atentamente o diálogo e repetia em sua mente o que ela dissera: *Nós esperamos que ela viva por muitos milhares de anos. Levá-la para o túmulo junto com você?* Estavam todos ficando loucos naquele palácio. Quando os dois se encontraram pela primeira vez, ele batia nos ombros de Obsidiana. Agora tinham ambos quase a mesma altura. Ele iria ficar mais alto e mais velho do que ela?

Exel estava sentado pensativo com a calculadora e bateu forte nela antes de dizer para Gunhilda:

– Minha boa senhora. Meus cálculos indicam que há apenas 0,04% de chance de ele terminar a travessia do Estreito das Águas-Vivas com vida.

– Cale-se, seu cabeça de contas! Não questione a vontade dos deuses! – chiou Gunhilda em tom áspero, e Exel ficou branco como giz.

<hr style="border:none;text-align:center">∼≽≼∼</hr>

Exel voltou para seus cálculos, até que se lançou de pé.

– Isso já foi longe demais! Vocês acabam de mandar nosso mais importante aliado para a morte certa. De acordo com os meus cálculos, isso trará um tremendo impacto ao andamento da guerra. E por que essa expressão no rosto da princesa? Eu fui encarregado de garantir a sua felicidade com medidas precisas. Vejam esse relatório!

Ele exibiu uma pasta diante de Ouriço e Gunhilda.

– O medo é a única coisa que o povo entende agora – disse Ouriço. – O medo é a única força que enche os cofres. O medo mantém o povo sob rígido controle, impedindo-o de se lançar às ruas e invadir o palácio atrás de comida.

– Eu exijo uma reunião emergencial! – disse Exel. – Eu quero uma declaração do rei de que isso esteja sendo feito com seu consentimento!

– Venha comigo! – disse Ouriço, e saiu com passos pesados. Exel o seguiu até um quarto no alto da torre. Havia corvos empoleirados grasnando em todos os parapeitos, com cartas por responder e solicitações.

Exel levantou o tom de voz para se fazer ouvir em meio à grasnada dos corvos:

– Não leva a nada mantê-la na praça o tempo todo. As pessoas não podem levar oferendas durante o dia inteiro. Elas não deixam mais dinheiro! Veja este gráfico!

Ouriço tirou um giz do bolso e traçou uma linha no piso diante da abertura da porta. Então rabiscou outra linha, e mais uma. Elas estavam tão próximas umas das outras que não cabia nem um pé nos intervalos.

– O que você está fazendo? – perguntou Exel. Ele tremia e balançava. Não podia chegar à porta. – Você pode fazer o favor de apagar essas linhas!?

Mas Ouriço cercou Exel com linhas, deixando-o de pé e imobilizado no meio do chão do quarto.

Ouriço riu, e suas correntes tilintaram.

– Fique aqui e vire pedra!

Exel pôs-se a gritar, mas ninguém o escutava. Os gritos eram sufocados pela grasnada dos corvos.

Ouriço percorreu o palácio e arrebanhou os contadores de Exel, todos vestindo ternos quadriculados. Abriu os portões do castelo e disse:

– Xô, xô. Vão embora! Vocês estão livres.

Eles partiram em fila única, com seus óculos e suas réguas. Caminhavam devagar e olhavam apavorados ao redor, para o mundo cruel e desordenado que os aguardava.

ENANTIODROMIA

O rei Dímon despertou com o sol da manhã e sentia-se otimista. Ouriço lhe enviara uma saudação de encorajamento e até Obsidiana adquirira espírito de batalha, havendo conversado com os deuses da guerra. Saiu de sua tenda para respirar o ar fresco e viu um corvo-correio pousado na lona. Em sua pata havia um bilhete amarrado:

Obsidiana conversou com os deuses. Eles lhe enviarão mais poder. Você deve seguir pelo vale e buscar reforços junto ao duque. No palácio tudo vai bem. Obsidiana está muito feliz. Com estima. Exel.

Dímon e seus homens cavalgaram ao longo do vale relvado, por onde um rio caudaloso fluía como uma serpente. Quando finalmente chegaram aos Estados do Oeste, viram que nas colinas e nos rochedos à sua volta havia soldados enfileirados para recebê-los. Dímon esperava por uma recepção senhorial e sentiu-se comovido quando os homens alçaram suas trombetas e entoaram um toque cerimonial. Ele seguiu em frente cavalgando, mas não havia sequer sinal de uma comitiva de recepção. O toque das trombetas, que começara como uma marcha leve, avolumava-se à medida que mais trombetas soavam, mas Dímon ficou apreensivo quando os homens começaram a bater os tambores com toda a força. A barulheira era tão ensurdecedora que os homens largaram suas armas e escudos para tampar os ouvidos com as mãos. Os cavalos arremessavam os cavaleiros do lombo, deixando-os prostrados de costas na terra com suas pesadas armaduras, esperneando como tartarugas. Os rinocerontes, enlouquecidos, arrastavam vagões e carros até deixá-los em cacos. O barulho era de trincar tímpanos, vidros e vasos de cerâmica, mas quando o som finalmente cessou e os homens restavam deitados com os ouvidos zunindo, uma nuvem encobriu o sol. Algo escuro surgiu no céu, como um imenso bando de aves migratórias.

– FLECHAS! – gritaram os homens, na esperança de se protegerem, mas era tarde demais. Elas mergulhavam verticalmente do alto ao solo como um bando de pelicanos sobre um cardume de arenques, e se cravaram com tudo na terra e nos elmos e nas couraças, em carne e em ossos. Dímon se protegeu com seu escudo de bronze atrás de um rinoceronte morto enquanto as flechas saraivavam o animal como a chuva no teto de uma tenda. As pontas dos projéteis não atingiram o rei.

Quando a tempestade cessou, seus homens jaziam amontoados na terra, muitos parecendo ouriços-do-mar, com incontáveis flechas saindo das costas. Dímon olhou apavorado para seu exército trucidado. Pegou uma flecha e viu o seu próprio brasão gravado na haste. As palavras da mulher no gelo ressoaram novamente em seus ouvidos: *Você não conquistará o mundo se não conquistar o tempo.*

– ISSO É TRAIÇÃO! – berrou Dímon, tão alto que sua voz retumbou nas montanhas. – Fui eu que mandei fabricar essas flechas! Fui eu que as enviei para cá! Fui eu que mandei treinar o exército! ESSE EXÉRCITO É MEU! NÃO OUSEM USAR MINHAS PRÓPRIAS ARMAS CONTRA MIM!

Suas palavras ecoaram e, quando ele escutou o eco, ouviu como se de fato suas palavras fossem estas: "Como eu ousei usar os animais contra as pessoas?".

Dímon olhou para cima e viu bem no topo da colina uma catapulta sendo armada. Não demorou e o projétil veio voando. Dímon deu um salto para o lado antes que um homem se esborrachasse aos seus pés. Era um mensageiro com um bilhete atado à perna. Dímon leu o bilhete:

Dímon, meu caro. Obrigado pela amizade duradoura. Esta recepção é condizente com aquele que ordenou a meu filho Orri que cruzasse a nado o Estreito das Águas-Vivas.

Dímon leu a mensagem e ficou atônito.

– Que loucura! Eu nunca o mandei nadar em lugar nenhum. A última vez que encontrei Orri, ele estava dançando no festival de abertura. Inspecionar tropa! – gritou Dímon, mas seu general não respondeu. Dezoito flechas estavam cravadas nas costas dele.

A tempestade de flechas fora tão intensa que a terra agora mais se parecia com uma plantação de trigo. Dímon perambulou pelo campo salpicado de mortos. Ele andava com as costas arqueadas, como um velho fazendeiro cuidando da sua lavoura. Encontrou Conselino embaixo de uma árvore, retirou duas flechas de sua coxa, uma de seu ombro, inspecionou seus ferimentos e ajudou-o a ficar de pé. Eles se puseram juntos a reunir o que restava do exército, coletaram espadas e elmos e recolheram e cremaram os mortos.

Recuaram por um desfiladeiro, mas foram emboscados por homens nas bordas dos penhascos, que lançavam para baixo pedras em chamas. Muitas cabeças foram esmagadas e colunas dos cavalos foram quebradas. Homens em chamas corriam aos berros. Dímon se escondeu sob a carcaça de um elefante, enquanto os pedregulhos precipitavam-se na terra. Em meio à tormenta, ele viu claramente uma mulher passando aos pulos, levando consigo uma presa de narval retorcido. Ele rangeu os dentes com tanta força que saíram lascas de seus molares. Escreveu uma carta para casa e amarrou-a à pata de um corvo.

Filha querida,
Aos poucos estamos chegando mais próximos de atingir nossa meta. Em breve o sol da vitória de Pangeia brilhará de novo!
Com muito amor, papai.

Enquanto o rei ia rabiscando suas palavras de otimismo no bilhete, seu contador chefe Exel continuava preso no alto da torre dos corvos. Ele olhava apavorado para todas as linhas que o cercavam. Elas eram densas e aterrorizantes como uma teia de aranha.

Exel tentou pisar numa linha, mas não conseguiu. O corpo se enrijecia e os pés negavam-se a obedecê-lo. Tentou chamar a atenção dos guardas com acenos e pulos, mas estava tão camuflado diante das paredes acinzentadas que ninguém o via. Exel inseriu dados na calculadora e chegou à conclusão de que morreria de fome e sede se não escapasse dali. Apanhou um papel, escreveu uma mensagem para o rei e atou-a à pata de um corvo, que mandou partir:

> *Erro de sistema no palácio, poucas forças, muitos temores, chance pequena. Cantos dos lábios da princesa apontam para baixo e indicam infortúnio. Ouriço e Gunhilda jogam aliados contra você. Resultados do cômputo indicam que eles querem seu fim.*

Exel não tinha nada para dar ao corvo, então perfurou o próprio dedo e lhe deu um pouco de sangue. O corvo grasnou alegre e saiu voando. Exel sentia calor, sede e fome. Tentava matar o tempo calculando o volume do quarto, mas o teto era cônico e calcular o volume de um cone era um tanto complexo. Mas então lembrou-se dos bons e velhos tempos, quando sentava-se nessa mesma torre e ensinava os corvos a buscar ouro. Exel sussurrou o encantamento de ouro dos corvos, que trouxera tanta riqueza ao reino muito tempo atrás. Os corvos se calaram, viraram as cabeças para um lado e para o outro e sumiram dali. Voltaram à noite aos milhares, trazendo tesouros reluzentes.

Exel ficou muito contente e passou a contar o que os corvos apanharam. À noite, o ouro já chegava aos seus ombros e, antes que se desse conta, somente sua cabeça estava para fora do monte. Exel tentou dizer para as aves pararem, mas não se lembrava do último verso do encantamento. Então os corvos pousaram ao redor da sua cabeça e começaram a bicá-lo.

A LOJA DE BRINQUEDOS ABANDONADA

Marcos ouvia a história de Rosa e começava a se sentir nervoso. Enquanto corvos se juntavam gritando nos galhos da árvore lá fora, ele pensava em seus amigos e irmãos e na menina por quem tinha uma pequena queda. Pensava também em sua avó e seu avô, que viviam no norte do país. Estariam todos congelados nas caixas lá também? Estariam as cidades assim em toda parte do mundo? Como era possível ter acontecido de todos fugirem do tempo? Todos mesmo!

– Com licença – disse Marcos educadamente –, mas nós não podemos simplesmente ficar sentados aqui ouvindo uma história. Nós temos que fazer alguma coisa imediatamente.

– Eu já tentei – disse Rosa. – Eu preciso terminar de contar a história.

– Nós temos que achar um jeito de abrir as caixas e tirar as pessoas de dentro.

Rosa suspirou e olhou as horas.

– Eu posso então fazer um pequeno intervalo.

Ela foi apanhar sua mala e procurou uma chave hexagonal para ele.

– Pegue isto. Abra a caixa de quem você bem entender.

– Você tem uma chave hexagonal?

– Claro.

– E eu posso abrir qualquer caixa que eu quiser?

– Digamos que sim – disse Rosa.

– Boa ideia! Quem vem comigo? – disse Marcos esperançoso, e meteu os sapatos nos pés.

– Eu vou – disse Vitória, e correu atrás dele.

– Retomarei a leitura dentro de duas horas – disse Rosa.

Vitória e Marcos partiram correndo. Perguntavam-se quem teria as respostas para o que se passava. Vitória olhou atentamente à sua volta e bateu os olhos no prédio do parlamento, escondido atrás de uma cerca de moitas de espinhos.

– Rosa disse que poderíamos abrir a caixa de qualquer pessoa – disse Vitória. – Os parlamentares devem saber o que aconteceu.

A porta estava entreaberta e os dois espiaram o corredor revestido de mármore lá dentro. Páginas soltas e papéis rodopiavam ao vento como folhas de outono. Em uma parede havia bustos e retratos empoeirados de ministros e parlamentares. Na outra parede estavam os próprios políticos, enfileirados, banhados em luz azulada. Marcos examinou as caixas e reconheceu um deles da televisão. Enfiou a chave hexagonal no orifício e abriu a tampa.

– Por que vocês estão me perturbando? – perguntou o homem, em tom de irritação. Ele tinha o semblante cansado e trajava um terno cinza.

– Você não é ministro? – disse Marcos.

– Eu não sei, em que ano estamos agora? – perguntou o homem. Ele olhou para um medidor na caixa e respirou aliviado – Não, eu não sou ministro e não tenho nenhuma responsabilidade.

– Mas como? – disse Marcos. – Está escrito *ministro* na caixa.

– Não, o mandato acabou – disse ele, retirando a placa com o título do cargo. – Até mais. Não sairei antes que o sistema financeiro esteja em ordem.

– E quando isso vai ser?

O homem deu de ombros.

– Quando a situação se ajeitar. Mas agora eu estou cansado. Foi um período eleitoral difícil. – Ele apontou para outra caixa. – Fale com a oposição. Eles sempre se acharam os sabichões.

O homem bateu a tampa e se fechou na caixa. As crianças andaram até uma outra, onde estava uma senhora de meia idade usando blazer. Tinha a expressão um pouco dura. Vitória abriu.

– O quê? – perguntou a mulher. – Em que ano estamos agora? – Ela olhou para o relógio. – Ah, sim. O mandato finalmente acabou. Como está a situação?

– Está tudo em escombros – disse Marcos –, a situação é muito grave.

– É claro! – disse a mulher com um sorriso triunfal. – Bem como eu havia previsto. Não aponte para mim. Eu não cheguei perto de nada, fiquei aqui o tempo todo. E, por sinal, eu não tenho nenhuma intenção de botar as mãos na esbórnia deixada pelo último governo!

– Mas alguém precisa fazer alguma coisa! – disse Vitória.

– Sim, mas o que acontecerá se eu assumir? Os mesmos idiotas de antes vão simplesmente se reeleger quando tudo estiver em ordem. Pode escrever!

– Venha – sussurrou Marcos. – Isso é inútil.

A mulher bateu a tampa e se fechou em sua caixa. Os dois correram juntos até um lar de idosos e encontraram a avó de Marcos em uma caixa dentro do almoxarifado. Eles afastaram cadeiras e criados-mudos e abriram-na.

– Olá, meu querido Marcos – disse sua avó.

– Vó, você tem que me ajudar. Todas as pessoas do mundo desapareceram!

– Eu sei de tudo isso, meu molequinho – disse sua vó.

– Ajude-nos. Nós precisamos tirar todos das caixas antes que seja tarde demais. Venha conosco, vó! Você se lembra de como o tempo era nos velhos dias.

– Ai, não sei – disse ela.

– Vamos, venha!

Pela janela podiam ver um muro com vários anúncios meio apagados.

VOCÊ QUER QUE A CRISE
PREJUDIQUE SEUS FILHOS?
TIMAX®

PREVISÃO DE VENTOS FORTES E CHUVA
PARA TODO O PRÓXIMO ANO!
TIMAX®

OS PIORES ANOS DE SUA VIDA ESTÃO POR VIR?
TIMAX®

– Não me restam muitos anos bons, Marcos, querido. Eu nasci na Grande Depressão e não quero gastar meus últimos anos com uma trabalheira como essa.

– Mas, vó – disse Marcos –, nós vamos abrir mais caixas. Vamos reunir as pessoas e criar uma pequena sociedade, e então haverá mais gente participando.

– Ih, você está começando a falar como um daqueles hippies!

O quarto não tinha aquecimento. A avó de Marcos tremia e olhava para o papel de parede que estava descolando.

– O café da esquina abriu?

– Não – disse Marcos.

– Isso não vai dar certo, Marcos querido. Vá logo para casa.

❧

Vitória e Marcos deixaram o lar de idosos e foram tentar com seus amigos.

– Oi! Você quer sair da caixa?

Mas todas as respostas eram sempre iguais. Seus amigos olhavam apavorados para o mundo e então diziam, hesitantes:

– Não, eu certamente não posso. É muito perigoso lá fora. Eu prometi para minha mãe que esperaria aqui.

Encontraram o padeiro.

– Bom dia, você pode abrir de novo a padaria?

– Não há ninguém para comprar os pães.

Encontraram um médico.

– Não há pacientes e o campo de golfe virou mato.

Vitória tinha a intenção de abrir a caixa de seus pais. Parou diante deles com a chave hexagonal, mas colocou-a de novo no bolso.

– Eles certamente vão me mandar voltar para a caixa – disse ela com um tom triste, e deixou sua casa com um nó na garganta.

Vitória e Marcos passaram em frente a uma loja abandonada. *Loja de Brinquedos do Magni*, estava escrito na janela. Do lado da loja havia uma enorme placa pintada a mão:

CHEGARAM OS BRINQUEDOS DE FEVEREIRO
Pipas! Pás de Praia! Capas de chuva!

Marcos tentou abrir a porta e ela estava destrancada. O ar lá dentro era pesado. Bonecas e ursos de pelúcia empoeirados nas prateleiras, caixas de brinquedo amareladas, aviões de controle remoto, carros e carrinhos de boneca. Um homem já mais velho estava de pé, como um manequim congelado, dentro de uma caixa preta no estoque da loja, em meio a aeromodelos e quebra-cabeças empoeirados.

Por toda parte havia latas de tinta e placas com letras meio apagadas:

TODO DIA É UMA AVENTURA
O poder da imaginação vence O TEMPO!

Escutaram atrás de si uma voz. Era Rosa.

– Ele foi o último – disse ela. – Ele tinha preparado placas para pendurar por toda a cidade.

As crianças observaram as placas.

TEMPOS BRILHANTES SE APROXIMAM
TUDO EM RUÍNAS = BASTANTE TRABALHO!

– Ele era um homem otimista, mas desistiu depois de passar um ano sozinho na cidade. Então, fechou a loja e arranjou também uma caixa para si.

– Isso é um absurdo – disse Vitória. – A vó do Marcos não quer sair da caixa antes que o café esteja aberto. A senhora política não tem intenção de assumir a esbórnia da administração anterior. As crianças não têm coragem de sair para brincar. Todos ficaram completamente malucos.

– O problema é que as caixas facilitaram a procrastinação – disse Rosa. – Tornou-se muito fácil adiar a solução dos problemas. É como se deixar beliscar de leve, gentilmente.

– Então as próprias pessoas é que decidiram que é assim que mundo deve ficar?

– Num certo sentido – disse Rosa.

– Então não há o que possamos fazer?

– Há, sim, eu acho. Nós temos que terminar a história.

CORRA, MENINO

Kári esgueirou-se até sua casa, levando comida para sua tia. Borghilda entrou em pânico quando ele surgiu na porta. Ela o fez entrar rápido e cochichou:

– Você tem que ir para longe. Vieram uns homens atrás de você. Eles reviraram a casa toda. Eu não sei quem eram. A maioria dos meninos da rua foi levada para o exército. Até os mais novos que você. Aqueles que perdem uma mão ou um pé e voltam para casa consideram-se felizardos. Você precisa fugir.

– Para onde? – perguntou Kári. – Para onde?

– Você já tem quatorze anos, Kári, já é quase adulto. Tente ir para o norte. Tente chegar às terras que Dímon perdeu. Lá ainda há paz. Vá embora depressa!

– Mas e meu pai?

– Não adianta esperar até que a guerra termine. Você tem que ir!

– E quem vai cuidar de você?

– Não adianta pensar nisso. Eu me viro.

Kári apanhou provisões e roupas rapidamente.

Ele percebeu que o santuário sagrado tinha sumido. O pequeno altar dedicado à Princesa Eterna não estava mais ali.

– Onde está o santuário? – perguntou Kári. – Onde está a imagem de Obsidiana?

– Aquela bruxa maldita? – perguntou Borghilda, vociferando. – Não diga o nome dela em nossa casa! E fuja! Vá para o mais longe que puder! Esta cidade não é lugar para meninos da sua idade.

Ela abriu um pequeno baú, de onde retirou um elefante entalhado em osso de baleia. O elefante tinha uma pedra azul em um dos olhos e dentro da pedra havia uma gota vermelha. O outro olho faltava. Kári segurou a relíquia na palma da mão.

– Isto era da sua avó, minha irmã. Os guardas do rei a levaram quando seu pai era pequeno, e ela nunca mais voltou para casa.

Borghilda deu-lhe um abraço apertado e afetuoso.

– Tome cuidado – disse ela.

Os dois choraram e Kári se foi.

Em vez de deixar a cidade, seguiu em direção ao palácio. Encontrou a toca de coelho e se esgueirou direto para o salão onde ficava a arca. Ele precisava saber o que tinha acontecido. Cedo ou tarde a princesa teria que ser trazida para dentro de novo. Ele se dirigiu para o quarto dos fundos junto à escada espiral quebrada, atrás da pequena claraboia. Limpou a poeira e ajeitou um esconderijo para si.

Os dias eram longos e ele achou buracos e portas nos quais podia permanecer sentado horas a fio, assistindo à vida da corte. Isso quando não se dirigia às abóbadas e praticava tiro com um arco que encontrara num antigo depósito de armas. Frequentemente deitava-se no alto da velha torre de vigia e olhava as estrelas girando sobre sua cabeça. A cidade era silenciosa à noite, nenhuma cantoria e menos chamas nos lampiões. No máximo ouviam-se os guardas do templo enxotando cães de rua.

Kári já conhecia de cor as trocas de turno da guarda e sabia que as duas irmãs ficavam indispostas à noite. Uma delas se esgueirava regularmente para fora dos aposentos e mantinha encontros amorosos com um guarda. A outra parecia sofrer de dores de cabeça, permanecia sentada na cama e murmurava algo consigo mesma. Gunhilda vagava pelos corredores como um leão enjaulado. Ele escutou uma conversa quando Ouriço Kórall levou a ela uma mensagem de Obsidiana:

– Ela não está contente com você hoje. Você tem que cuidar dos seus pensamentos, do contrário ela falará coisas ruins a seu respeito para os deuses.

Kári aprendeu a se locomover pelas vigas do teto no escuro. Ele já conhecia cada tábua e cada espaço entre as paredes. Encontrou esconderijos nos quais podia passar o dia todo sem ser visto. Entretinha-se assistindo aos pintores da corte e observava como eles manejavam pincéis, estendiam telas, traçavam linhas, pintavam a base e em seguida camadas e mais camadas, por fim misturando pós coloridos para preparar tinta. Era fascinante ver os rostos aparecendo nos quadros, além de cavalos e montanhas, navios e terríveis batalhas.

À noite Kári analisava as pinturas de perto. Aqui, andaimes diante de pinturas inacabadas do reino e sua glória. Ali, um retrato de Dímon rodeado de soldados e animais, nitidamente pintado antes de o reino ter se partido ao meio. Mais adiante, Dímon com uma corrente no ombro, empurrando um rochedo que representava a Grande Fenda. Kári imaginou que o soldado postado com um arco atrás do rei fosse seu pai. Do outro lado havia retratos inacabados do quadriculado Exel e ao fundo alguém começara um retrato da formosa Obsidiana dentro da arca de vidro. Atrás dela havia os contornos do rei, da rainha e das duas irmãs. O rosto de Obsidiana estava quase pronto, mas não se parecia nada com o dela. *Eu a teria pintado melhor*, pensou Kári.

Ele encheu os bolsos com pincéis e tinta e se esgueirou de volta até o quarto nos fundos. Estendeu um tapete grosso diante da janela para poder iluminar o ambiente com velas durante a noite sem que ninguém percebesse. Observou as paredes de pedra cinza e pensou no tempo que já se passara desde que estivera ali pela primeira vez, quando era um menino pequeno. Pensou nas histórias que Obsidiana lhe contara e deu vida a elas nas paredes em volta de sua toca. Pintou um retrato de Obsidiana, em que ela segurava um grande peixe dourado com dois pequenos cervos aos pés. Trabalhou durante todo o inverno, e continuou pintando na primavera, cada vez com mais precisão. Desenhou pássaros brancos e aves de rapina e corvos numa torre. E então chegou à parede seguinte, onde pintou uma floresta inteira cheia de animais estranhos, um panda vermelho e um elefante caolho. Depois pintou o céu azul e nuvens no horizonte; no canto pintou uma marreta e uma arca quebrada, com o tempo acariciando Obsidiana como uma brisa fresca. A julgar pela expressão em seu rosto, ela estava livre.

Os dias se passaram e Kári tornara-se pálido pela reclusão. Ele não ia a parte alguma, exceto para buscar comida e mais tinta, e sua única companhia era um rato, que beliscava as migalhas de suas refeições. Ele se esgueirava com muita cautela, um passo em falso significaria sua morte. Observou os quadros em que os pintores estavam trabalhando, inspecionou o rosto de Obsidiana e balançou a cabeça. Mergulhou um pincel na tinta e fez um retoque branco no nariz. Adicionou brilho ao cabelo e consertou o canto das pálpebras. Inseriu luz nos olhos e um pouco mais de vermelho nos lábios, levantou a testa e acrescentou sombra, obedecendo à posição do sol na pintura. Quando o pintor reapareceu de manhã, o rosto perfeito de Obsidiana tinha surgido no quadro. Estava claro que forças misteriosas agiram.

ELES DE NOVO

Pintar ajudou Kári a se esquecer do tempo e do fato de que não havia jeito de aproximar-se de Obsidiana. Até que um dia, escutou ordens sendo gritadas para os guardas:

– Mais prontidão esta noite! A arca será aberta e a princesa se apresentará ao público!

O coração de Kári disparou. Ele precisava chegar à praça, mas as ruas não eram seguras. Caminhou pelos telhados das casas, até que avistou o brilho da arca que vinha do templo. Ficou triste ao ver a expressão aterrorizante no rosto de Obsidiana. Ela praticamente emanava trevas. Ele tinha que fazer alguma coisa, mas o quê? Sentia tanta falta dela.

O sino do templo soou e os habitantes da cidade foram conduzidos à praça. Os monges apanharam a arca e a carregaram com pompa até a sacada. Ouriço Kórall andou com suas correntes chocalhando até a arca, que estava de pé junto à borda, e abriu-a com um movimento peculiar. Assim, libertou a careta de Obsidiana da prisão, e a expressão tornou-se um urro, um urro tão terrível e penetrante que se espalhou pela cidade como um calafrio.

– Dê um passo à frente – disse Ouriço.

Obsidiana aguçou a vista. O povo tremia. *Vejam essa face pálida, os cabelos negros como a noite, os lábios sedentos de sangue.*

Ela olhou ao seu redor, com os olhos ainda cheios de raiva e ódio. Kári não pôde fazer nada. O coração batia acelerado em seu peito. O que tinha acontecido? Ele jamais a viu assim, tão cheia de maldade.

Ouriço tinha os braços erguidos.

— Alguém quer sentir a fúria dela?

Obsidiana gritava para ele. Um bando de corvos-correio alçou voo e pôs-se a circular em torno das torres. CRA! CRA! CRA! O pânico se alastrou entre a multidão. Crianças choravam e mulheres gemiam, enquanto os guardas arrancavam das pessoas pães e roupas, cereais e adereços. Obsidiana tornara-se símbolo de tirania e opressão, injustiça e ganância. Ela ainda estava gritando quando os monges fecharam a arca, e então seu semblante congelou-se em um berro mudo. Assim que o berro foi fechado dentro da arca, socos e empurrões foram trocados na praça, e logo se via uma pancadaria generalizada. Kári se preparava para escapulir pelos telhados quando foi subitamente cercado por três homens.

— Bruxa horrorosa — disse o homem mais velho, cuspindo na direção dela.

Kári perdeu o chão. Ele reconheceu a voz.

— Por onde você andou? Nós estamos atrás de você faz tempo.

Os homens vigiavam sua rota de fuga.

— Manchas de tinta? Onde você esteve?

— Invadi o ateliê de um pintor — disse Kári. — Mas ele não tinha nada de valor. O que vocês querem?

— Venha conosco — disseram.

Arrastaram Kári telhado abaixo e seguiram com ele até uma taberna. Era uma espelunca, e o ar cheirava a bêbados desacordados. O homem que parecia ser o líder fumava um cachimbo. Desde que a parte ocidental de Pangeia desaparecera, parecia praticamente impossível conseguir tabaco.

– Você cresceu, menino.

Kári olhou ao redor. Era o homem que o fizera engatinhar dentro do túmulo. Ele agora usava uma barba fechada.

– Sim – disse Kári. – Crianças crescem.

– Você está pálido, mas fortinho. Onde consegue comida? – disse o homem, beliscando o braço de Kári.

– Eu dou um jeito – disse Kári, suando. *Será que eles descobriram algo?*

O homem riu de sua reação e deu-lhe tapinhas fortes nas costas.

– Você se vira, você é cheio de recursos. Eu gosto disso. Precisamos de homens assim.

Kári estava cabisbaixo.

– Você está muito chateado, rapaz – disse o homem, endurecendo. – Nós fomos um pouco maus com você antes? Hein? Você não fez nada que nós mesmos não tenhamos feito em algum momento. Você se saiu bem com a gente – disse ele. E continuou: – Reconhece esta espada? – O homem desembainhou uma espada e mostrou-a a Kári. – Esta espada matou muitos desde que você a pegou para mim. Você parecia um macaquinho quando subiu no apartamento do mercador – disse ele, afagando a lâmina afiada.

– O que vocês querem? – perguntou Kári.

O homem subitamente assumiu uma expressão séria.

– Nós estávamos à sua procura. Temos informações sobre o paradeiro do seu pai.

Kári sobressaltou-se.

– Seu pai tombou morto em batalha.

Kári empalideceu.

– Não – disse ele. – Não pode ser!

– O rei proibiu todas as notícias de mortes no exército. Mas nós sabemos a verdade.

O homem agora estava mais gentil do que antes, quase compassivo. Pôs a mão amistosamente no ombro de Kári.

– Nós temos uma testemunha que estava na tropa quando ele tombou no ataque Passagem do Penhasco.

– Por que eu deveria acreditar em vocês?

– Eles mentem para manter a ilusão viva – disse uma voz às suas costas. A voz vinha de um homem maneta que estava postado na sombra. – Lá, morreram meu filho e meus três irmãos. Sabia-se que a batalha estava perdida, mas mesmo assim nos mandaram avançar. Eu vi quando seu pai morreu. Ele era um homem forte, o seu pai.

– Não – disse Kári. – Vocês estão mentindo!

– Nós temos a lista aqui. Pegamos o documento da tenda do rei no acampamento militar.

Ele folheou o documento, que continha uma longa lista de nomes, e apontou-lhe um deles.

E foi então que Kári desmaiou.

COM OS REBELDES

Kári acordou em uma cama confortável. Trouxeram leite para ele beber.

— Você deve estar com fome e cansado — disse uma mulher bondosa.

Kári se pôs de pé. Não sabia bem onde estava, mas havia meninos da sua idade e alguns homens mais velhos que conversavam em voz baixa. A casa era quente e confortável, e uma fogueira crepitava. Homens entraram e a mulher os recebeu com alegria.

— Vocês estão sãos e salvos!

— Sim, mãe — disse um dos recém-chegados. Ele se parecia com a mãe; tinha densa cabeleira ruiva e olhos verdes. Kári o reconheceu: era um dos pivetes que o tinham mandado entrar na casa do mercador.

A mulher levou o jantar à mesa. Fazia muito tempo que Kári não se sentava à mesa junto a uma lareira crepitante. Ele devorou com satisfação um prato de arroz e sopa de beterraba, na qual havia alguns pedaços grossos de carne. Ao término da refeição, os homens conversaram.

— Eu acredito que nada do que for dito aqui sairá deste grupo. Acredito que vocês jurem pela memória de seus pais e irmãos. A jornada de Dímon, o cruel, chegou ao fim. Seus malfeitos têm que parar. Não existe um único ser humano nesta terra que não tenha sofrido tormentos decorrentes de sua tirania. Ele fez os animais se voltarem contra as pessoas e sacrificou milhares de vidas.

– Psiu! – disse a mulher. – Não fale assim. As paredes têm ouvidos.

– Não têm mais – disse o homem. – Os guardas não ousam tentar mais nada contra nós. Nós sabemos onde eles moram – continuou ele com a voz mais elevada ainda, como se estivesse dando um alerta caso houvesse algum espião por perto. Dirigiu-se então novamente a Kári:

– Dímon é um monstro e sua filha é ainda pior.

– Eu ouvi dizer que ela perambula durante a noite com um espírito maligno que eles chamam de Príncipe Negro – disse o outro homem.

Kári ergueu os olhos e aguçou os ouvidos.

– Como? Príncipe o quê?

– Príncipe Negro. Eles foram vistos primeiro na praça há alguns anos, e têm sido vistos vagueando pelo palácio nas luas cheias.

Kári suava. Engoliu em seco. Será que alguém os tinha avistado no palácio?

– Eu já ouvi histórias arrepiantes sobre eles – disse então a mulher. – Certa vez, uma moça desconhecida chegou a uma fazenda e pediu à dona do lugar que acolhesse o seu bebê. Ela o levou para dentro e o acomodou no berço ao lado de seu próprio recém-nascido. No meio da noite escutou ruídos de mordidas e mastigação e foi verificar. E então ela viu que não era um bebê, mas uma criatura que tinha devorado seu filhinho até o último pedaço. A criatura olhou para ela e rugiu. A mulher disse que possuía a mesma expressão que nós vimos na praça. Eram, então, Obsidiana e o Príncipe Negro.

– Que baboseira! – disse Kári, mas logo se arrependeu de ter aberto a boca.

Os homens se calaram e olharam para ele. A mulher riu.

– Certo, certo, você se acostumou a adorá-la, não é mesmo?

– O que nós vimos com os próprios olhos é pior do que os contos populares – disse o homem ruivo. – Exel, o mau, o contador do rei, calcula como exaurir nações inteiras. Mulheres e crianças são apenas números em sua cabeça. Foi ele que mandou o rei quebrar o acordo e incitar os animais contra pessoas indefesas.

O homem derramou água quente num bule para fazer chá.

– Eu sei disso por minha própria experiência. Meu avô se chamava Mikael. Ele fez a estátua que fica na praça. Era um artista magnífico e considerou que seria capaz de preservar a beleza de Obsidiana pela eternidade. O rei ficou furioso ao ver que estava inscrito "Mikael" no pedestal e não "Obsidiana", por isso ordenou que o jogassem aos leões. Dímon era louco décadas atrás, mas está louco em dobro agora.

Um outro homem deu um passo à frente, saindo da sombra:

– Eu era membro da tropa que avançou à Cidade de Ouro algumas semanas depois que os homens de Dímon tinham invadido e saqueado o local. Foi trágico. Hienas ainda vagueavam, comendo restos de mortos. Nós achamos uma criancinha com vida. Ela estava esfomeada e deitada enrolada como um bichinho. Nós nunca nos esqueceremos daquilo.

– As vitórias eram mesmo mais horríveis do que as derrotas – acrescentou outro.

Eles ficaram em silêncio por um longo instante. Então olharam para Kári.

– Nós precisamos de você.

– Ah, é?

Kári tentou engolir um bocado de pão, mas sua garganta estava seca. A mulher adicionou leite ao seu copo.

– O reinado de terror de Dímon já durou tempo demais. Dímon e a princesa não viverão para ver a próxima lua cheia.

Kári engasgou-se com o leite. Os homens que estiveram calados ao lado do líder pareciam agora nervosos.

– Você está falando alto demais – sussurrou um.

– Relaxe – disse o homem.

– Isso vai chegar ao palácio.

– Quem aqui pretende dedurar? – O homem olhou ameaçadoramente à sua volta. – Alguém se lembra do Finnur? Vocês sabem o que acontece com quem é boca-aberta. – Ele se virou bruscamente para Kári:

– Vale para você também. Você sabe escalar e por isso precisamos de você. Apenas lembre-se do que causou a morte do seu pai. Fique de prontidão. Você será procurado.

– Quando?

– Esse é o tipo de pergunta que só espiões fazem – disse o homem, lhe lançando um olhar ameaçador. Ele sacou um mapa amassado. Era um desenho antigo do palácio, com possíveis caminhos de entrada assinalados.

– É possível escalar sem ser visto por um flanco do castelo, ao lado do mar. Aqui há uma torre de vigia abandonada – disse ele, apontando no mapa. – Era impossível escalá-la, mas nos últimos anos os galhos com espinhos cresceram em suas paredes externas. Um homem leve poderia subir por ali e chegar a essa janela aqui, de onde parte um corredor, e a arca fica aqui. – Ele apontou com o indicador para o quarto que Kári conhecia tão bem.

Kári precisou se controlar. Ele conhecia o palácio como a palma de sua mão. *O mapa está defasado*, pensou ele. A porta que eles pretendiam usar já tinha sido concretada. Ele disse o mínimo possível, para não lhes dar boas ideias. Mas a subida pelos galhos de espinhos o tomou de surpresa e ele ficou com medo. Obsidiana certamente não estava a salvo no castelo.

O homem continuou.

– É trabalho para dois homens. Vocês precisam ajudar um ao outro para subir pelos galhos de espinhos. Chegando ao alto, vocês seguirão ao longo do corredor até o quarto da princesa. Então será necessário ter mãos velozes.

– Nós? Eu vou ter que escalar até ela? – perguntou Kári.

– Você consegue escalar. Você já rastejou dentro de tumbas. Você consegue fazer isso. Você e ele.

O homem apontou para o menino ruivo com olhos verdes.

– Ele é novo, mas já esfaqueou antes.

– Esfaqueou? Esfaqueou o quê? – perguntou Kári.

Os homens olharam de esguelha uns para os outros, um deles fez que sim com a cabeça e continuou.

– Nós temos para você uma tarefa muito importante. Você aguenta a responsabilidade?

Kári fez um gesto afirmativo com a cabeça.

– Você abre rápido a tampa da arca e ele a esfaqueia no coração. Cuide para não a olhar nos olhos, ela pode lançar uma maldição sobre vocês.

Kári olhou congelado para o mapa. O chão desaparecera sob os seus pés.

– Esfaqueá-la?

– Livrar o mundo da princesa é o jeito mais fácil de derrubar Dímon. Ela é um monstro. Ela custou ao mundo indescritíveis tormentos, inclusive causou a morte do seu pai, Kári. Você está com medo? Tem coragem para isso?

Kári fez que sim com a cabeça.

– Eu consigo.

***

Os homens se afastaram um pouco e cochicharam algo entre si. Kári observava as pessoas ao redor: estavam sentadas comendo, remendavam suas roupas e afiavam espadas. Ele sentia um peso no estômago. O homem voltou.

– Quer ficar aqui? Você tem para onde ir?

– Não, está tudo bem, eu tenho onde ficar – disse Kári.

– Nós lhe daremos o sinal – disse o homem. – Mantenha a boca fechada, mesmo que eles arranquem suas unhas. É mais fácil chegar a ela dentro do castelo do que na praça. Lá precisaríamos sacrificar cinquenta homens. No castelo serão dois no máximo.

– *Sacrificar* dois? – perguntou Kári.

– Vingar o seu pai não está livre de riscos – disse o homem. – Nós não prometemos nada, e tudo pode acontecer. Não chame muita atenção. Obsidiana será levada para o castelo esta noite. Nós sabemos que ela ficará lá pelos próximos dias.

Kári se foi e desapareceu na escuridão. Estava nublado e não havia estrelas nem lua para iluminar seu caminho. Ele seguiu tateando por ruelas estreitas, cuidando para que ninguém seguisse em seu encalço. Quando, por fim, chegou à toca de coelho, deitou-se no chão e chorou. Seu pai não voltaria. O rei Dímon o mandara para a morte certa. Ela estava imobilizada na arca como uma bruxa uivante e os rebeldes queriam que ele a matasse. O mundo estava desabando.

Quando Kári chegou ao quarto dos fundos, ouviu vozes vindas dos aposentos de Obsidiana. Ele se pôs a escutar.

– Veja este grito – disse Ouriço. – Um grito poderoso, congelado.

Gunhilda permaneceu calada.

– Você não diz nada – disse Ouriço.

– Eu não preciso dizer nada – disse Gunhilda. – Ela lê os meus pensamentos.

– Você era tão linda – disse Ouriço. – Eu não entendo por que o rei deixa o tempo avançar sobre você impiedosamente. Ele permitiu que a sua beleza escoasse entre os dedos, embora a arca pudesse ter conservado o seu frescor juvenil.

– Dímon não pensa em mim – disse ela.

– Não pensa, ele é indiferente a você e às suas filhas. Ele só pensa em poder. Aquele que possui a arca pode vencer o tempo e governar o povo.

Gunhilda não disse nada em resposta.

– Você está calada – disse Ouriço.

– Sim, você sabe em que estou pensando – disse Gunhilda.

As correntes tilintaram quando Ouriço andou mais para perto dela.

– Eu percebo claramente. Você a odeia. Você considera que a arca deveria ser sua.

Gunhilda não respondeu.

– Você anseia pela beleza eterna.

Gunhilda apressou-se porta afora. Ouriço permaneceu de pé, acariciando a tampa da arca e cantarolando:

– *Você é tão bonitinha, bonitinha, e logo será minha, minha, minha.*

Ele deixou a sala e selou a fechadura com uma batida.

Kári esperou até que tudo estivesse completamente quieto. Então espremeu-se para fora do buraco e se esgueirou até a arca. Observou a careta de perto. Os olhos estavam esbugalhados como os de um gato; os dentes, brancos como os de um predador. Em que ela estava pensando quando o tempo parou? Ele se perguntou se acaso ela não teria realmente se transformado num ser maligno. Levantou a tampa da arca e o rugido ganhou vida.

OBSIDIANA E KÁRI

Obsidiana rugiu. Kári deu um pulo para trás.
– Ei! Sou eu! – sussurrou ele.
Obsidiana deu uma olhada rápida ao seu redor antes de se lançar em seus braços.
– KÁRI! Você veio! Diga para mim, o que está acontecendo no mundo do tempo?
Obsidiana notou um estranho sentimento movendo-se em seu peito. Pensou consigo mesma se os sentimentos podiam se infiltrar na arca enquanto tudo o mais ficava parado. Ela tinha ficado com saudades de Kári. Obsidiana olhou para ele.
– O quê? – perguntou ele.
Obsidiana estendeu a mão e tocou-o na ponta do nariz.
– Você veio com um nariz tão grande. E sua voz mudou!
Ele corou e levou a mão ao nariz. Ela apertou suas bochechas.
– Aqui tem uma cicatriz – disse ela, e afagou sua mão. – E aqui também, a sua orelha parece a de um gato selvagem.
– Eu me meti numa briga – disse ele. – Venha, nós não temos tempo! Não podemos conversar.
– Fique reto – disse ela. – Você está gigante!
Ele fez um sinal para ela não falar alto.
– Venha, nós não temos nenhum tempo a perder.

Ele a puxava consigo.

– Faz quanto tempo desde que nos vimos da última vez?

– O festival de abertura foi há dois anos.

– Eu não acredito em você! – disse Obsidiana, e fez a careta de novo. – Como você pôde fazer isso comigo? Você prometeu que viria!

– Eu tentei – disse Kári. – Eles a mantiveram no templo noite e dia. Não havia nenhum jeito de fazer contato. O sacerdote da corte, Ouriço, tinha dado essas ordens. Venha, se apresse!

Obsidiana ficou calada.

– Mas e meu pai? – perguntou Obsidiana.

– Está na guerra ainda.

– Como anda a guerra? – perguntou Obsidiana.

– Meu pai nunca voltou para casa. Recebi a notícia de que ele morreu.

– Oh – sussurrou ela. – Que triste.

– Nós precisamos ir, Obsidiana. Não temos nenhuma outra alternativa. Os rebeldes querem matá-la.

– Quem?

– Você não os conhece. Eles acham que você é uma bruxa. Ouriço Kórall e Gunhilda querem o seu mal. Eles sabotaram o rei. Venha!

Kári tentou puxá-la em direção à pequena claraboia atrás da cortina.

– Não, eu quero saber o que está acontecendo – sussurrou ela.

Kári estava impaciente e se apressou a explicar enquanto a arrastava para o buraco.

– Orri, o filho do duque de Campina, pediu sua mão.

– O quê? – disse ela. – Mesmo?

– Sim – disse Kári. – Mas Ouriço leu os seus pensamentos. Você disse que ele não era digno de se casar com você, a não ser que cruzasse a nado o Estreito das Águas-Vivas.

Obsidiana lhe lançou um olhar de descrença.

– Não é verdade!

– Ele se afogou e o duque se vingou. Por pouco Dímon não foi morto.

Obsidiana sobressaltou-se.

– Onde ele está agora?

– As notícias não são muito claras. O rei mandou pendurar avisos por toda a cidade dizendo que Pangeia deve se preparar para tempos melhores. Que em breve tudo ficará em ordem.

– E isso é verdade?

– Não, o mundo está desabando. Você ficou dois anos no templo – disse Kári. – O palácio não é mais seguro. Nós temos que ir embora depressa. Rápido!

– Papai deve voltar para casa antes que seja tarde demais – disse Obsidiana.

Kári calou-se por um instante e então perguntou:

– Você tem certeza de que é uma boa ideia?

– Como assim?

– Você acha que tudo ficará melhor, então?

– Lógico! Ele é o rei.

Kári balançou a cabeça.

– Ele a manteve presa numa arca mágica! O povo tem medo dele. O mundo está sendo destruído por causa dele!

Obsidiana olhou com raiva para Kári.

– Por que você está falando assim? Quem é bom então, se ele não é?

– Talvez ninguém, mas é culpa do rei que meu pai tenha morrido. E que outros milhares tenham morrido também! Ele destrói tudo por onde passa. Incendeia cidades e não poupa ninguém. Foi ele que usou os animais contra as pessoas! – Kári cerrou o punho, ele estava quase explodindo. – Nós temos que ir agora! Você está em perigo! Está entendendo?

Obsidiana estava atordoada. Ela fechou os olhos. Fazia tão pouco tempo que tinha se sentado no jardim e tudo parecia estar na mais perfeita ordem. Pico e Lua vinham aos seus pés quando ela os chamava e sua ama lhe trazia biscoitos e leite. Fazia tão pouco tempo que o panda tinha se esfregado carinhosamente nela e Pangeia era o estado mais poderoso do mundo. Fazia tão pouco tempo que ela esperava ansiosa pelas cartas de seu pai, com imagens de torres reluzentes. Ele *certamente* deveria estar a caminho de casa agora mesmo.

Ela olhou para a arca e sentiu quão frio e impiedoso era o tempo que a envolvia. Era tentador deixá-lo simplesmente sumir. Em um instante tudo poderia estar bem novamente. Deu alguns passos em direção à arca.

– Mas e se eu esperar aqui até que tudo esteja em ordem novamente?

– Você será assassinada! – disse Kári. – Ouriço tem planos malignos e os rebeldes querem depor o rei. Se entrar na arca, o próximo instante será o seu último.

Obsidiana fechou os olhos.

Kári balançou a cabeça.

– Você entende o que eu estou dizendo? Se você não vier agora, não me verá nunca mais. – Ele se apressou em direção ao buraco na parede.

– Espere – disse ela. – Espere por mim!

Obsidiana seguiu-o buraco adentro até o quarto onde ele permanecera escondido por dois anos. Ela parou e olhou fascinada para as paredes. Havia imagens de flores, de um castelo e corvos, uma imagem de uma arca quebrada e uma imagem dela segurando um enorme peixe dourado. Caminhou entre as imagens e tocou-as com os dedos.

– Você que fez isso? – perguntou ela.

Ele não respondeu. Ela caminhou ao longo das paredes, passando por prados verdes, unicórnios e lagos encantados. E lá estavam os dois diante de um grande palácio com as montanhas ao longe.

– É tão estranho – disse ela –, mas eu acho que a arca tem algum vazamento. Eu senti saudades de você como se uma eternidade inteira tivesse se passado.

Levou a palma da mão à palma da mão dele, e viu que ele estava maior do que ela.

– Nós temos que ir – disse Kári. – Nós temos que nos apressar.

– Sente-se, Kári – disse ela. – Agora chegou a minha vez de contar uma história para você.

– Agora não, mais tarde – disse ele. – Nós não temos tempo.

– Sim, agora – disse ela.

A MENINA NA ARCA DO TEMPO

Era uma vez uma princesa que permaneceu deitada, quieta e imóvel em uma arca por anos a fio. Certo dia ela acordou com um menininho tentando estrangulá-la.

– É uma história bonita – disse Kári, e deu um sorriso acanhado.

– A nação venerava a menina na arca e julgava que ela fosse uma deusa. À medida que mais gente a via, mais importante ela se tornava e, quanto mais importante ela se tornava, mais pessoas precisavam vê-la. Era tão importante que nem mesmo as festas de ano novo eram dignas dela, tão precioso era considerado o seu tempo. Mas o menino, sem perceber, soltou-a no meio da noite e a menina lançou nele um feitiço. Na lua cheia ele deveria vir para contar as notícias do mundo para ela. E acabou que uma vez por mês o menino vinha até ela e a libertava da arca. Os dois partiram juntos em jornadas de aventura para ver a cidade e locais secretos dentro do castelo. Mas enquanto ele ia crescendo e se desenvolvendo, ela permanecia deitada na arca mágica como uma sementinha.

"A menina nunca tivera nenhum amigo, mas de repente o menino se tornou o melhor amigo que se poderia imaginar.

Ela realmente achou bom tudo que lhe havia acontecido, só por tê-lo conhecido."

Kári corou. Obsidiana levou o dedo aos lábios dele.

– Mas um dia ela se deu conta de uma coisa triste. Quando encontrou o menino pela primeira vez, ele tinha nove anos, e só alguns dias depois, ou pelo menos como ela percebeu, ele tinha dez e, de repente, quatorze. Ele envelheceu cinco anos e ela somente alguns dias. Se isso continuasse assim, ele faria dezoito, e vinte, e quarenta, e cinquenta anos, mas ela continuaria ainda só com quatorze. Por fim, ele morreria e a deixaria, como todos que ela conheceu. Ela entendeu que não queria ser eterna, queria ser a princesa na chuva, na neve, no vento, na primavera, no inverno e no outono. Ela queria ver os dias cinzentos para compreender os dias ensolarados.

– O que ela fez, então? – perguntou Kári.

– Certa vez seu pai lhe dera uma carta secreta. Ela só poderia abri-la em caso de extrema necessidade. A carta indicava o caminho para uma pequena cabana à beira de um lago no meio da floresta, onde sua mãe repousava. Lá os dois estariam a salvo. E assim um dia eles juntaram suas coisas e fugiram juntos para lá.

Kári sorriu.

– E o que aconteceu com a princesa e o menino?

– Eles tiveram cinco lindas criancinhas.

– Ah, é? – disse Kári, corando. – Eu achava que eles eram só bons amigos.

– Psiu! – disse ela. – É uma fábula. Eles pescavam trutas no lago. Domaram duas vacas e um tigre, os esquilos levavam nozes para eles e as toupeiras, batatas. Eles comiam pombos e galinhas sempre que sentissem vontade.

– Certo, e esse é o tipo de vida que combina com uma princesa? – perguntou Kári, e riu.

– Sim – disse ela. – No fim, eles ficaram bem velhos e horrivelmente feios. Ele ficou enrugado como uma camisa amassada; ela ficou com um traseiro gordo de fazendeira, nariz de batata e cabelos espetados como um dente-de-leão. Quando ela ria, dava para ver sua gengiva desdentada, e os netinhos morriam de medo daquilo.

Kári riu.

– Eles ficaram tão enrugados que se enroscavam na testa quando se beijavam!

E agora Kári riu ainda mais alto.

– Foi uma história bonita, mas nós temos que ir – disse ele. – Nossas vidas correm perigo.

Obsidiana segurou suas mãos.

– Eu sei de um lugar – disse ela. – Há um lago onde minha mãe repousa. Ninguém pode ir até lá. Ninguém sabe o caminho até lá além do rei. Eu ganhei esta carta há muitos anos atrás. Agora é a hora certa de abri-la.

Ela sacou um envelope amassado, que estava bem fechado com um selo.

A FUGA

Kári e Obsidiana apanharam frutas secas e arroz. Encontraram uma pá, uma vara de pesca, um machado, uma coberta, uma toalha, duas panelas, uma faca, um tablete de manteiga grande. Puseram tudo junto dentro de sacos que podiam carregar nas costas. Seria mais seguro partir no meio da noite. A jornada então seria menos perigosa.

– Pegou tudo? – perguntou Kári. – Agora nós vamos!

Ele se arrastava em direção ao pilar central da escada espiral, mas Obsidiana olhou para trás e disse:

– Eu nunca mais vou voltar aqui?

– Não tão já – disse Kári. – Talvez nunca.

Obsidiana hesitou.

– Eu preciso ir a um lugar antes – disse ela, e partiu correndo.

– Ir aonde? Nós não temos tempo!

– Eu preciso me despedir da minha ama.

Kári suspirou.

– Temos que ser rápidos.

Kári seguiu-a trotando, até que se aproximaram de um guarda que vigiava o acesso à ala dos serviçais. O guarda estava de pé junto à porta. Era robusto, usava uma armadura e empunhava uma lança enorme. Ele olhava para a penumbra como uma coruja.

– Nós não passaremos por ele. Ele nunca dorme – disse Kári. – Venho observando-o.

Obsidiana parou e pensou. Respirou fundo, alisou o vestido e ajeitou uma franja que estava no rosto.

– Siga-me – disse ela.

– O que você pretende fazer?

– Acenda a tocha – disse ela.

– Ficou maluca? Assim seremos descobertos. Volte! – disse Kári.

Mas ela caminhou em frente.

– Você sabe quem ele é?

– Sim, ele se chama Svein.

– E como se chama a mãe dele?

– Ela se chama Jofrid.

– Ele é casado?

– Sim, sua mulher se chama Freya.

– Eles têm filhos?

– Não, não têm filhos.

Ela pôs um pano preto sobre a cabeça de Kári e o amarrou, deixando só uma frestinha para ele poder enxergar.

– O que você está fazendo? – perguntou ele.

– Se eles me veneram ou têm medo de mim de verdade, devem me obedecer – disse ela.

Obsidiana pegou a tocha e avançou no meio do corredor sem janelas. As sombras dos dois projetavam-se bruxuleantes nas paredes. No final do corredor estava postado o guarda, vigiando a porta de marfim.

– ALTO! Quem vem lá?

Obsidiana seguiu em frente sem hesitar. O guarda apontou a lança e tentou ver melhor no escuro. Esbugalhou os olhos quando percebeu que era a princesa que se aproximava. O Príncipe Negro vinha logo atrás dela. O guarda batia os dentes e tremia. Obsidiana fez uma careta e deu um rugido baixo:

– Svein! Você é o guarda Svein? – sussurrou ela.

O guarda se encolheu no chão e disse:

– Poderosa princesa, por que você aparece para mim? – A seus pés formou-se uma poça.

– Você foi escolhido. Eu me reuni com os deuses e venho observando-o desde que você era criança. Em nome de sua mãe Jofrid, em nome de sua mulher Freya, uma tarefa importante foi confiada a você.

– Tudo para vossa alteza! Tudo para vossa alteza! – disse ele, choramingando.

– Você deve abrir esta porta sem que ninguém saiba. A meu lado caminha o Príncipe Negro. Ele castiga aqueles que não obedecem.

Svein se pôs de pé no mesmo instante e se debateu com a tranca da porta.

– Silenciosamente! – grunhiu Obsidiana. – Fique de guarda. Não ouse nos seguir!

Obsidiana andou do mesmo modo até o próximo guarda, que se atirou deitado no chão.

– Fique aqui – ordenou-lhe Obsidiana.

Os dois chegaram a uma porta que se abriu para um pequeno jardim do palácio, cercado de plataformas de três lados. Lá ardia uma lanterna de papel fino. Uma velha de trança grisalha estava sentada numa cadeira e tricotava uma pequena meia. Ela olhou para cima, seus olhos gentis, porém um pouco esvaziados e confusos, seu rosto riscado por rugas. Ela sorriu um sorriso desdentado ao reconhecer Obsidiana.

– Não pode ser! É realmente você? – disse ela.

– Sim, sou eu, Thordis querida.

– Ora, ora, você voltou?

– Sim, eu voltei.

– Como você se chama?

– Eu me chamo Obsidiana – disse ela.

– Pois bem – disse ela. – Eu tenho uma menininha que se chama Obsidiana. Estou tricotando meias para ela. Ela está lá fora, no jardim, com seus dois pequenos cervos.

– Que meias mais lindas – disse Obsidiana, e apertou forte a mão de sua ama.

Kári estava nervoso, o tempo se esgotava. Os dois guardas continuavam deitados de bruços, mas ele sabia que aquilo era brincar com fogo.

– Obrigada, minha mãe – disse Obsidiana. – Eu nunca lhe disse isso, mas você foi a melhor mãe que eu poderia ter tido.

Então, foi como se brilhasse uma pontinha de compreensão nos olhos da velha ama, e ela apertou as mãos de Obsidiana. Uma pequena lágrima escorreu por sua bochecha e Obsidiana abraçou-a.

– Tudo bem – disse Obsidiana. – Vai ficar tudo bem.

Kári estava pronto para apressar sua partida quando notou um brilho no anel no dedo de Thordis. Aproximou-se dela, como em transe. No anel havia uma pedra azul com uma gota vermelha. Exatamente como no olho do elefante na casa de sua tia Borghilda. Kári sacou o pequeno elefante que a tia lhe dera e não havia dúvida alguma: as pedras eram idênticas. Ele segurou a mão de Thordis e cochichou em seu ouvido.

– A sua irmã se chama Borghilda?

– Como você sabe? – perguntou ela.

Ele se curvou mais próximo dela e cochichou alguma coisa em seu ouvido.

– Meu menino querido – disse ela. – Ele não ficou um rapaz grande?

– Ficou sim, minha querida vovó – disse Kári. – Ele ficou um rapaz grande e forte.

Mas então Thordis pareceu ir para longe novamente. Ficou mais calma e se concentrou no tricô, enquanto cantarolava silenciosamente para si mesma.

– Nós temos que ir – disse Kári.

– Se vocês virem uma garotinha, podem dizer para ela vir tomar um copo de leite? – disse Thordis na despedida.

Retornaram, passaram por cima dos guardas e se afastaram com os sacos corredor adentro. Tinham se atrasado. Os primeiros galos da cidade já começavam a cantar.

– O tempo está se esgotando! – disse Kári. – Em que direção nós vamos?

Obsidiana pegou a carta do bolso. No envelope estava escrito:

Abrir quando todos os caminhos parecerem fechados.

Obsidiana rompeu o selo e abriu a carta:

Minha filha querida. Quando você tiver aberto esta carta, algo grave terá acontecido. Aqui você tem um mapa que indica o caminho para uma clareira onde sua mãe repousa sob um chorão. Lá há uma cabana, lá há abrigo e uma pequena fonte. Há barris com nozes e farinha, e trutas no lago. Se alguma coisa me acontecer e os inimigos atacarem o palácio, você deverá fugir para lá. No seu quarto existe uma claraboia, atrás dela há um quarto e de lá desce uma escada espiral até um túnel que passa por baixo da cidade. Você sairá por um pequeno buraco e seguirá um caminho secreto que conduz às Sete Torres. Quando você chegar lá...

Kári ficou pálido.

– As Sete Torres? Elas ficaram do outro lado da fenda! Ninguém consegue atravessar esse oceano. Dímon escreveu a carta antes de o reino se partir ao meio.

Kári ficou parado com o saco nas costas e, de repente, foi como se todos os tormentos do mundo tivessem sido atirados contra ele. Não haveria nenhum jeito de se esconder quando o mundo todo começasse a procurar por ela. Tentou pensar em outro plano. Para onde poderiam ir? Olhou para as mãos dela, aquelas lindas mãos brancas, e para o saco com comida, suficiente apenas para algumas semanas. Como eles haveriam de sobreviver? Ela não sabia fazer nada. Ele, que nos dois últimos anos tinha dependido de roubar comida para si da despensa cada vez mais vazia do palácio, tampouco sabia como ia se virar.

– Vamos mesmo assim. Nós acharemos um lugar – disse Kári.

Obsidiana congelou, confusa.

– Papai me ama – sussurrou ela.

– Venha – disse Kári. – O nosso tempo está acabando!

Mas Obsidiana hesitou.

– Ele morrerá se eu me for, não é?

– O que você quer dizer?

– Se sou eu que mantenho o reino de pé, papai morrerá se eu fugir. Não é?

Kári bateu o pé no chão.

– Dímon ficou louco! – disse Kári. – Ele escreveu isso há mais de vinte anos. Você precisa vir, não temos como salvá-lo.

Mas ela sussurrou:

– Se eu me for, não chegarão mais oferendas, ele não receberá mais provisões e perderá a guerra. Famílias reais que sucumbem sempre encontram um destino cruel.

– Rápido, venha!

– Eu não posso deixá-lo morrer! – disse ela. – Eu não posso virar as costas para ele, mesmo que o mundo inteiro tenha feito isso.

Obsidiana desatou seu colar e deu-o para Kári.

– Vá e encontre meu pai! Diga a ele para retornar. O colar é uma prova para ele acreditar em você. Eu esperarei por vocês.

– Não! Isso não é possível! Eu não sei onde ele está. Não posso ir sozinho, você não entende como o mundo é grande! Você está em perigo! Nós temos que ir. AGORA! JUNTOS!

Obsidiana parou de pé à sua frente e prendeu seu cachecol vermelho no pescoço de Kári. Ele tinha ficado mais alto do que ela, mas fazia tão pouco tempo que era só um menino maltrapilho.... Ela alisou o cabelo dele e lhe deu um beijo de leve, por um breve instante, mas para Kári o beijo pareceu durar cem mil anos.

Obsidiana correu de volta ao quarto e desapareceu dentro da arca. Kári ficou sentado, sozinho. Ele praguejava. *Maldito rei! Maldito rei louco e sanguinário!* Ele teria que achar um cavalo e cavalgar por distritos e florestas escuras para achá-lo. Precisaria atravessar montanhas e desertos, passando por salteadores e canibais. Teria que encontrar o caminho por pântanos aterrorizantes cheios de insetos venenosos e animais selvagens. Tudo isso ele devia fazer antes que os rebeldes invadissem o palácio e matassem a princesa. Ele precisaria achar o rei insano e convencê-lo a segui-lo enquanto os rebeldes planejavam um atentado contra sua filha. Tinha que arriscar a vida por um homem que sacrificara seu pai como um peão em um tabuleiro de xadrez.

Kári engatinhou, ainda xingando, para fora da toca de coelho e então deparou-se com uma grande sombra negra que ergueu-se sobre ele e com mãos que o agarraram pela nuca.

A QUEDA

O império de Pangeia ia encolhendo. Países e mais países eram perdidos, distritos e mais distritos, cidades e mais cidades. Como assombrações, Dímon e seus homens vagavam pelo pouco que restava do reino. Estavam desdentados e podres, com corcundas de raquíticos, muitos sem pernas ou braços devido às batalhas, às infecções, às doenças e aos ataques de animais selvagens.

Humilhados e desonrados eles avançavam numa fila grotesca. Três rinocerontes mancos, dezoito abelhas débeis, quatorze arqueiros loucos, dois cocheiros cegos, uma hiena em sua jaula que não parava de gargalhar, um punhado de soldados de infantaria, um cavalo e quatro bravos cavaleiros que iam montados juntos em um asno. Eram todos homens com fé inabalável em seu mestre, homens que jamais trairiam seu senhor, Dímon, o grande. Conselino vinha na retaguarda, um pouco recurvado e manco, junto com o Falcão do Paraíso, velho e desplumado como uma galinha depenada. Dímon tentava conservar seu moral e sua honra como podia.

Avançando através de uma área alagada, chegaram a um pântano fétido.

– Atravessemos por aqui, companheiros – disse Dímon. Ele olhou para a direita e viu um crocodilo arrastar consigo um dos seus homens.

– Sussurradores, vocês não têm mais nenhum controle sobre os animais?

Dímon olhou para a esquerda e viu que um homem agarrado a um tronco de árvore tinha a face branca. Piranhas o haviam devorado até a cintura. Dímon sentiu que as circunstâncias pediam palavras de encorajamento:

– Em frente! Em frente! O grande poderio de Pangeia há de reerguer-se!

Uma semana depois, chegaram aos portões de uma cidade. Estavam trancados. Os homens do exército, de tão roucos, mal puderam gritar alto o bastante para serem ouvidos. Após uma longa espera, apareceu uma mulher no portão. Conselino saudou-a, segurando um tratado.

– De acordo com este tratado, a cidade que se localiza aqui é agora parte do grande império de Pangeia. Abram os portões e saúdem o seu rei!

Apareceram crianças no alto dos muros da cidade e puseram-se a atirar cocô de cachorro sobre eles.

Dímon gritou:

– Entreguem-se. Resistir não levará a nada!

Os portões da cidade foram abertos e eles foram convidados a entrar num salão de festa, onde um nobre gordo estava reunido em um banquete com sua corte. Sua mulher lançou ao rei um olhar de desdém e não o saudou. Dímon abriu a pasta e a ofereceu para que assinassem o tratado.

– Trago a vocês a bênção da Princesa Eterna.

Mas o nobre respondeu:

– Eu soube que ela não mora junto aos deuses, mas sim vagueia à noite com o Príncipe Negro e participa do sumiço de pessoas e do rapto de crianças. É o que andam dizendo.

– Isso não é verdade – disse Dímon. – Ela está esperando para assumir o reino.

– Eu ouvi dizer que o infortúnio do reino teve início quando a Princesa Eterna fez sua primeira aparição. Até mesmo aqui as pessoas já a viram vagueando na escuridão.

– Eu não sei o que os ratos cochicham para você no banheiro – disse Dímon. – Mas o que eu tenho a lhe dizer é que Obsidiana reinará em Pangeia pela eternidade.

O nobre levou a mão à bainha da espada, mas hesitou por um instante e falou:

– Não vou perder meu tempo matando-o. Cada dia que você vive é sua própria derrota.

<hr />

Soldados cercaram Dímon e seus homens. Depois de capturados, besuntados de piche e cobertos de penas, foram conduzidos pela rua principal junto a um bando de porcos. Então foram postos para fora dos muros da cidade e os portões fecharam-se às suas costas. Dímon abanou com o tratado nas mãos e gritou:

– Você ainda não assinou o tratado!

Não foi apenas por pena ou misericórdia que o rei não foi assassinado, mas principalmente porque, bem lá no fundo, as pessoas ainda temiam a vingança da princesa. Bem lá no fundo, as pessoas acreditavam nos boatos de que o infortúnio do reino era causado por ela.

– Sigamos em frente! – gritou Dímon.

– Será que isso é aconselhável? – perguntou Conselino.

– Vamos para o palácio de verão! – gritou o rei. – Lá reuniremos forças antes de partirmos novamente ao ataque.

A procissão grotesca chegou com dificuldade ao dilapidado palácio de verão, pouco antes do anoitecer. Não havia viva alma nele. Abriram caminho através de uma densa vegetação e chegaram, por fim, ao salão cerimonial, onde acenderam lanternas. Dímon olhou à sua volta. Ele mandara construir aquele palácio havia muitos anos, mas nunca tivera tempo de se hospedar nele, não até agora.

Grossas cortinas de veludo vermelho foram estendidas para cobrir o que restava de janelas inteiras no palácio. O ar se fazia sentir pesado no calor do verão, fragmentos de afrescos de grandes pintores tinham caído no chão e deixaram manchas onde antes existira um belo piso de mármore polido. As cores tinham se apagado e empalidecido, dando lugar ao cinza, e as pinturas estavam tortas. Dímon praguejou quando Conselino endireitou um dos quadros na parede.

– Não vale a pena ajeitar nada – balbuciou ele. – O tempo destrói tudo no fim.

Dímon pegou livros antigos que viraram pó em suas mãos. Mandou buscar os vinhos mais envelhecidos e caros no porão, mas das garrafas escorreu apenas uma areia vermelha. Tudo que tinha construído, comprado ou mandado fazer desintegrou-se, embolorou, apodreceu, azedou e quebrou. Mesmo que ele tivesse um milhão de guerreiros, ninguém poderia protegê-lo do tempo.

Dímon olhou rapidamente ao seu redor, fixou sua vista num canto e enxugou o suor da testa. Verificou atrás da cortina, dirigiu a vista para o teto e deu meia volta rápido, para ver se alguém se esgueirava às suas costas, como se estivesse esperando um ataque.

– Você está aí? – sussurrou ele. – Hein? Você está aí, tempo, meu velho?

Sentia o tempo como se fosse água, uma água fria e profunda que enchia sua boca e suas narinas, e ele sufocava. Não conseguia recuperar o fôlego e sentiu como se seus tímpanos estourassem e seus olhos caíssem de sua face. O tempo era como um leão que rugia para ele, o irritava como pernilongos zumbindo em seu ouvido. Dímon se coçou, como se insetos do tempo estivessem mastigando furiosamente suas articulações, devorando a medula de seus ossos, arrancando seus dentes e nublando a sua visão. O tempo era um enxame de moscas que zuniam em sua cabeça, perseguiam as suas memórias e voavam para longe com elas.

Suas recordações de sua linda rainha turvavam-se à medida que os insetos do tempo voavam levando-as consigo, com este e aquele pequeno detalhe, este e aquele acontecimento. Elas iam embora com o primeiro toque, o primeiro beijo e o brilho dos olhos dela.

A única coisa que se mantinha firme na mente de Dímon era Obsidiana. Ele, apesar de tudo, vencera o tempo, porque lá em seu castelo havia uma arca tecida em teia de aranha e, dentro dela, estava o que de mais precioso ele possuía. Dímon sentiu suas forças renovadas e rabiscou algumas palavras num bilhete, que amarrou a um corvo-correio antes de mandá-lo partir.

– Caros cidadãos de Pangeia! A vitória está logo ali!

ENFORQUE O LADRÃO

Quando Obsidiana deu o colar a Kári, despedindo-se dele com um beijo, seu desejo mais íntimo e ardente era poder velejar a largo de todas as tragédias ao trancar-se dentro da arca. Ela desejava poder saltar as ondas do tempo até que chegasse a um porto seguro; esperava que, quando a arca fosse aberta novamente, veria Kári e seu pai sorrindo para ela. Eles ririam e diriam: *Agora está tudo em ordem novamente.* Mas, em vez disso, a arca se abriu e lá estava Gunhilda de pé sobre ela, a face branca como giz. Em sua mão, o colar brilhava.

– Você perdeu isto? – perguntou ela friamente, atirando o colar dentro da arca.

– Onde estava? – perguntou Obsidiana. – ONDE VOCÊ CONSEGUIU O COLAR?

A rainha respondeu, com toda a calma e frieza.

– Você acredita que um ladrão conseguiu entrar no palácio? Imagine só uma coisa dessas. Ultrajante, mas não há mais nada sagrado neste reino. Ele deve ter roubado o seu colar.

Obsidiana procurou algo a que se agarrar, alguma pista sobre o tempo. Olhava para a rainha com olhos tensos:

– Onde está o ladrão? O que vocês fizeram com ele?

– Nós? – disse ela friamente. – Eu não faço nada com ladrões! Eles simplesmente são enforcados!

– Onde está o meu pai? Eu preciso vê-lo.

– O que te faz pensar que ele está aqui? Ele nunca está por perto quando você precisa dele.

– Eu quero falar com Exel!

– Pare com essa besteira, menina. Venha agora e veja como se enforcam ladrões. O seu pai obviamente não lhe ensinou a governar o reino! Você precisa garantir o cumprimento das leis e a ordem. Chegou a hora de você se comportar como um líder de verdade e comandar uma execução. Será um bom treino. Depois quem sabe você poderá até comandar sua própria breve guerrinha.

Gunhilda empurrou Obsidiana à sua frente até a sacada. Uma forca fora montado na praça e sete homens com capuzes cobrindo suas cabeças estavam posicionados sobre ele. Um carrasco erguia um pouco os capuzes para posicionar a corda em seus pescoços, e então ela viu o cachecol vermelho. Reconheceu também os sapatos: ali estava Kári. Ela olhou à sua volta, sentindo náuseas e vertigem.

– Vocês não podem enforcá-los – disse ela, gaguejando. – Não podem.

– Bem, minha boa princesa – disse Gunhilda, animada. – O fazendeiro não pode ficar apenas trazendo carneiros ao mundo, não é? Sempre há também a hora do abate. Você precisa treinar. Seu pai não tornou-se rei sem tirar a vida de muitos homens. Dê o sinal!

– Não! – gaguejou Obsidiana. – Parem! Detenham a execução!

Ela esperava por um milagre. Kári não podia morrer. Ela olhou para o céu. Se os deuses existissem, eles o salvariam.

– Dê o sinal! – ordenou Gunhilda.

– Não, sua bruxa!

– Você quer que eu o faça, então? Quer bancar a inocente e bonitinha, como sempre? Dê o sinal!

Obsidiana berrou.

– NÃO!

– Muito bem, está feito – disse Gunhilda. – Esse era o sinal.

Os alçapões se abriram. Os homens caíram até as cordas se esticarem com um baque surdo, e então eles balançaram violentamente nas forcas. Um deles ainda se debatia, até que um soldado se aproximou com uma lança e estocou-o.

Obsidiana não via mais nada, seus olhos se encheram de lágrimas. Ele não podia estar morto. Quando ele disse que a viagem seria perigosa, ela não acreditou que ele podia morrer de verdade. Que ele podia deixar de viver. Desejou ter uma arca que a levasse de volta no tempo. Ela então teria ido embora junto com ele, com os sacos cheios de provisões. Eles talvez estivessem sendo perseguidos por cães, talvez estivessem famintos, mas estariam juntos, e ele com vida.

O rapaz de cachecol vermelho estava pendurado imóvel.

– Ótimo – disse Gunhilda. – Graças a você a justiça foi feita.

Obsidiana encarou-a, franziu o cenho, esbugalhou os olhos e vociferou:

– EU NÃO QUERO NUNCA MAIS VER VOCÊ! Ninguém poderá abrir esta arca antes que vocês todos estejam MORTOS! EU NÃO QUERO VER VOCÊS!

Ela voltou correndo, pulou dentro da arca e se fechou, batendo a tampa. Mas antes que se desse conta, a arca abriu-se novamente e ela foi encoberta por uma gélida e envenenada névoa.

O CACHECOL VERMELHO

Kári rastejou às pressas para fora do buraco, mas antes que pudesse esboçar qualquer reação, alguém o agarrou pela nuca.

— Você está aí, seu desgraçado! Eu sabia que você estava escondendo alguma coisa de nós! O que você tem aí?

Kári fechou bem as mãos, mas o homem pisou em seu pulso, e assim ele teve que abri-las.

— Um colar! – exclamou o homem. – Rapazes! É o colar dela.

O homem olhou à sua volta, como se tivesse se assustado de repente.

— Como você conseguiu esse colar?

O rapaz ruivo de olhos verdes vasculhou o saco que ele trazia às costas.

— Você tem aqui provisões para muitos dias! Cereais e pão, amêndoas e frutas secas!

O menino esfregou na cara de Kári um saco cheio de peixes secos.

— Você sabe quanto isso está custando? Onde você conseguiu isso? Tanta comida assim não se vê desde os velhos dias.

Kári não tinha resposta para dar.

– Esta é a toca onde nós o perdemos de vista muito tempo atrás! Você disse que não havia nada aí dentro.

– Veja isto – disse o rapaz ruivo. – O cachecol vermelho tem o emblema de Sua Alteza. – Ele arrancou o cachecol de seu pescoço. – E veja os sapatos! Nem os nobres têm sapatos tão finos assim.

– Eu confiei em você – disse ele, encarando Kári bem dentro dos olhos. – Era para nós dois andarmos juntos e você me traiu!

Kári olhou para o chão.

O rapaz pôs o cachecol no pescoço e tirou os sapatos de Kári, enquanto os outros o pressionavam na ruela.

– Onde você conseguiu isto? – O homem lhe dava chutes. – O que você andou fazendo? O que há ali dentro?

– Rapazes! – gritou um deles. – Há outro buraco aqui do lado de dentro! Amarrem-no!

Kári foi amordaçado e amarrado.

– A bruxa da careta está lá dentro?

Eles o fizeram ficar de pé. Kári não respondeu.

– Você está mancomunado com a corte? Você aceita suborno do homem que matou o seu pai?

Kári uivou quando o homem torceu seu dedo para cima.

– Não há nada lá dentro.

Mas Kári sabia que mentir não adiantaria nada. Eles logo achariam o caminho que levava até a claraboia e depois até os aposentos onde Obsidiana jazia indefesa. Kári se contorcia, mas não podia fazer nada. Viu-os desaparecer, um atrás do outro, dentro da toca. Eles chegariam a ela e a matariam. A última coisa que Kári viu foi um porrete sendo alçado no ar e atingindo-o rápido, até que tudo ficasse preto.

DÍMON VOLTA A SI

Um corvo em frangalhos chegou voando até Dímon, que prestava socorros a um rinoceronte doente do lado de fora do palácio de verão. O corvo pousou à distância de uma pedrada de onde o rei estava, caminhou até ele, curvou-se e estendeu uma pata. Dímon desatou o bilhete:

> *Erro de sistema no palácio, poucas forças, muitos temores, chance pequena. Cantos dos lábios da princesa apontam para baixo e indicam infortúnio. Ouriço e Gunhilda jogam aliados contra você. Resultados do cômputo indicam que eles querem seu fim.*
>
> *Certificado e registrado – Exel*

O rei coçou a cabeça. Conselino veio trazendo um pedaço de carne que o corvo devorou. Um pouco mais tarde, chegou outro corvo voando. Este tinha um recipiente atado à pata.

> *Vá novamente ao desfiladeiro.*
> *Os outros caminhos são intransponíveis de acordo com os cálculos.*
> *No recipiente há uma substância que o tornará invencível.*
> *Saudações do amigo – Exel*

– De volta para o desfiladeiro? – bufou ele. – De volta ao local onde flechas e piche incandescente choveram sobre nós?

Ele ergueu a carta e observou-a contra o sol, constatando que fora escrita em papel pautado. Exel jamais escreveria em papel pautado. Dímon pegou com cuidado o recipiente mágico e inspecionou de perto o pó verde acinzentado. Um esquilo pulava para cima e para baixo numa árvore perto dele. Dímon verteu o pó sobre uma pedra e o esquilo veio e lambeu. Então começou imediatamente a agir de maneira estranha: os olhos estalaram e ele mostrou os dentes, antes de correr para cima da árvore mais alta, ficando lá parado de pé, alerta. Mas não se apercebeu quando uma coruja chegou planando, cravando nele suas garras e alçando voo para longe, levando-o consigo. *Veneno*, pensou Dímon. Alguém queria o seu fim.

– Conselino – chamou o rei. – Que dia é hoje?

– O senhor deseja uma resposta real ou uma resposta confortável?

– Resposta real – disse Dímon.

– Quarta-feira.

– Que mês?

– Mês da Primavera.

– Que ano?

– Em qual calendário? – perguntou Conselino.

– No novo.

– Ele ainda não teve início.

– No velho, então!

– Passaram-se 40 anos desde a batalha na Vila do Píncaro.

– Não pode ser – disse Dímon. – Então eu já tenho setenta anos.

Dímon poliu seu escudo até reluzir. Um velho desdentado apareceu na imagem refletida. Era caolho e o nariz parecia ter sido costurado na face. Além do olho, perdera três dedos das mãos, dois dedos dos pés, meia orelha, um rim e a maior parte do cabelo.

– Eu conquistei o mundo e depois o perdi de novo, mas consegui vencer o tempo – disse ele. – Se algo atingir Obsidiana, terei perdido tudo!

Dímon inspecionou sua tropa. Viu que restava apenas um cavalo. Montou-o e gritou:

– Estou partindo para o palácio!

O cavalo espirrou, empinou e partiu a todo galope, de modo que o rei precisou se segurar com toda a sua força. A tropa ficou para trás e Dímon gritou:

– Eia! Eia! Vamos para o palácio!

O PANDA VERMELHO

Quando Kári recobrou os sentidos, estava deitado e amarrado com as mãos às costas. Mal podia se mover, e sua boca estava amordaçada. Ele via a pequena toca diante de si, mas não sabia se os rapazes já tinham voltado. Obsidiana o beijara fazia um instante, pouco antes de tudo ficar preto. Eles já deviam ter chegado onde ela estava e Kári sabia o que tinham em mente. Tentou se mexer e romper a mordaça com mordidas. Percebeu que não foi por compaixão que não tivera o pescoço cortado de imediato, porque poucas coisas seriam piores do que morrer de calor e sede a céu aberto. Debateu-se e viu que uma das mãos estava ficando roxa por falta de sangue. Formigas começavam a andar em suas orelhas e nos cantos dos olhos. Ele dava solavancos quando elas picavam. Elas obviamente pretendiam levá-lo de pedacinho em pedacinho de volta para o formigueiro.

Mas então surgiu um animal que ele conhecia dos quadros do palácio. Era o velho panda vermelho. Ele farejava e revirava o lixo na ruela, e vinha sem nenhuma pressa. Aproximou-se dele, cheirou-o e pôs-se a lamber as formigas que andavam em sua cabeça. Enchia a boca com elas, e então ouviam-se leves estalidos quando as esmagava entre os dentes. Kári murmurou, virou-se de lado e mostrou ao panda a corda que o prendia, mas ele recuou e foi embora.

– Não vá! – murmurou Kári.

O panda apareceu de novo, agora carregando um rato. Ele soltou o rato, que correu na direção de Kári, e seus olhos se esbugalharam de medo. O rato era caolho, desgrenhado e cinza, com uma cauda comprida. Ele farejou o nariz de Kári, andou sobre seu rosto, entrou pelo colarinho e saiu pela manga, até que o panda o pegou novamente e meteu seu focinho na corda. O rato começou a roer. Ele roía desconfortavelmente perto da pele, mas Kári fazia força e ia puxando o nó até que conseguiu rompê-lo. Esfregou as mãos para recuperar a circulação sanguínea, mas o panda ainda continuava correndo em volta dele. Ele viu o buraco e mal ousava completar na mente o pensamento de que eles certamente teriam agora realizado seu objetivo. Achou seu arco e partiu dali esgueirando-se. Não tinha se afastado muito em meio à escuridão quando escutou guardas conversando:

– Há outros por aqui?

– Achei a entrada por onde eles chegaram!

Kári viu as tochas tremeluzindo. Retrocedeu engatinhando o mais rápido que pôde. Pretendia correr para a rua quando viu o panda no alto de um telhado. Kári subiu pelo parapeito de uma janela e seguiu o panda até um esconderijo, enquanto os guardas corriam por toda a volta. Kári e o panda ficaram a postos, até que o animal partiu velozmente de novo em direção à parede do castelo, que se erguia sobre o despenhadeiro diante do mar. O panda pôs-se a subir agilmente, agarrando-se aos galhos de espinhos. Kári escalou em seu encalço. Os espinhos cravavam fundo em suas mãos, mas ele não se deixava intimidar. Olhou para baixo e viu a parede íngreme do penhasco. Lá embaixo, bem ao longe, havia rochas e pedregulhos, onde as ondas rebentavam na costa. Em vários pontos os galhos se soltavam da parede, e Kári ficava pendurado com uma mão e precisava balançar o corpo para achar onde se segurar. Ele ia escalando cada vez mais alto, equilibrando o pé em rachaduras, e cuidava para não olhar para baixo. O panda esperava por ele junto à janela do telhado. Kári se lançou para cima e rastejou por uma plataforma comprida que havia ao longo do topo da muralha, destinada aos arqueiros. Kári avistou a arca e respirou aliviado. Ele não sabia se era seguro aproximar-se dela, então se encolheu como o panda e ficou de prontidão. Observou ao seu redor e viu através das seteiras da muralha sete homens pendurados na forca da praça. Apesar de suas cabeças estarem cobertas com capuzes, de imediato deu-se conta de quem eram. O cachecol vermelho de Obsidiana tremulava ao vento. Houve um tempo em que ele desejara que os pivetes morressem, mas agora a situação era diferente. Ele pensou na mulher da taberna, na sopa com os pedaços de carne e nos homens junto à lareira. Sentiu uma pontada no estômago. Aqueles eram os homens que pretendiam derrubar Dímon e tornar o mundo melhor. Ele lhes prometera vingar seu pai, mas traiu a todos.

❧

Nos confins da cidade, avistou-se um homem cavalgando um cavalo estropiado. O rei Dímon voltava para casa.

KÁRI NA VIGA DO TETO

Kári tentava achar a melhor maneira de descer até onde estava Obsidiana quando Ouriço chegou tilintando ao salão, junto de Gunhilda. Kári tentou manter-se invisível. Armou o arco e ficou de prontidão. Quem quisesse fazer mal a Obsidiana seria trespassado por uma flecha.

Ouriço caminhou até a arca e coçou a tampa com as unhas.

– Veja como ela é bela – disse ele. – Mesmo quando está triste.

– O que você tem em mente, Ouriço? Por que me chamou aqui?

– Dímon já era – disse ele. – Tenho notícias de que ele está a caminho do palácio. Seus inimigos o colocarão de joelhos quando quiserem.

– O que você quer fazer? – perguntou Gunhilda.

Ouriço fitava a arca e a formosa donzela. Seus olhos brilhavam, e ele sacou uma faca afiada.

– Se você esfaqueá-la no coração, suas filhas herdarão o reino.

Gunhilda deu um passo para trás e lançou sobre ele um olhar gélido.

– Você anseia por isso, não é? – continuou Ouriço. – Você sempre desejou se ver livre dela. Você a odeia. Ela nunca está contente com você e fala coisas ruins a seu respeito para os deuses.

Ouriço estendeu a mão, oferecendo-lhe a faca. Gunhilda olhava para aquele homem desengonçado com suas correntes de ouro e a túnica grotesca.

– O que você espera lucrar com isso? – perguntou ela. – Minhas filhas não são suas filhas.

– Nós podemos reinar juntos – disse Ouriço, com um tom adulatório.

– Não vai funcionar – disse Gunhilda.

– Vai funcionar perfeitamente – disse Ouriço.

– Não, porque eu sei o que você tem em mente – disse ela.

– O que eu tenho em mente? – perguntou Ouriço.

– Você quer se ver livre de Dímon e de mim também. Você deseja possuir a Princesa Eterna.

Ouriço lhe lançou um olhar de ódio e suas correntes tilintaram novamente. Ao mesmo tempo, ele pôs a faca nas mãos de Gunhilda, se virou e rapidamente abriu a tampa da arca gritando:

– Cuidado, Obsidiana! Gunhilda vai matar você! Guardas! Gunhilda quer esfaquear Obsidiana!

❦

O tempo, o cruel e impiedoso tempo, se infiltrou e derramou-se sobre Obsidiana, envolvendo-a como uma névoa fria e venenosa. Gunhilda a forçara a comandar a execução de seu único amigo. Tinha visto Kári pendurado na praça e não desejava mais ver coisa alguma. Mas agora Ouriço estava postado sobre a arca com um semblante feroz e gritava ainda mais alto:

– GUARDAS! Gunhilda quer esfaquear Obsidiana!

Gunhilda estava de pé, atônita, segurando a faca. A porta foi escancarada e o rei Dímon gritou:

– Quem abriu a arca? Quem desperdiça o precioso tempo de minha filha?

Ele empunhou o seu arco, mirou em Ouriço e atirou. A flecha voou.

Kári estava posicionado em seu esconderijo com o arco. Ele tinha só uma flecha e precisava acertar a pessoa certa. Mantinha a mira em Ouriço, acompanhava-o e segurava o arco retesado. Ouriço andou até a arca e abriu a tampa. Kári estava concentrado, mas quando Ouriço gritou, voltou a atenção para Gunhilda. Ela estava de pé diante da arca segurando uma faca afiada.

– CUIDADO, OBSIDIANA! – gritou Kári. Ele mirou rapidamente em Gunhilda e soltou a flecha, que voou.

Duas flechas voaram no salão. Uma delas ia direto para Ouriço, a outra para Gunhilda. Obsidiana estava deitada na arca com os olhos fechados quando ouviu vozes familiares.

– Papai? Kári? – sussurrou ela, surpresa. Abriu bem os olhos e se endireitou rapidamente.

Obsidiana olhou ao seu redor e viu Gunhilda virando-se rápido com a faca, cravando-a no coração de Ouriço. Ergueu-se e olhou para o alto, na direção de onde viera a voz de Kári. Então, seus olhos encontram os dele: lá estava ele, com os cabelos desgrenhados e as feições afáveis, sentado numa viga sob o teto. Seu coração acelerou, e ela sentiu como se tivesse levado uma flechada no peito. E foi exatamente isso que aconteceu: uma flecha cravou-se em seu coração e no mesmo instante ouviu-se um gemido, quando a outra flecha trespassou Gunhilda e saiu pela janela. Com isso, ela caiu sobre Ouriço, e Obsidiana sucumbiu de volta para dentro da arca. A tampa caiu, fechando-a com um estalo. Tudo aconteceu tão rapidamente que ela ainda tinha um brilho nos olhos e um pensamento belo na cabeça: *Kári está vivo!*

Kári assistiu à flecha rasgando o ar e viu Obsidiana se erguendo. Ele olhou bem dentro dos seus olhos antes de ela ser atingida, e viu que a flecha se cravara em seu peito. O coração de Kári encolheu como uma estrela que colapsa sob o próprio peso e se torna um buraco negro.

O rei viu Gunhilda caindo, Ouriço tombando e sua filha desaparecendo dentro da arca. Correu afoito pelo salão. A rainha jazia no chão em meio a uma poça de seu próprio sangue e Ouriço estava ao lado dela, com uma faca cravada em seu coração. Mas a linda princesa, seu grande tesouro, repousava em sua arca mágica. Ele respirou aliviado e se preparou para erguer a tampa e abraçá-la depois de todo aquele tempo, mas então viu a flecha e se encheu de pavor.

Havia apenas três gotas de sangue na arca. Obsidiana não estava morta, mas para ele ficou claro que, se abrisse a tampa, a vida dela se esvairia em poucos segundos. Como a flor albina.

O PRÍNCIPE NEGRO

Quando voltou a si, Kári viu-se andando a esmo entre serviçais e guardas do palácio, que corriam para lá e para cá. Para ele, pouco importava se fosse enforcado. Do salão, podiam-se ouvir os uivos do rei Dímon.

– O rei atirou nela – berravam os serviçais.

– O rei atirou nela! – gritavam os guardas. – Ouriço e Gunhilda pretendiam matá-la. Que horror.

Não fui eu que atirei nela? Pensou Kári. Ele andava em transe pelos cômodos do palácio, onde guardas e criadas corriam aos prantos e esbarravam nele ou lhe diziam para sair do caminho.

– Saia da frente, saia da frente, temos de fazer alguma coisa!

Mas ninguém sabia o que devia ser feito e a ninguém ocorria a ideia de prendê-lo. Kári tinha um nó na garganta. Não importava de onde havia partido a flecha, ela estava cravada no coração da princesa. Dentro da arca, jazia o último instante dela, preservado para a eternidade. Não estava morta, mas tampouco estava viva. Tinha que haver algo que pudesse ser feito.

Kári sentiu uma mão quente segurando a sua.

– Ai, meu pequeno. Você está aborrecido? O que aconteceu?

Era Thordis. Ela conduziu Kári consigo pelo corredor, passando por guardas desorientados e criadas em prantos. O portão do castelo estava aberto. Ouviram o som de cascos quando Áurea e Argêntea puseram-se montadas em cavalos e fugiram afoitas a galope.

Kári e Thordis caminharam calmamente até a cidade. Ele sentiu os olhos ofuscados pela luz do sol. Thordis conduziu-o pelas ruas. Ela parecia conhecê-las como a palma da mão.

– Mas o que eu estou vendo? O mercador Örvar fechou a loja? – disse ela, surpresa, ao passar em frente a uma casa abandonada. Caminhou direto para a casa da tia Borghilda.

– Ora, ora, Borghilda, minha querida – disse ela. – Desculpe-me por me atrasar tanto. Acho que esqueci de comprar pão.

Por um momento, Borghilda olhou incrédula para sua irmã, antes de uma cair nos braços da outra.

Enquanto elas se abraçavam, Kári olhou para o teto. Ele viu uma aranha no canto. Apanhou-a e meteu-a dentro de uma garrafinha. Buscou um graveto e pôs-se a enrolar a teia, formando uma bola.

No palácio, Dímon estava pálido como um cadáver. Conselino chegou a cavalo com o que restava do exército.

– Conselino! Alguém tem que salvá-la – disse Dímon.

Conselino olhou através da tampa da arca e viu a bela menina com a flecha em seu coração. Seus olhos se encheram de dor, como se todas as suas abelhas o tivessem picado ao mesmo tempo.

– O senhor sabe muito bem que um ferimento no coração é um ferimento fatal.

– Não! – disse o rei. – Nós temos tempo, alguém no mundo tem que poder salvá-la.

Conselino balançou a cabeça.

– O senhor conhece o ditado. "Não há sentido tratar um ferimento fatal." Assim que a tampa for aberta, ela sangrará até morrer. Nenhum médico possui mãos tão ágeis. A única coisa que o senhor pode fazer é abrir e dizer a ela que a ama.

Dímon trovejou:

– Qualquer um que puder salvar a vida de Obsidiana ganhará metade do reino!

– Que reino? – perguntou Conselino. – Não sobrou nada do reino.

– Quando eu tiver recuperado o reino, quem puder salvá-la ganhará metade dele. Envie um decreto aos mais hábeis médicos e aos mais distintos artesãos! Ache os anões!

Conselino balançou a cabeça e achegou-se ao rei.

– Mas o senhor cortou suas cabeças, majestade.

Os portões do castelo foram trancados e todas as portas, aferrolhadas. O palácio estava tomado pela escuridão da noite, exceto por uma luz débil numa torre, onde o rei Dímon permanecia sentado esperando que chegasse alguém que pudesse curar um incurável ferimento no coração. Os anos se passaram e o rei sempre a esperar, mas ninguém veio.

No alto das montanhas corriam boatos sobre uma misteriosa criatura errante, um homem de roupas pretas em uma carroça puxada por um cavalo. Os viajantes saíam do caminho quando percebiam que ele se aproximava, e cochichavam:

– É o Príncipe Negro!

Aldeões trancavam janelas quando a carroça passava trepidando na estrada, carregada de vidros cheios de aranhas. Duas mulheres grisalhas iam nela sentadas e fiavam uma linha numa roca. Kári parava a intervalos regulares e inspecionava a floresta. Quando via uma teia de aranha grande, pegava um palito, metia-o na teia e girava-o, como se estivesse fazendo algodão-doce. Ele entregava o palito a uma das mulheres, que pegava a teia e fiava. Elas pareciam alegres e eram extremamente produtivas.

– Ora, ora, Thordis, minha irmã, e não é que finalmente conseguimos viajar juntas?

– Viajar? – disse Thordis, e continuou fiando. – Nós vamos viajar?

Kári parou a carroça diante da boca de uma caverna. Apanhou os novelos e os vidros com as aranhas e entrou. Montou um tear e imediatamente pôs-se a tecer com a linha que as mulheres mais velhas tinham fiado. Passava a linha e batia, passava a linha e batia, passava a linha e batia, durante todo o outono e todo o inverno. Na primavera o sol brilhou iluminando a abertura da caverna e ele pôde contemplar o produto de seu trabalho. Ergueu um pequeno pedaço de seda de aranha densamente tecida: era como um finíssimo pingente de gelo. Ele observou o material e chorou. As velhas mulheres estavam deitadas em suas camas e roncavam.

Uma pequena criatura aproximou-se, saída da escuridão, com uma lanterna nas mãos. O faixo de luz chegou a ele tênue e comprido.

— Eu venho observando o que você está fazendo — disse uma voz na escuridão. — É um método péssimo. Você levaria mil anos para tecer uma arca inteira.

A criatura chegou mais perto e Kári viu que era uma velha anã.

— Eu tenho que continuar — disse Kári.

— Ninguém pode curar um ferimento a flecha no coração — disse a criatura.

— Eu sei — disse Kári. — Eu pretendo fazer uma arca para mim e me lançar à frente no tempo. É o único jeito de encontrá-la de novo.

— Você não deve perseguir a Princesa Eterna. O destino dela é uma advertência exemplar para todos.

— Ela não fez nada de errado, ela apenas queria existir — disse Kári.

A anã considerou isto.

— Assim acontece quando as pessoas buscam vingança — balbuciou ela, e mediu Kári de cima a baixo com seus grandes olhos.

— Eu não estava me vingando — disse Kári.

– A vingança sempre atinge quem menos devia. A arca foi um presente de vingança dos meus irmãos.

– Deixe-me continuar – disse Kári. – Eu não tenho tempo a perder.

– Eu não aguento mais vê-lo tecer assim tão mal, você é uma desgraça para a profissão – disse ela. – Essas aranhas que você tem são inúteis e você as acaricia ridiculamente.

～≫⟨～

A mulher conduziu Kári mais para o interior da caverna escura. Quando os seus olhos se acostumaram com a escuridão, ele viu cinco mulherezinhas com grandes aranhas peludas no colo. Elas as acariciavam suavemente, como se fossem gatos, e puxavam delas longos fios prateados.

A velha ponderou e disse:

– Quem sabe não podemos lhe dar uma mãozinha.

A MULTIDÃO ENSANDECIDA

Uma multidão ensandecida reunira-se do lado de fora do palácio real. Dímon andava para lá e para cá no salão cerimonial. Olhou pela janela e viu quando a multidão demoliu o templo, invadiu o jardim do palácio e pulverizou as estátuas. Ele pouco se abalou com essa visão, tampouco quando seus guardas foram derrotados e desarmados. A horda cercou o palácio e um grupo de homens forçava abaixo a ponte levadiça.

– O tempo! Maldito tempo! – balbuciou Dímon, e balançou a cabeça.

Para ele, não havia diferença alguma entre aquela gente que berrava e o tempo, que deteriorara o palácio por anos. As pessoas eram apenas maiores do que os insetos do tempo.

Conselino aproximou-se dele. Tinha guardado suas abelhas num pequeno baú.

– Majestade, é o fim – disse ele. – A multidão romperá aqui dentro a qualquer momento. Nós temos que escapar pela passagem secreta.

O rei não o escutava.

– Dímon, você deve se despedir dela.

Conselino apontou para a arca onde Obsidiana estava deitada, imortal em sua beleza, num vestido branco, o semblante iluminado e uma flecha de amor no coração.

– A multidão entrará a qualquer instante. O senhor tem que abraçá-la e despedir-se dela. Afinal, ela é sua filha.

– Não – disse o rei. – Ela não está morta, e graças à arca ela não precisa morrer nunca.

– Não leva a nada conservar para a eternidade o seu último instante – disse Conselino decidido. – Eu lhe ordenaria que abrisse a arca e se despedisse dela, se eu fosse o rei.

– Não – disse o rei. – Sempre há esperança.

***

As vidraças se quebraram e uma chuva de pedras invadiu o salão. O rei mal se movia quando as pedras aterrissavam aos seus pés. O lugar ficou iluminado, o tumulto se intensificou do lado de fora e agora a horda forçava a grande porta de carvalho para entrar. Conselino estava de pé diante da porta quando ela cedeu. Ele sacou a espada e golpeou o homem que vinha à frente, antes de ser pisoteado pela multidão que se derramou para dentro. Eram homens estropiados, desertores e soldados. Havia também velhas mulheres, adolescentes e fazendeiros. A multidão não tinha líderes, era simplesmente um bando furioso. Por um segundo houve silêncio, enquanto as pessoas olhavam à sua volta. O povo nunca antes tinha podido entrar naquele salão. Todos encaravam incrédulos o homem barbudo no trono. Dímon permaneceu em silêncio e não fez nada. Ficou um pouco surpreso quando a multidão se lançou impetuosa contra ele e o homem que ia à frente brandiu uma arma para golpeá-lo. O rei olhou para a cúpula lá no alto, onde uma pintura retratava-o de pé em toda a sua glória, com o mundo em sua mão. De repente, ouviu um chiado em sua orelha, o mundo em sua cabeça despedaçou-se e assim ele tombou ao chão. Dímon ainda viu a arca, até que por fim seus olhos se encheram de uma luz branca e de suaves trevas eternas.

～

Uma mulher arrancou uma das cortinas grossas das janelas. O sol da manhã encheu o salão e banhou-o com uma claridade alva. Os raios brilharam sobre a menina que jazia imóvel na arca, e ela tinha uma expressão tão verdadeiramente linda. Aquele que golpeara o rei permaneceu de pé, imóvel, segurando o machado no alto, até que suas mãos lentamente sucumbiram. Ninguém ousou pronunciar uma só palavra e ninguém ousou acercar-se da arca. Os raios brilhavam sobre os cabelos negros, os lábios vermelhos como sangue, a face pálida e a flecha no coração. Então, foi como quando uma manada de renas se assusta e estoura. Um homem partiu em fuga e a multidão o seguiu, com medo da maldição e da morte que poderiam acompanhar aquela terrível menina.

～

Obsidiana sequer suspeitava de que tudo que ela conhecia e amava desaparecera por completo. Sua expressão não mudou em nada até que um homem vestido de preto abriu a arca rapidamente, pôs um bilhete na palma da sua mão e sussurrou:

– Nós nos encontraremos de novo!

Obsidiana resfolegou, seu peito ficou vermelho como fogo e ela se moveu mais um instante em direção à morte.

～≫≪～

Passaram-se dias, meses e anos. O tempo que demolia o castelo era a força de cem mil flores que se espalhavam e desabrochavam, brotando de frestas e fendas. As flores se provaram mais fortes que o mais poderoso rei que já reinara na terra. As sementes se depositaram no corpo do rei, lançaram raízes através de sua barriga e tórax, e assim sugavam dele seus nutrientes. De suas órbitas germinaram dois pequenos rebentos verdes que se tornaram jovens brotos e se esticaram em direção ao sol. Eles se entrelaçaram um ao outro e se retorceram, como uma presa de narval. Deles cresceu uma árvore sinuosa que irrompeu pelo teto e estendeu uma copa verdejante sobre a menina dentro da arca do tempo. As raízes se enrolaram na arca e a seguraram firme em seu abraço, até que ela desaparecesse gradativamente no fundo de uma floresta com o passar dos séculos.

Lá ficou deitada a princesa, atemporal e eterna, nem viva nem morta, com milhares de anos de idade e, ao mesmo tempo, apenas com quatorze.

DESFECHO

Rosa ficou em silêncio.
– E depois, o que acontece?
– É assim que a história acaba – disse Rosa.
– Não, ela não pode acabar assim – disse Marcos.
Rosa assumiu uma expressão séria.
– Eu sinto muito, mas o problema é que, se vocês não fizerem nada, vai acontecer com vocês o mesmo que aconteceu com Obsidiana.
– O que você quer dizer?
– Eu tenho acompanhado por anos o mundo cobrir-se de flores de cardos e moitas de espinho. Já falta pouco para que as casas desmoronem definitivamente e as cidades desapareçam sob as florestas, e então será tarde demais para abrir as caixas e as pessoas voltarem ao mundo.
As crianças ouviam sentadas, estáticas. Vitória via diante de si um mundo coberto de florestas com aves e cervos, e a humanidade congelada embaixo da lama em caixas do tempo, como mamutes. Em um terremoto forte, as tampas de algumas caixas se abririam, e as pessoas acordariam em quartos cobertos de musgo, lá embaixo nas profundezas da terra. Aqueles que saíssem à superfície vagariam pelo mundo, assustados e confusos, e não lhes

restaria outra esperança a não ser rastejar de volta para dentro das caixas.

– O que podemos fazer? – perguntou Marcos.

– A maldição da princesa de Pangeia estendeu-se sobre o mundo, porque alguém encontrou a arca e descobriu como a produzi-la em massa. Só quem compreende de onde vem a maldição pode fazer o mundo tomar um rumo melhor.

Rosa buscou uma pilha de papéis e deu sequência à narração.

UM TESOURO ESCONDIDO

Depois de terem dirigido por um longo caminho junto à costa rochosa, finalmente surgiu o vilarejo pobre. Situava-se no fundo de um vale ao pé de uma colina coberta por florestas. As casas eram antiquíssimas e malconservadas, e era como se o mundo tivesse esquecido daquele lugar. Os arqueólogos Jacob Cromwell e Viktor Róland pararam num café dilapidado. Eles estavam sujos de poeira após a viagem pela estrada de terra, suados e imundos. Um velho saiu cambaleante e dirigiu-se a eles, falando em uma língua que não compreendiam.

O guia que os acompanhava traduziu o que ele disse.

– O que vocês estão fazendo aqui?

– Estamos apenas olhando – disse Cromwell.

– Não há nada para ver aqui – disse o homem rispidamente.

– Então vamos apenas fazer um passeio a pé – disse Cromwell, e apontou para a colina coberta pela floresta acima do vilarejo.

– Vocês não chegarão nem perto da Colina Proibida – disse o homem. – Nela repousa uma maldição e ninguém sobe até lá há muitos milhares de anos!

Róland ficou com os cabelos em pé, mas Cromwell escutava com atenção. Contos populares sempre se provaram úteis para ele na busca por descobertas de valor.

Ao raiar do dia seguinte, um helicóptero preto pousou numa clareira do outro lado da colina. O piloto desligou os motores e parecia estar inquieto.

– Eu espero aqui, mas não prometo nada. Se eu perceber algo incomum, levantarei voo!

Um nevoeiro cobria o vilarejo lá embaixo. Cromwell e Róland desembarcaram do helicóptero. Seus pés se umedeceram no orvalho da manhã. Pisavam cautelosamente na terra, como se a colina fosse um campo minado. Sobressaltaram-se quando corvos alçaram voo de uma árvore próxima e puseram-se a planar em torno deles como abutres. As histórias populares os deixaram nervosos. Aquela área havia sido claramente habitada por humanos muito tempo atrás. Puderam ver o contorno de sólidas paredes de pedra quando afastaram folhas e galhos.

– Incrível – disse Róland, passando lentamente por cima da área o detector de metais, que apitava a cada passo.

Cromwell estava afoito e entusiasmado. Uma simples lata de metal daqueles tempos poderia deixá-lo milionário.

– É como se as pessoas tivessem deixado este local numa fuga às pressas.

Cromwell buscou ferramentas e cavou, removendo vegetação e lama. Não tinha cavado muito quando achou uma tigela dourada e uma moeda de ouro. Lavou a moeda com sua garrafa de água e viu a efígie de um rei e uma inscrição numa língua que ele não reconhecia.

– Eu nunca imaginei algo assim – disse Cromwell. – Isto é um verdadeiro tesouro. Ninguém põe os pés aqui há muitos milhares de anos. Os tolos aldeões estariam milionários se não tivessem essa maldição na cabeça.

Ele punha a moeda de ouro no bolso quando seus olhos foram atraídos para um carvalho, peculiarmente retorcido, que se elevava sobre a colina. Seu tronco era na verdade dois troncos, trançados de tal modo que se pareciam com uma gigantesca presa de narval. A árvore parecia antiquíssima, seu tronco era acinzentado como o casco de uma tartaruga muito velha. O vento uivava de modo estranho por entre suas folhas, como se estivesse dizendo a eles que fossem embora e fugissem para o mais longe que pudessem. Contudo, de seus galhos mais delicados chegava um sutil sussurro, que os atraía para mais perto.

Róland sentiu o suor escorrendo na testa quando andou cautelosamente ao redor da árvore segurando o detector de metais. O som se intensificava à medida que se aproximava do tronco, até que o aparelho emitiu um chiado horrível e o visor se apagou. Ele olhou para cima e pareceu-lhe nitidamente que havia rostos incrustados na casca.

– Porcaria de detector fajuto – disse Róland com voz fraca.

Cromwell permanecia de pé a alguma distância e observou Róland religar o aparelho. Ele levou as mãos aos ouvidos quando o chiado soou novamente, mas o detector de metais parou de funcionar exatamente no mesmo local.

– Há algo aqui embaixo – disse Róland. – Algo que está sobrecarregando o aparelho.

Cromwell pôs-se imediatamente a cavar vigorosamente.

– Esse não é bem o espírito da boa arqueologia – disse Róland, preocupado. – Se cavarmos assim, poderemos destruir informações importantes.

– Aqui não chegaremos a lugar nenhum cavando com colher de chá – disse Cromwell. – E se você não se apressar, não sairemos deste lugar nunca mais.

~~≈~~

Eles já estavam a três metros de profundidade quando a pá se quebrou.

– Há algo aqui! – disse Róland entusiasmado, enquanto enxugava o suor da testa com a manga da camisa. – Vamos rápido, está começando a anoitecer.

Cromwell rastejou para dentro do buraco e juntou-se a Róland.

– É algum tipo de arca – disse Róland.

A arca estava recoberta de musgo, e as raízes do carvalho tinham se agarrado a ela como uma mão avarenta. Eles serraram as grossas raízes, mas elas pareciam não querer largá-la, pois sempre que uma se desprendia era como se outra se enrolasse, como uma cobra. Eles cortavam sem parar e usavam fogo para chamuscar as raízes. De repente, foi como se a árvore afrouxasse a pressão que exercia e a largasse. Um estalo semelhante a um lamento soou pela copa da árvore quando eles passaram uma corda embaixo da arca e a içaram para fora do buraco.

Acenderam-se tochas na aldeia e uma fila delas dirigia-se agora para o alto da colina. Ao longe, o motor do helicóptero era ligado.

– Vamos logo, antes que o piloto nos deixe para trás.

Eles arrastaram a arca pela floresta o mais rápido que puderam. As hélices já giravam a plena velocidade quando trouxeram a arca a bordo. Alguns segundos depois, sobrevoavam a floresta.

– Provavelmente estaríamos mortos se tivéssemos ficado lá – disse Róland, olhando para as tochas que se reuniam onde o helicóptero estivera pousado pouco antes.

O helicóptero voou junto à longa costa rochosa enquanto o sol se punha ao longe. Cromwell e Róland respiraram aliviados e soltaram uma risada nervosa, mas mal escutavam as próprias vozes devido ao barulho das hélices. Depois de duas horas de voo, o helicóptero aterrissou num grande rancho nos arredores de uma metrópole. Eles carregaram a arca para uma edícula próxima, removeram o musgo e a lama e arrancaram as raízes que ainda estavam enroladas nela. Seus corações subiram à boca quando viram surgir uma tênue forma humana dentro da arca. Cromwell apalpou a arca e achou o encaixe da tampa.

– Abra com cuidado – disse Róland.

Um som de sucção foi ouvido quando a arca se abriu e o tempo a invadiu, como a água que inunda um navio naufragando. Em seguida ouviu-se um pesado gemido.

– Deus todo-poderoso – disse Cromwell, abrindo a arca por completo.

Dentro dela jazia uma menina com uma flecha enterrada no coração. Ela abriu os olhos e seu vestido de imediato tingiu-se inteiro de sangue. A menina resfolegou e tossiu, e o sangue escorreu pelos cantos de sua boca.

– Ela está ferida!

Cromwell pegou-a nos braços e correu em direção ao helicóptero.

– Rápido! Rápido! PARA O HELICÓPTERO! Ela está com uma flecha no coração! RÁPIDO!

O piloto estava sentado no jardim e engasgou com o café. Correu e ligou os motores. Róland pulou a bordo do helicóptero e Cromwell o seguiu com a menina nos braços, berrando:

– Vamos! Vamos!

O helicóptero alçou voo e se lançou em meio à escuridão sobre a cidade iluminada. Eles seguravam firme o ferimento e tentavam estancar a hemorragia. A menina olhava para cima e tossia, até que perdeu a consciência. Seu rosto era branco como a neve; seus cabelos, negros como asas de corvo; o vestido, vermelho de sangue. Róland gritou:

– Mais rápido! Faça contato com o hospital e anuncie nossa chegada!

Logo, eles viram surgir à sua frente um hospital iluminado que tinha vinte andares e erguia-se num subúrbio próximo. O helicóptero aterrissou com um forte estrondo na plataforma de pouso. Pessoas em jalecos brancos escancararam a porta do helicóptero e estenderam a menina numa maca antes de se lançarem com ela através de portas basculantes.

Cromwell e Róland ficaram onde estavam, de pé e em silêncio. Estavam cobertos de lama e ensanguentados. Róland vertia lágrimas. Lá embaixo soava o murmúrio do trânsito, os sons do agito da cidade. Havia um calor úmido no ar poluído.

– Aqueles aldeões são loucos – disse Cromwell. – Eles sepultaram a menina viva.

– Mas como? – perguntou Róland. – Como isso foi possível? Nós tivemos de cortar raízes em volta da arca.

Cromwell ficou pensativo.

– Eu não entendo. Não havia nenhum sinal de que alguém tivesse cavado lá antes de nós. Os aldeões estão escondendo alguma coisa. Eles devem praticar sacrifícios humanos naquela colina. Eu nunca soube de nada assim antes. Sepultar uma menina viva!

Eles esperaram no hospital a noite inteira. A polícia os interrogou. Cromwell estava emocionado.

– Ela foi flechada por aldeões loucos!

– Onde?

– Na Colina Proibida.

Os policiais balançaram a cabeça.

– Vocês subiram até lá? Vocês são loucos! Uma equipe inteira de cientistas desapareceu por lá ano passado. Nós não conseguimos arrancar uma palavra sequer daqueles aldeões.

<hr>

Um médico foi até eles pela manhã.

– O estado é grave. O coração tinha parado de bater quando ela chegou. Temos que esperar para ver.

O médico entregou uma caixa para Cromwell.

– Aqui estão as posses dela: o vestido, um colar e um bilhete que ela tinha nas mãos.

Cromwell apanhou a caixa, mas não sabia o que fazer. Analisou o bilhete e não reconheceu nem o alfabeto nem a língua.

Rosa pôs de lado os papéis.

As crianças olhavam para ela.

– Se querem saber mais, devem encontrar Cromwell. Ele é aquele sujeito que apareceu um dia nos televisores do mundo todo e vendeu para o planeta inteiro as caixas do tempo. Eu estou convencida de que ele sabe como a história acaba.

À PROCURA DE CROMWELL

O letreiro SEM MAIS FEVEREIROS! piscava a intervalos irregulares. Rosa estendeu um mapa de ruas sobre a mesa de centro e desenhou um círculo vermelho em torno de uma casa no bairro mais rico.

Marcos olhou para o mapa.

— Ele mora aqui na cidade, então? Por que não disse logo de cara?

— Vamos atrás dele?

— Sim, vocês sabem quebrar vidraças, não sabem? — perguntou Rosa.

Marcos corou.

— Ele é perigoso? — quis saber Pedro.

Rosa não respondeu.

— Vão com cuidado. Nunca se sabe como pessoas como ele podem reagir. Façam a ele três perguntas: perguntem-lhe sobre a princesa, perguntem-lhe sobre Kári e peguem com ele a chave para a fábrica.

— A chave?

— Sim, eu acho que a chave pode livrar o mundo do feitiço.

Marcos balançou a cabeça, mas então pensou em seus pais e em sua irmãzinha. Ele tinha que salvá-los antes que sumissem embaixo da terra. Não havia outra alternativa senão fazer como Rosa dizia. As crianças pegaram o mapa e partiram por uma via expressa coberta de musgo. Passaram furtivamente por um shopping center, caminharam ao longo do lago com a roda gigante e passaram diante do prédio do parlamento, onde estavam postados em fila os parlamentares congelados. Vitória olhou com tristeza para a sua vizinhança. Ela queria ir para casa.

Enfim chegaram a um bairro onde os terrenos eram do tamanho de campos de futebol e estátuas de leões sentados guardavam as entradas das garagens. Essa devia ser a vizinhança dos ricos.

– Eu não gostaria de entregar jornais neste bairro – disse Pedro.

A casa de Cromwell era cercada por muros altos e moitas de espinhos. Na entrada havia um chafariz e um Rolls-Royce empoeirado. Os pneus estavam murchos e o capô, branco de titica de passarinho. A porta de entrada estava trancada e a maçaneta caiu quando Pedro tentou girá-la. Eles deram a volta em torno da casa. Nos fundos havia uma piscina cheia de folhas e uma quadra de tênis que se parecia com uma floresta virgem. Acharam uma janela quebrada, retiraram os cacos de vidro e entraram por ela. Não havia qualquer sinal de vida no interior da casa.

– Vocês confiam nela? – perguntou Vitória.

Marcos deu de ombros.

– Eu não sei.

O pé-direito era alto e seus passos ecoavam no piso de mármore. Pássaros brancos alçaram voo nos corredores e um candelabro de cristal jazia em cacos no chão. No piso do banheiro formigas estavam devorando impetuosamente um guaxinim morto. Subiram pelas escadas até o segundo andar e pararam de repente, quando viram uma luminescência azul emanando abaixo de uma porta.

— Alguém com vontade de entrar? — perguntou Marcos.

— Eu é que não — disse Vitória.

— Depois de vocês — disse Pedro.

— Vamos todos juntos — disse Cristina.

Eles abriram devagar a porta e entraram numa biblioteca coberta de pó. Cabeças de veados empalhadas olhavam para eles na penumbra. No alto, sob o teto, viram pendurada uma presa de narval retorcida. A luz azulada vinha de uma caixa preta postada num canto do quarto. Eles se sobressaltaram. Na caixa estava de pé um homem pálido e magro, que fitava o teto com olhos abertos e vazios.

— Será que é ele? — perguntou Marcos, inspecionando o rosto cinza e de aspecto doente.

— Pergunte para ele — disse Vitória, e se escondeu atrás de Pedro.

Marcos suava nas mãos quando pegou a chave hexagonal e abriu a caixa.

— Quem está aí? Hein? Quem está aí? — perguntou o homem, e forçou os olhos para enxergar melhor na penumbra do quarto.

— Estamos procurando por Cromwell.

— Sou eu. O que vocês estão fazendo aqui? É falta de educação abrir as caixas dos outros! Criados! Entrou uma molecada endiabrada aqui!

– Não há mais nenhum criado aqui – disse Marcos.

– Mas que diabos... – disse Cromwell.

– Foi você que fez as caixas pretas?

– Sim, fui eu.

– O mundo está arruinado e a culpa é sua – disse Marcos.

– Minha? Eu não forcei ninguém a comprar as caixas.

– Mas foi você que criou o lema: "SEM MAIS FEVEREIROS".

– Sim, isso eu fiz, afinal de contas fevereiro é uma porcaria de mês.

– Na verdade, eu faço aniversário em fevereiro – disse Vitória, ultrajada.

– Eu não posso fazer nada quanto a defeitos de nascimento dessa natureza – bufou Cromwell. Ele olhou pela janela e pareceu tomar um pequeno susto. Farejou o ar e fez uma careta ao sentir o cheiro de mofo. Sacudiu o corpo num calafrio. – Ah, é trágico ver a dimensão dessa crise. Até mais, não tenho tempo a perder. Estou acumulando rendimentos. Sumam daqui.

– Não, você precisa nos ajudar.

– Ajudá-los?

– Nós precisamos fazer as pessoas saírem das caixas – disse Vitória. – Antes que seja tarde demais.

– As pessoas regulam elas próprias o seu tempo de saída. Eu não proíbo ninguém de sair!

– Mas elas não saem – disse Vitória. – Estão todas à espera de tempos melhores. Ninguém quer tomar as decisões difíceis.

– E isso é culpa minha? Tenho eu que gastar meu tempo consertando o estrago que os outros fizeram? Fora de questão! De jeito nenhum! Você sabe quantos rendimentos estou perdendo só de falar com você? – Ele olhou para o relógio. – No mínimo quatrocentos mil!

– Não existem mais rendimentos – disse Marcos.

Cromwell se fechou batendo a tampa da caixa.

Marcos abriu-a de novo. Cromwell aguçou a vista para enxergá-lo.

– Ora, então você ainda não foi embora? – ralhou Cromwell.

– Não – disse Marcos.

– Então vá – retrucou Cromwell, fechando-se outra vez.

Marcos abriu a caixa novamente.

– Precisamos da chave.

– Da chave? – perguntou ele.

– Sim.

– Que chave?

– A chave para a fábrica.

Cromwell franziu as sobrancelhas.

– Se vocês vieram por causa da chave para a fábrica, tem alguma coisa por trás disso! Quem os enviou?

– Uma senhora de nome Rosa.

Cromwell ficou pasmo, quase em pânico.

– Rosa? – disse ele. – Ela está aqui?

– Não.

Ele respirou um pouco mais aliviado.

– Não acreditem em nenhuma palavra do que essa mulher diz.

– Por que não?

– Ela é doida. Não tira da cabeça as caixas do tempo. Lutou contra elas e disse que eu destruiria o mundo ao liberá-lo dos limites do tempo. Evitem-na! Ela não traz consigo nada além de traição, desgraça e morte – disse Cromwell, e se fechou novamente batendo a tampa da caixa.

Vitória e Marcos se entreolharam e abriram novamente.

– O que foi agora?

– Ela nos fez sair das nossas caixas para nos contar uma história.

– E disse para perguntarmos a você como a história acaba.

– Eu não conheço nenhuma história!

– Sim, conhece, uma história sobre uma princesa que levou uma flechada no coração e foi sepultada numa arca mágica sob o peso do tempo.

Cromwell refletiu por um segundo e pôs os pés para fora da caixa. Ele estava de tênis, camisa polo rosa e bermudas brancas. Caminhou diretamente para uma janela suja e fez uma careta ao verificar o estado deplorável do Rolls-Royce no pátio.

– Eu teria trazido o carro para dentro se soubesse que tudo isso levaria tanto tempo.

Caminhou para sua caixa, olhou para o visor com a regulagem de tempo e bateu nele, incrédulo.

– Nossa, foi um segundo bem longo – disse ele. – Então a situação não se ajeitou nem um pouco?

– Não – disseram as crianças.

– As caixas foram meticulosamente programadas. Era para se abrirem automaticamente assim que a crise tivesse terminado. Eu não esperava que ela durasse tanto.

Cromwell olhou ao seu redor, viu o piso ondulado e as paredes apodrecidas e murmurou:

– Este lugar está precisando de uma boa geral.

Apanhou os binóculos e olhou para sua fábrica ao longe, onde torres vermelhas e brancas erguiam-se contra o céu.

— Foi a Rosa que mandou vocês virem atrás da chave?

— Sim.

— Bem típico dela tentar estragar os meus planos.

— Nós temos que fazer três perguntas a você.

— Certo, mandem!

— Você sabe o que aconteceu com Obsidiana? — perguntou Vitória.

— Não — disse Cromwell. — Eu nem conheço esse nome.

— Obsidiana era uma princesa que tinha uma arca mágica.

— Certo, certo — disse Cromwell. — Eu sou um homem de negócios, não sei nada de fábulas. Próxima pergunta.

— O que aconteceu com Kári?

— Não conheço nenhum Kári — disse Cromwell. — Quem é esse?

Era como se a pergunta o tivesse pego de surpresa.

— Kári era um menino que amava a princesa. Ele teceu uma arca para se lançar à frente no tempo, assim os dois poderiam se reencontrar.

Cromwell esbugalhou os olhos.

— Existe outra arca?

Ele enrubesceu e percebeu que tinha falado demais.

— Você parece saber ao menos sobre uma arca — disse Vitória.

Cromwell não respondeu.

— Você sabe o que aconteceu com a menina?

A ARCA É ENCONTRADA

Cromwell caminhou pela biblioteca com uma expressão impenetrável. Alguma coisa parecia martelar em sua cabeça.

– Sentem-se – disse ele.

Uma nuvem de pó se levantou quando as crianças se sentaram nos grossos sofás da biblioteca. Uma enorme cabeça de antílope os encarava com olhos azuis. Cromwell suspirava e andava a passos lentos para lá e para cá. Por fim, tomou a palavra e começou a contar:

A menina ficou internada inconsciente no hospital por quarenta dias. Eu ia visitá-la diariamente. Ela era lindíssima e parecia em paz em seu sono, mas ninguém sabia de onde ela vinha nem como se chamava. Quando acordou, nós tentamos falar com ela. Ela parecia não compreender o que dizíamos, mas então me lembrei do bilhete com as letras ilegíveis que ela estava segurando nas mãos. Entreguei-lhe o bilhete e ela irrompeu em pranto. No dia seguinte desapareceu, e ninguém sabia o que havia acontecido com ela. Não passou um dia sem que eu pensasse nela.

E então, muitos anos depois, fiquei trabalhando até tarde no laboratório e ela apareceu do nada, como uma assombração. Seus cabelos eram negros como a noite e a face, branca como neve. Ela me entregou uma carta, em minha própria língua, e foi embora.

Se você seguir em uma jornada de dois dias a partir da Colina Proibida, encontrará uma montanha de formato cônico. Ao fundo do vale corre um rio. Lá foi travada uma batalha no solo plano, e a curta distância dali há um desfiladeiro. Faça buscas por lá e veja o que encontra.

Conversei com o Róland e partimos imediatamente, como se atraídos por uma força magnética. Seguimos as indicações que ela fornecera e encontramos uma imensa quantidade de armas, elmos e objetos de valor. Havia também ossadas humanas e esqueletos de elefantes, cavalos e rinocerontes. Quando eu estava no meio das escavações, surgiu novamente a menina. Eu a cumprimentei e gritei: *Veja todo este ouro!* Ela inspecionou tudo que eu tinha encontrado, mas não parecia interessada no ouro. Ela ficava muito quieta e ninguém sabia seu nome nem de onde vinha. O pessoal da escavação tinha medo dela. Ela analisava os crânios cuidadosamente e parecia capaz de ler todas as inscrições que eram achadas. Quando encerramos o trabalho de escavação, foi como se ela tivesse ficado profundamente decepcionada. Sentou-se na beira da praia e ficou olhando fixamente para a superfície do mar ao longe. Caminhei até ela.

– Você está procurando alguma coisa!

– Sim – disse ela, com um sotaque muito forte.

– Alguma coisa mais preciosa que ouro.

– Sim – disse ela. – Você tem de procurar melhor. Precisa atravessar a Grande Fenda.

– Grande Fenda? – perguntei eu.

– Siga a direção do seu nariz – instruiu, apontando para o horizonte. – Então vai achar as Sete Torres.

– Seguir o meu nariz? – disse eu, perplexo. – São quatro mil quilômetros até a África. Mas eu irei até lá se você me disser quem você é.

– Eu me chamo Rosa – respondeu.

Segui seus conselhos e encontrei as Sete Torres. No meio das escavações ela reapareceu, mas apesar de termos achado máscaras, estátuas e ruínas de valor inestimável, ela balançou a cabeça e disse: "Não, não está aqui, deve estar em outro lugar."

– Ela sabia que a arca estava com você?

– Ela me disse que eu deveria atirar a arca no mar. Eu prometi a ela que faria isso, mas a arca me encantou. Eu construí um laboratório todo equipado no meu porão, na esperança de conseguir entender de que material ela era feita.

A cabeça de antílope empalhada pareceu eriçar as orelhas. Cromwell continuou:

Até que um dia eu acordei com uma barulheira. Alguém tinha invadido o porão e quebrava tudo por lá. Desci correndo e vi a menina. Ela esmigalhava os tubos de ensaio e os microscópios e desferia golpes violentos na arca. Seus olhos soltavam fogo. Ela agarrou a presa de narval e encostou a extremidade pontuda contra meu peito. Sibilando, disse para mim:

– É preciso muita inteligência para compreender esta arca. Do contrário, ela não trará nada além de maldição e morte! Aquele que vencer o tempo perderá o mundo!

Em seguida, ela me acertou um golpe forte na cabeça. Quando recobrei os sentidos, ela já tinha ido embora e eu nunca mais tornei a vê-la.

Mas suas palavras ficaram grudadas na minha mente. Vencer o tempo? Aquilo realmente não tinha me ocorrido. Descobri assim o poder mágico da arca e entendi que grandiosa descoberta ela poderia ser para a humanidade. Levei tempo para desenvolver a tecnologia, mas cinco anos mais tarde tinha conseguido fabricar uma arca mágica em tamanho real. Pouco tempo depois, cheguei a uma solução para produzi-la em escala e torná-la acessível a todos. Consegui libertar as pessoas do jugo do tempo. Era a maior revolução na história da humanidade! Até mesmo os mais pobres podiam usar a arca para esperar a época da colheita. Aquilo era o que o mundo mais desejava, o que o mundo necessitava. SEM MAIS FEVEREIROS!

❦

Cromwell falava com o discurso inflamado de um vendedor, e nitidamente já tinha dito aquilo mil vezes antes. Andou até a janela e observou, incrédulo, as casas do outro lado da rua.

– A casa da frente está em ruínas, há alguém dentro dela?

– Você deveria reconhecer as luzes azuis – disse Vitória.

Cromwell desviou o olhar da casa quando percebeu um morcego adormecido, pendurado no trilho da cortina. Ficou calado por algum tempo.

– Rosa talvez tivesse razão. É *realmente* preciso muita inteligência para lidar com um tesouro como esse.

– Você precisa nos dar a chave – disse Vitória. – Antes que seja tarde demais.

– Venham comigo – disse Cromwell. – Preciso mostrar uma coisinha a vocês.

As crianças o seguiram ao longo de um corredor escuro. Ele tentou instintivamente acender a luz, mas não havia energia elétrica na casa. Encontrou velas e acendeu-as. No final do corredor, chegaram a uma pesada portinhola de ferro. Cromwell girou o segredo e a porta se abriu para uma sala escura. À luz bruxuleante das velas, viram uma antiga arca no meio do chão. Cromwell andou até ela e acariciou a tampa.

– Ela não é bonita? – perguntou ele.

– É bonita, sim – disse Vitória –, mas eu quero ir para casa. Eu quero sentar diante da janela com a minha amiga e ficar olhando a chuva. Entregue-nos a chave agora.

Cromwell olhou para as crianças. Havia tristeza em seus olhos quando enfiou a mão no bolso e pronunciou em voz baixa um fragmento de poema:

A terra guardou
mas um homem achou
a eternidade
que o tempo olvidou.

Havia um tom de rendição em sua voz quando ele estendeu para eles algo que se parecia com um cartão de crédito dourado.

– Esta é a chave. Eu não me responsabilizarei caso aconteça alguma coisa com vocês.

– Obrigada – disse Vitória, pegando-a nas mãos.

As crianças correram o mais rápido que suas pernas podiam de volta para a casa de Rosa.

– Conseguiram a chave?

– Sim – disse Marcos –, e um pequeno poema.

– Ótimo – disse Rosa. – Então vamos acordar o mundo.

A FÁBRICA

Quatro crianças andavam ao longo da orla e se aproximavam da gigantesca fábrica que se erguia sobre as casas nos limites da cidade. Em suas torres brancas e vermelhas estava escrito, em letras grandes:

TIMAX® – POR TEMPOS MELHORES!

Caminharam por um estacionamento coberto por plantas de urze e viram como as trepadeiras já tinham quase engolido o sinistro edifício. Na ala dos escritórios havia escrivaninhas abandonadas e papéis amarelados. Eles andaram até o grande prédio da fábrica, mas a entrada estava hermeticamente trancada por uma porta de ferro. Uma placa retorcida balançava, pendurada por um prego:

Acesso expressamente proibido.

Marcos acionou o visor ao lado da porta. Fez-se um chiado e uma voz mecânica soou nos alto-falantes empoeirados:

– A chave?

Marcos respirou fundo e colocou a chave na ranhura, enquanto recitava o poeminha:

– A terra guardou / mas um homem achou / a eternidade / que o tempo olvidou.

– Abrir? – perguntou a voz mecânica do alto-falante empoeirado.

Marcos escolheu a opção no visor: SIM.

– Deixar o tempo entrar? – disse a voz.

Ele deu de ombros e apertou de novo no SIM.

– Você está usando trajes de segurança apropriados?

Marcos olhou para as outras crianças.

– Sim ou não?

– Aperte SIM de uma vez! – disse Cristina.

– Os tanques de ração estão cheios? – perguntou a voz.

Marcos olhou para trás por cima do ombro.

– Devem estar. Quer dizer, como vou saber?

Pedro não tinha certeza.

– Talvez Rosa tenha nos enganado. Cromwell nos alertou sobre ela. Pode ser que isso seja uma cilada.

– Tanques de ração para quê? – perguntou Vitória.

– Eu não tenho a menor ideia – disse Marcos.

E então apertou o botão do SIM.

– Sim, os tanques de ração estão cheios.

A porta se abriu vagarosamente. Diante das crianças surgiu um salão maior do que qualquer ginásio esportivo. Intermináveis fileiras de colunas brancas se erguiam até onde a vista alcançava. Era como se o teto estivesse forrado de telas brancas.

– Uau – disse Vitória e segurou a mão de Pedro. – Telas de seda.

– Mas e agora? O que fazemos?

– Não faço a menor ideia – disse Marcos.

– Vamos entrar?

Eles andaram pelo interior do salão, que se parecia mais com uma gigantesca catedral. Uma luz mágica inundava o ambiente de uma janela no teto e colunas brancas e pretas brilhavam em fileiras intermináveis. Entre as colunas havia rolos de seda.

De repente Cristina soltou um grito. Um enxame de moscas varejeiras passou voando. Ela andou até a coluna e viu que gordas varejeiras azuis infestavam a saída de um cano.

– Ugh! O tanque está cheio de larvas brancas se mexendo.

Um braço robótico verde passou zunindo por cima de suas cabeças.

– Aquilo não é seda – disse Marcos. – São teias de aranha!

E agora que os seus olhos já tinham se habituado à penumbra, perceberam que o que parecia ser uma coluna preta era na verdade uma coluna coberta de aranhas. O enxame de moscas partiu da coluna branca e se enroscou numa teia. Então, foi como se a coluna preta ganhasse vida. As aranhas partiram todas em disparada, e eles viram que o teto também estava forrado de aranhas, que agora desciam penduradas, de modo que o salão inteiro parecia se mexer. As paredes ondulavam, as colunas se moviam: o teto estava vivo.

Eles olhavam atônitos para os fios, observando como as aranhas teciam e teciam, de modo sinistro, como criaturas loucas. Capturavam as moscas com agilidade, envolviam-nas em casulos e sugavam sua seiva.

– Vamos sair daqui – sussurrou Pedro e puxou Vitória. – A chave deve ter posto a fábrica em funcionamento novamente. Este salão deve funcionar como uma arca do tempo gigante.

Marcos estava paralisado.

– Eu não suporto aranhas!

Por todo o teto passava uma garra mecânica verde que ia enrolando as teias de aranha em grossos rolos, que eram então depositados em uma máquina de fiar. Como um tear gigante, a máquina se movia automaticamente para a frente e para trás. Ela expelia pilhas de grandes placas pretas. Uma aranha caiu no chão entre os pés das crianças. Cristina gritou e a pisoteou. Era uma aranha peluda e enorme, quase do tamanho do seu calcanhar. A aranha esmagada deixou uma grande mancha verde no chão.

– Vamos sair daqui – disse Marcos. – Fomos trazidos para uma cilada!

De repente, uma rajada de vento pareceu soprar através do salão. Os rolos de seda caíram no chão diante da entrada, impedindo que eles saíssem. Então, todas as aranhas pararam de tecer ao mesmo tempo, como se tivessem sentido o ar fresco. O sistema de emergência foi acionado. Sobre a porta de entrada, uma luz vermelha piscava: FECHANDO! FECHANDO! FECHANDO!

As aranhas lançaram-se dependuradas do teto, como se formassem uma tropa de operações especiais descendo em rapel. Livraram-se dos fios e cobriram o piso como um tapete felpudo. Formaram uma camada tão densa que o chão se movia em ondas, como a superfície do mar. As crianças punham as mãos no rosto e tentavam se proteger quando as aranhas rebentavam sobre elas como ondas na praia.

– Bruxa maldita! – disse Marcos, enquanto tentava se livrar de patas e antenas. – Ela nos tapeou!

BEM-VINDOS AO MUNDO

Fez-se um silêncio sepulcral na fábrica. As crianças estavam encolhidas no chão. Marcos não ousava sequer erguer a vista. Ele abriu um olhou e viu que o salão da fábrica tinha se esvaziado, exceto por uma ocasional antena ou aranha morta que jazia no chão. Um zunido baixo ouvia-se dos braços mecânicos que iam e vinham coletando as teias, mas as aranhas tinham sumido. As varejeiras voavam pelo recinto, mas o burburinho de antenas e patas havia silenciado. As crianças correram até o estacionamento e viram a horda de aranhas indo em direção à cidade, como uma sombra negra rastejando sobre a terra.

– Oh, não, o que nós fizemos? Elas vão atacar a cidade!

Marcos correu atrás delas. Apanhou um graveto e conseguiu esmagar algumas, mas as aranhas iam muito rápido.

– Venham – gritou ele. – Me ajudem!

Vitória, Pedro e Cristina pegaram gravetos, mas era como tentar apagar um incêndio na floresta batendo nas chamas com um cabo de vassoura. A sombra negra cobriu a terra e estava quase na metade do caminho para a cidade. Mas então surgiu outra sombra. O céu encheu-se de corvos que se reuniam em um único bando, vindos de todas as direções. Eles mergulhavam, agarravam uma aranha e voavam com ela no bico em direção à cidade. Lá, largavam as aranhas, deixando-as cair nos telhados das casas, de onde rastejavam para dentro pelas chaminés ou por janelas quebradas.

As crianças observavam impotentes o que se passava.

– Os animais se voltaram contra as pessoas – disse Cristina, quase chorando.

– Rosa nos traiu.

As crianças correram o quanto seus pés aguentaram e estavam exaustas e ofegantes quando chegaram finalmente à primeira casa. Corvos grasnavam pousados no telhado. As crianças espiaram pela janela quebrada da sala e viram que o piso estava forrado de dentes-de-leão. Quatro aranhas tinham subido em uma arca do tempo que conservava uma mulher que sorria um sorriso paralisado sem suspeitar de nada.

Pedro sacou seu graveto.

– Vamos, temos que salvá-la. Vamos matar as aranhas!

Vitória segurou-o e disse:

– Não, espere um pouquinho...

As aranhas estavam paradas sobre a caixa, como se mastigassem algo. De repente soou um apito estridente, como quando a comida está pronta no micro-ondas, e uma mulher de meia idade saiu confusa de dentro da caixa.

As crianças assistiram rindo à mulher que deu um berro ao ver as aranhas, mas perdeu a fala ao ver os dentes-de-leão no piso da sala.

– Bom dia – disse Marcos.

– Bom dia – disse a mulher.

Ela foi pegar o telefone, mas ele estava coberto de titica de passarinho.

– Não estou gostando da situação – disse ela, e olhou à sua volta. Achou o controle remoto e tentou insistentemente ligar a televisão.

– O que você está fazendo? – perguntou Vitória.

– O governo obviamente não fez nada. Preciso ver o que os economistas estão dizendo, se a situação se ajeitou.

– Você não está vendo que há um ninho de tordos na sua televisão? – disse Marcos.

E, então, um forte ruído foi ouvido quando quatro corvos voaram para dentro da sala, pegaram as aranhas e foram embora com elas.

As crianças assistiam perplexas ao que estava acontecendo.

– As aranhas fazem furos nas caixas pretas – disse Pedro.

– É da natureza delas – disse Cristina. – Elas comem sua própria teia, eu aprendi isso na escola.

– Mas a minha casa sempre foi infestada de aranhas. Por que elas não roeram há tempos as caixas? – perguntou Pedro.

– Essas devem ser de outra espécie. Cada espécie rói apenas a sua teia.

– Parece mesmo que alguém adestrou os corvos – disse Cristina. – Será que alguém conhece um encantamento de corvos?

As crianças correram até a próxima casa e espiaram pela janela. A mesma história se repetiu. Um homem atordoado, de cueca samba-canção, pôs os pés para fora da sua caixa. Um bebê engatinhava pelo chão e uma mulher de camisola disse para ele, num tom irritado:

– Você não ia pintar a sala enquanto eu estivesse na caixa?

A mulher deu um grito e pulou sobre uma cadeira quando viu as aranhas, mas antes que o homem conseguisse esmagá-las, os corvos já tinham voado com elas para longe.

O grupo de crianças partiu correndo mais uma vez.

– Parece que basta que elas façam um furinho de nada – disse Vitória, assistindo a tudo aquilo que acontecia.

Eles corriam por casas e prédios e deparavam-se com pessoas que olhavam aterrorizadas para o mundo arruinado.

– Calma, não tenham medo. O mundo saiu dos trilhos. Precisamos de ajuda para colocarmos as coisas em ordem. Venham!

As pessoas iam enchendo as ruas, cada vez mais e mais.

– Cuidado com as crianças – gritou Marcos. – Há ursos selvagens no shopping center.

～✦～

Pedro teve um lampejo e correu até a casa do seu amigo Samuel. Lá, não havia mais porta da frente. Pedro entrou direto e esperou até que as aranhas fizessem o tempo entrar na caixa de Samuel.

– Oi, você está de volta? – perguntou Samuel.

– Sim, venha comigo lá para fora.

– Eu estou velho demais para brincar – disse ele com voz grave, e olhou ao redor. O quarto estava cheio de pombos.

– Deixe de besteira – disse Pedro e arrastou-o consigo.
– É claro que você pode brincar.

A rua principal mais se parecia com um circo colorido, no qual se misturavam crianças pequenas, cervos e gaivotas, executivos, esquilos e adolescentes. Um fazendeiro confuso corria atrás do seu rebanho de vacas sobre um viaduto coberto de mato.

– Nossa, como está tudo bagunçado. Mas o que foi que aconteceu? – perguntou Samuel.

– Eu conto mais tarde – disse Pedro e sorriu.

– É preciso reconstruir tudo – disse Samuel.

– Sim – disse Pedro –, o que foi construído uma vez pode ser construído de novo.

Samuel coçou a cabeça e ponderou que Pedro era bastante esperto, apesar de muito jovem.

– Mas algumas coisas talvez nunca devessem ter existido – disse Pedro, apontando para a sede de um banco, que mais se parecia com uma lápide coberta de musgo.

Eles caminhavam pela rua e conversavam. As pessoas estavam incrivelmente calmas, algumas já tinham começado a remendar coisas, outras andavam a esmo como se não acreditassem nos próprios olhos. Samuel ajudou uma senhora a descer uma escada e Pedro segurou um bebê para um homem enquanto ele retirava o limo das roupas da criança. Samuel estava enorme, mas os dois se acostumaram com isso bem depressa. No fundo, o mesmo Samuel estava lá ainda, apesar de habitar agora um corpo gigantesco.

– Samuel! – disse Pedro, de repente.

– Diga.

– Apesar de você ter ficado sete anos mais velho que eu, nós podemos muito bem ser amigos ainda, não é?

– Podemos, sim, é claro – disse Samuel.

– Quando eu tiver setenta anos e você setenta e sete, ninguém vai reparar.

– Bem observado – disse Samuel.

Eles viram o velho homem da loja de brinquedos estendendo uma faixa entre duas árvores.

BEM-VINDOS AO MUNDO!

Ele carregava outras faixas com dizeres diversos. Pedro correu até ele e o ajudou a pendurá-las:

TEMPOS BRILHANTES ESTÃO POR VIR!

Marcos ouviu uma voz conhecida chamando:

– Marcos! Marcos!

Ele viu seu pai ao longe correndo pela rua, com uma expressão preocupada. Marcos pulou em seus braços.

– Marcos, meu querido, eu estava preocupado com você – disse ele.

– Eu é que estava preocupado com vocês – disse Marcos. – Mas agora tudo vai se ajeitar, nós temos bastante tempo.

– O que vai acontecer agora? – perguntou seu pai.

– Eu não sei. Vai acontecer alguma coisa, simplesmente. A vida segue – disse Marcos. – Veja aquela faixa ali.

Seu pai olhou para a faixa do homem da loja de brinquedos:

TODOS OS DIAS SÃO BONS DIAS!

– Não é tão simples assim – disse seu pai, franzindo a testa.

– Eu sei que não – disse Marcos. – Mas desde quando a vida é fácil?

Seu pai ficou em silêncio e pôs as mãos em seus ombros.

Vitória foi para casa. Sentou-se no chão da sala e ficou olhando para o sapo na mesa de centro enquanto esperava. Os corvos voavam com as aranhas no bairro vizinho, mas ainda não tinham chegado à sua casa. Ela escutava a algazarra e a comoção aumentando na cidade. Crianças passavam correndo, e alguém começara a tocar um violão mais para baixo em sua rua. Cristina apareceu.

– Venha comigo! Vamos encontrar a Rosa!

– Eu não posso, estou esperando mamãe e papai – disse Vitória.

– Eles não vão nem notar! Você volta em um instante.

Vitória bateu fraco nas caixas de seus pais e rabiscou um bilhete, para o caso de eles saírem enquanto ela estivesse ausente.

Só dei uma saidinha! Não se preocupem.

Elas encontraram a casa, mas, quando bateram na porta, foram recebidas por um casal que não conhecia nenhuma Rosa.

SOB O CARVALHO RETORCIDO

Longe, bem longe, uma mulher estava sentada sob um carvalho antiquíssimo e incomumente retorcido. Nas mãos, levava um bilhete amassado:

– *Nós nos reencontraremos.*

Graças ao encantamento dos corvos, os pássaros negros voavam agora por todo o mundo. Ela sabia que em toda parte o tempo fluía novamente para as pessoas e enchia suas vidas de alegria e tristeza. Generoso e também impiedoso, o tempo jogaria com todos ora como uma brisa fresca, ora como uma tempestade furiosa, ora como um dia de bonança. Ele arrebanharia as pessoas, as alçaria às alturas ou as sopraria para longe como grãos de areia.

Quando o sol se pôs e as estrelas brilhavam no infinito céu noturno, ela adormeceu sobre o musgo ao abrigo da pujante copa do carvalho. Em seu sonho, apareceram anões que tinham oito pernas como as aranhas, um rei triste e a bela Luz da Primavera, que lhe dedicava um olhar meigo. Sonhou com três irmãs que a guiavam pela floresta. Elas correram atrás de cervos e lebres, antílopes e javalis. Mas, de repente, pararam diante de dois brotos de árvores. Uma segurou sua mão, uma olhou no fundo dos seus olhos e a terceira sussurrou: *É chegado o tempo.*

Ela despertou quando uma mão macia e velha afagou sua face, e então uma voz conhecida cantarolou versinhos numa língua que ninguém mais entendia além dela:

Com a pureza da lã
e a formosura da rosa,
no mundo inteiro não há
joia assim tão preciosa.

Abriu os olhos e se deparou com olhos de menino em um rosto gasto pelo tempo.

⤙⤚

– Então me diga, Obsidiana, quais são as notícias do mundo do tempo?

Esta obra foi composta pela SGuerra Design em Caslon Pro e impressa
em papel Pólen Soft 70g com capa em Ningbo Fold 250g pela
RR Donnelley para Editora Morro Branco em junho de 2017